씨 유 어게인
See you again

씨 유 어게인

See you again

김지윤 장편소설

클레이하우스
CLAYHOUSE

어느 마법 같은 날, 소년은 나의 길을 지나갔고
우리는 많은 것을 이야기했죠.
바보와 왕들에 대해서도.
소년은 내게 이렇게 말했습니다.
당신이 깨닫게 될 위대한 것은
그저 사랑을 주고 사랑을 받는 것이라고.

— 이든 아베즈(음악가)

차례

프롤로그

아직 해가 다 떠오르지 않은 보랏빛 하늘의 새벽. 한옥 지붕 밑에서 〈문 리버moon river〉의 전주가 크림색 마샬 스피커를 통해 흘러나온다.

허밍으로 흥겹게 음악을 따라 부르며 스테인리스 볼에 달걀을 풀기 시작하는 주름진 손. 곧이어 세월이 묻어 있지만 여전히 단정한 나무 도마 위에 양파를 올려놓고 썰기 시작한다. 박자에 맞추듯 탁탁탁탁. 애호박과 당근도 차례대로 작게 썰어 달걀물이 풀어져 있는 볼에 넣는다. 긴 젓가락으로 휘휘 저으면 작은 채소 조각이 미끄러지듯 넘실대는 모양새가 꼭 우리네 사는 모습과 닮았다.

예열이 다 된 네모난 프라이팬 위에 달걀물을 조금씩 부어주면서 모양을 만든다. 젓가락으로 돌돌 말아 네모난 달걀말이가 완성될 즈음, 압력밥솥 위에서 은장 신호추가 딸랑거리며 춤을 추면 손가락으로 사뿐히 밀어준다. 가스레인지 위 나무장 쪽으로 뜨겁고 하얀 김이 피어오른다.

도시락 용기에 달걀말이와 깻잎전, 옛날 사라다, 배추 겉절이를 넣고, 두툼하게 만든 소고기 떡갈비를 두 장 담는다. 그리고 익숙한 듯 서랍에서 길게 잘라놓은 흰 종이를 꺼내, 그 위에 까만 글씨를 새겨 넣는다.

세상에 음식으로 못 고치는 병은 없다고 하잖여?
마음의 병 앓지 말고 속앓이도 하지 말고!
해브 어 나이스 데이 되슈. 씨 유 어게인!
(떡갈비 한우로 씀)

한 글자 한 글자 정성을 담아 쓴 쪽지를 은박지에 잘 싸서 넣고, 그 위에 고슬고슬한 밥을 담아 오늘의 메시지를 잘 숨겨놓는다. 팔자주름 옆으로도 주름이 몇 줄이나 깊게 패인 금남의 입가에 환한 미소가 번진다.

"한우 썼다고 쓴 건 너무 생색내는 것처럼 보이려나? 에이, 그래도 저 입에 들어가는 게 한우인지는 알아야 더 힘이 날 거 아니여!"

하얀 면 위에 데이지꽃 자수가 새겨진 두건을 쓴 금남이 호

9

호 웃는다.

그렇게 새벽의 공기와 따끈한 응원이 섞인 밥 냄새가 맞나 도시락 창문 너머 골목골목으로 퍼져나간다.

1장

안녕, 정이야

오늘도 솜씨 발휘 좀 해볼까. 금남이 폴딩 도어를 활짝 열었다. 깨끗한 새벽 냄새가 맛나 도시락 안으로 들어왔다. 얕은 바람이 불자, 문에 달린 물고기 모양 풍경이 청아한 소리를 냈다. 아직 해는 완전히 뜨기 전이지만, 점점 밝아지는 빛이 깨끗하게 잘 닦인 진열장을 비췄다. 스피커에 블루투스를 연결했다. 큰 글자 모드로 설정해둔 덕에 돋보기안경 없이도 버튼을 누르는 일은 쉬웠다. 음, 보자. 오늘 느낌은… 그래! 메릴 스트립이다! 읊조리듯 시작되는 노래 도입부 가사가 들린다.

　"더 위널 텍시 올. 더 루절 스탠딩 스몰. 비사이드 더 빅토리!"

　금남이 구수한 발음으로 트로트인지 팝송인지 모를 노래를 불렀다. 영어를 제대로 배워본 적도, 아니, 학교 문턱도 제대로 밟아본 적 없었지만 혼자 안간힘을 쓰며 독학하는 중이었다. 70년 평생 인생은 독학의 연속이었다. 뭐 하나 쉬운 게 없었고 누구 하나 친절하게 가르쳐주는 사람도 없었지만, 꿋꿋이 씩씩하게 살아온 금남이다. 메릴 스트립처럼, 오드리 헵번처럼, 윤여정처럼 흰머리를 숨길 생각도 없다. 그건 검은 머리가 파뿌리처럼 은빛으로 변하도록 열심히 살아온 자신에게 보내는 박수와도 같았다.

금남은 지금 같은 풍요의 시대가 아니라, 지독히도 가난했던 전후 빈곤의 시대에 장녀로 태어났다. 그래서 이름도 쇠 금에 넘칠 남. 금이 많은 팔자로 부유하게 살라고 지어준 이름인데, 하필이면 성이 정씨라 그런지 정만 넘친다. 그래서 매번 밥이며, 고기반찬이며, 생선이며 손이 커서 도시락 뚜껑이 안 닫힐 정도로 푸짐하게 담는다.

그런 금남이 여러 역사를 통과하듯 살아오면서 이루고 싶은 건 딱 하나, 그냥 노인이 아니라 어른으로 살고 싶은 마음뿐이다. 세련된 시니어! 요즘은 할매니얼, 그랜플루언서가 대세라는데…. 할머니 말고 여사님 소리를 듣고 싶은 게 그렇게 큰 욕심인가? 아줌마 말고, 누구 엄마 말고, 제 이름으로 불리는 인생을 살고 싶은 게 그렇게 큰 욕심인가? 그게 큰 욕심이라면 한번 욕심쟁이가 되지 뭐. 나는 세월이 사뿐히 내려앉은 은발 머리 위에 까만 선글라스를 꽂고, 미끄러지게 부드러운 실크 스카프를 두르고 해변을 걷는 시니어. 그런 사람으로 살 거여. 암!

"웁스! 또 넘치겠네."

하얀 밥알이 가라앉은 투명한 테이크아웃 용기 위로 식혜가 흘러 넘쳤다. 맛나 도시락에서만 맛볼 수 있는 특별한 수제 식혜다. 입 안에서 유리알 같은 살얼음을 살살 녹여가며 마시는 식혜는 달콤하면서도 시원한 게 아주 일품이다. 다 마신 뒤에는 가라앉은 하얀 밥알을 빨대로 건져 먹으면, 그것 또한 별미다.

보자, 보자. 오늘 아침 도시락은 어떤 메뉴를 준비하나. 샐러드도 하나 들어가야지. 금남은 강원도에서 온 감자 박스를 열어, 실하게 잘 익은 알알이 감자들을 꺼냈다. 흙을 털어내고 흐르는 물에 잘 씻어낸 뒤, 채칼로 쓱쓱 껍질을 벗기니 매끈한 속살이 드러났다.

삶은 감자를 으깨고 잘게 썬 햄과 오이, 마요네즈, 머스타드 소스, 설탕, 소금, 후춧가루를 조금씩 넣어 살살 버무린다. 그리고 폭신하게 부푼 모닝빵의 배를 갈라, 그 속에 크게 한 술, 아니 빵 끝이 찢어지도록 두 술, 샐러드를 꾹꾹 눌러 담는다.

그리고 밥에 비벼 먹을 수 있는 아보카도 명란장과 장조림까지 더해 아침 도시락 메뉴를 완성했다. 금남이 밥을 담기 전에 말괄량이처럼 장난기 어린 얼굴로 길게 잘라놓은 흰 종이에 편지를 썼다.

감자는 까탈스러운 벼랑은 달라서 척박한 땅에서도 잘 자란대.
남 탓, 환경 탓, 장비 탓. 탓탓탓하지 말고 오늘 하루는 씩씩이 감

15

자처럼 살아보는 건 어떠슈? 그럼 씨 유 어게인이여.

"금남 여사님! 오늘은 아침 도시락 사러 왔습니다."

"어?! 신풍이. 새벽부터 극단에 출근이야? 지금 너무 모닝인데?"

제일 먼저 혜화동 맛나 도시락의 문을 열고 들어온 건 군대에 다녀와 비로소 제 꿈을 찾은 신풍이었다. 흔히 말하는 금수저로 태어나 로스쿨까지 합격한 신풍이 연극을 하겠다고 하자, 집안의 모든 자금줄이 끊겼다. 돈도 안 되는 거 해봤자, 알량한 성취감 빼면 아무것도 없는 거 해봤자 뭐하냐는 부모의 압박이었다. 그래도 혜화동 일대를 누비며 연극 티켓을 팔고 호객을 하며, 극단에 서기 위한 기초부터 성실하게 닦는 중이었다.

"작은 배역이긴 한데…. 며칠 뒤에 오디션이 있어요. 그거 연습 좀 해보려고요!"

"작은 배우, 큰 배우가 어딨어. 한 명이라도 없으면 이야기가 안 돌아가는 건데."

"역시, 우리 금남 여사님!"

신풍이 엄지손가락을 치켜 올렸다.

"호호, 나 그레이트 엄지척이여?! 이거 새벽에 내린 식혜야. 마셔봐. 아주 쏘 딜리셔스야"

금남이 도시락과 함께 테이크아웃 병에 담긴 식혜를 서비스로 쥐여서 보냈다.

아침, 점심, 저녁 모든 도시락이 주인을 찾아 진열장에서 떠나갔다. 정성스러운 재료와 주인장의 손맛이 더해져 단골이 많았다. 오늘도 완판이다. 금남은 홀가분한 마음으로 주방에 들어가 정리를 시작했다. 그런데 오늘따라 생전 나타나지 않던 CCTV 판매원이 다녀간 게 징조였을까. 여기 맛나 도시락에는 내 음식 솜씨 말고는 훔쳐갈 게 없다고 입방정을 떤 게 화근이었을까. 싱크대와 가스레인지에 묻은 기름때를 닦던 금남의 등 뒤가 갑자기 서늘해졌다. 괜히 쎄한 기분이 금남을 휘감았을 때, 홀에서 아기 울음소리 같은 것이 들렸다. 길냥이들이 밥이 떨어졌나? 아닌데, 내가 금방 전에 수북이 쌓아줬는데….

금남은 레이스가 달린 분홍색 고무장갑을 벗어 싱크대에 얹어두고 천천히 걸음을 뗐다. 카운터를 지나 진열장 냉장고를 도는데 괜히 등 뒤로 식은땀이 흘렀다. 분명히 고양이 울음소리는 아닌 것 같았다. 그렇다고 아기가 여기 있을 리 없잖여. 금남이 말도 안 되는 상상을 했다는 듯 픽 웃었다. 그리고 모퉁이를 돌자, 덜컹 심장이 내려앉는 것 같았다. 조그만 달과 별이 그려진 하얀 속싸개에 싸여 울고 있는 건 분명 아기였다.

놀란 금남이 아기를 안아 들었다. 이불 속에 잘 접혀 있는 흰 종이를 펼쳤다.

2023년 6월에 태어난 아기입니다. 아직 이름이 없습니다. 출생신고도 하지 못했어요. 예방접종도 못 했습니다. 그래도 아직까지 크게 아프지 않은 건강하고 씩씩한 아기입니다. 벌써부터 통잠도 잘 자고 잘 웃는 아기입니다. 돌밭 같은 저의 인생에 처음으로 찾아온 보물 같은 아기입니다. 분유는 꼭 이걸로 부탁드립니다. 다른 걸 먹이면 배앓이를 합니다. 그리고 부디 배부르게 잘 키워주세요. 부탁드립니다. 다시 한번 부탁드립니다. 저도 언젠가, 꼭, 씨 유 어게인.

씨 유 어게인? 이것은 분명 여기 맛나 도시락에 와봤다는 소린데. 이 정금남이 손맛을 본 사람이라는 건데! 내가 한 밥을 먹어본 사람이라는 건데! 금남이 얼른 문밖으로 뛰쳐나갔지만, 쌀랑한 가을바람만 불어왔다. 찬바람이 들자 아기가 더 크게 울기 시작했다. 다시 들어온 금남이 아기를 바라보며 혼잣말했다. 아가야, 너는 어디서 온 겨. 엄마 어디 있어. 엄. 마. 금남이 숨을 들이켰다. 허파에 숨이 가득 찬 듯 다른 소리는 나지 않았다. 가엾은 핏덩이는 계속 울어댔다. 자기를 버리고 간 엄마를 찾는 것처럼. 이미 무슨 일이 일어났는지 다 알고 있는 것처럼. 태어난 지 백일도 안 된 아기가 사랑받는 것보다 버림받는 기분을 먼저 알아챈 것 같아 그저 가여울 뿐이었다.

"어이고. 괜찮아, 괜찮아. 엄마 올 거야. 아이구, 울지 마. 우루루 까꿍"

배냇저고리를 입고 있는 아기를 들어 안았다. 어화둥둥 옆으로 흔들어봤지만 그칠 줄 모르는 울음소리에 금남이 노래를 시작했다.

"자장자장 우리 아기, 꼬꼬 닭아 울지 마라. 우리 아기 잠을 깰라. 멍멍 개야 짖지 마라. 우리 아기 놀라 울라."

태열이 오르도록 발버둥을 치던 아기는 스르르 얌전해졌다. 백일도 안 되어 보이는 아기를 안고, 파랗게 질린 금남이 문 밖으로 나갔다. 대체 누구여. 어떻게 이런 짓을 하는 겨. 천벌을 받을라고 작정했남…. 금남의 혼잣말이 끝나기 무섭게 아기가 다시 울기 시작했다.

"아니여, 아니여. 너희 엄마 천벌 안 받을 겨. 할머니가 그렇게 할게. 자, 착하지. 아가 착하지."

흰머리를 집게핀으로 잘 올려 묶은 금남의 머리에 흥건히 땀이 찼다. 제법 쌀쌀해진 가을 밤공기가 오늘따라 후끈하게 느껴졌다.

"분명히 올 거야. 내가 한 밥 먹은 사람이면 분명히 다시 올 거야. 발에 돌 묶인 듯이 몇 걸음도 못 갔을 거여. 원래 자식 두고 가는 엄마 마음이 그래. 기다려보자."

아기와 함께 두고 간 두툼한 기저귀 가방을 열었다. 안에는 뜯지 않은 분유 한 통과 젖병, 기저귀가 있었다. 금남이 분유를 뜯었다. 가만 이거 새 거 같은데 분유를 먹어본 적은 있는 거여? 배앓이하면 큰일인데. 부랴부랴 정수기 물을 받아 주전자에 넣고 팔팔 끓였다. 주둥이로 뜨거운 수증기가 나왔다. 그대로 뚜껑을 열어 한 김 식혔다. 그래, 이제 분유를 얼마나 넣어야 하나. 분유 통에 적힌 독일어 설명을 보는 금남의 표정이 사뭇 진지했다.

"보자… 쓰리 먼스. 오호. 여섯 스푼 오케이."

머리에 태지가 있는 걸로 봐서는 아직 백일이 안 되었을 거라 여긴 금남이 젖병에 따끈한 물을 넣고 분유통에 들어 있던 파란 색 플라스틱 수저로 분유를 여섯 번 덜었다. 원을 그리듯 살살 돌려 분유가 뭉치지 않게 잘 녹였다. 분유 냄새를 맡은 아기가 먼 저 입을 벌렸다.

"잘 먹네, 아가. 엄마는 오늘 오겠지. 저 어딘가에서 우리 보 고 있을지도 몰라."

돌봐야 할 동생들이 줄줄이였던 장녀 금남이 능숙하게 아기 를 어깨에 둘러메고 손으로 등을 살살 문지르자 꺼억 트림 소리 가 났다.

"옳지. 시원하지?"

"응애."

"대답하는 거야? 이쁘다. 이렇게 이쁜 아가를…. 기다려보자."

서울대학교 병원을 옆으로 끼고 일방통행 차선 길만 있는 작 은 골목으로 들어서면 양쪽으로 소나무가 서 있는 길목이 나온 다. 혜화동 맛나 도시락은 바로 거기 있었다. 단정한 한옥 지붕 밑으로 새어 나오는 불빛이 꺼질 줄 모른다. 속싸개에 싸여 고이 잠든 아기를 안고 문 앞을 서성여보지만 아무도 오지 않는다. 밤 은 더 깊어지고, 결국 조심스럽게 아기를 안고 나오는 금남이다. 유리문에 달린 팻말을 '오픈open'에서 '클로즈closed'로 뒤집고 그 위에 종이를 붙여놓는다.

잠시 보물을 잃어버린 사람은 반드시 연락하슈! 010-0000-0000

◇

"201호, 언제 나갈 거야?"

쾅쾅쾅.

"안에 있는 거 다 알아. 같은 여자로서 안 됐어. 안 됐는데. 그래도 이건 아니지. 내가 자선 사업가는 아니잖아. 나도 손님은 받아야지. 계속 없는 척하고 버티면 그냥 짐 뺄 거야. 여기 층에 오는 손님들마다 애기 소리 난다고 난리야!"

짜증 섞인 한숨이 들리고 난 뒤 다시 말이 이어졌다.

"모텔에서 애기 소리 나면 얼마나 산통 깨지겠어. 이러다 손님 뚝 끊기겠네. 누가 인터넷 리뷰에도 올렸다니까! 난 분명히 말했어. 오늘 내로 돈 안 내면 밤에 문 따고 들어가서 짐 뺄 거야. 그리고 아기 말이야…. 출생신고도 안 했지? 대체 어쩌려 그래. 그건 뭐 그쪽 사정이니까. 어쨌든 진짜 이번에 안 나가면 내가 그냥 경찰에 확 신고해버릴 거야!"

쾅쾅쾅.

모텔방의 낡은 문을 두드리는 주인 여자 소리에 아기가 얼굴을 찡그렸다. 얼른 정이가 아기의 입 위로 손을 올렸다. 제발. 제발. 조용. 쉿…. 잔뜩 긴장한 정이의 얼굴을 보고 아기가 웃었다. 한쪽 뺨을 밀어 올려 윙크하듯 웃는다. 그 모습에 픽 긴장이 풀린 정이도 웃는다.

"넌 뭐가 그렇게 재미있니? 나는 쫄려 죽겠는데."

"꺄르르."

"쉿!"

주인 여자가 너무했나 싶었는지, 아니면 깡마르고 애 딸린 20대 초반 여자가 무슨 일이라도 벌이면 더 골치가 아플 거라 생각했는지, 빨간 매니큐어를 칠한 손톱을 문지르며 쥐어 짜낸 상냥한 목소리로 말했다.

"나도 정말 힘들어서 그래…. 응? 내 사정 좀 봐줘. 알았지?"

멀어지는 발걸음 소리가 들렸다. 정이는 그제야 잔뜩 움츠렸던 어깨에 힘을 풀었다.

"휴."

"응애."

"그래, 이제 소리 내도 돼."

아기의 까만 눈동자가 정이의 눈을 쳐다보았다. 기특했다. 지금도 마찬가지긴 하지만, 아기는 배 속에 있을 때도 이곳저곳 떠돌았다. 보육원을 나왔을 때부터 정이에게 집이란 건 없었다. 그렇게 밖으로 도는 통에 임산부가 먹어야 되는 영양제 하나 챙겨 먹은 적도, 좋은 말만 골라 듣는 태교도 한 번 해본 적 없다. 오히려 교복을 갓 벗은 여자애가 저렇게 배가 불러서…. 발라당 까져서 저렇게 됐지 같은 뒷말과 낯선 눈빛에 찔리며 지내왔다.

그런데도 까맣고 짙은 눈, 새근새근 숨소리가 들리는 코, 오동통한 혓바닥까지 무사히 잘 만들어 나온 아기가 기특했다. 가끔은 그런 생각이 들었다. 너도 참 재수가 없다. 왜 하필 하고 많은 다리 중에 내 밑에서 태어나 이 개고생을 하는지. 깊은 밤처럼 빠져들 것만 같은 아기의 눈을 보고 있자니 괜히 눈물이 났다. 앞으로 이 핏덩이 같은 아기를 책임질 수 있을지도 미지수였다. 정이는 수배자였다. 아기 아빠라는 남자가 여러 사기를 쳐놓고 모두 정이의 탓으로 돌렸다. 보육원에서 나와 갈 곳이 없을 때 만난 사람이었다. 믿을 만한 사람이라기보단 곁에 있던 사람이 그 남자밖에는 없었다. 그런데 사기 공모자가 되어 수배가 떨어졌다. 남자가 시키는 대로 주민등록번호를 알려줬고, 도장을 찍으라는 곳에 찍었을 뿐이었는데.

임신한 정이가 찾아가자 구겨진 5만 원 권 몇 장을 쥐여주며 이 정도면 수술비로 충분하지 않냐는 말을 내뱉는 놈이었다. 사내 망신은 혼자 다 시키는 그런 놈. 덕분에 미혼모 시설을 들어가는 것은 물론, 이름을 짓고 출생신고를 하는 것조차 겁이 났다. 자신이 아이의 나쁜 꼬리표가 될 것 같아서.

"우리, 이제 여기 나가야 돼. 진짜로 문 따고 들어올지도 몰라."

배시시 웃는 얼굴이 금방 우는 얼굴로 바뀌었다. 먹은 게 없어 젖도 돌지 않았다. 그렇다고 분유를 살 돈도 없었다. 가을에 접어들며 날도 추운데 갈 곳도 없어졌다. 어디로 가야 하지. 며칠 잘 못 먹어서인지 아기가 얼굴을 찡그리고 더 심하게 보챘다. 정이가 이불을 둘둘 말아 테두리를 만들고 그 안에 아기를 눕혔다. 그리고 그 채로 안아 흔들었다.

"붕붕. 하늘을 나는 꼬마 자동차. 붕붕. 하늘을 날아 무지개 속으로 가지요."

정이가 대충 가사를 붙여 만든 노래였다. 아기가 안정을 찾은 듯하다가, 다시 칭얼거리기 시작했다.

"붕붕. 하늘을 나는 꼬마 자동차. 붕붕. 하늘을 날아 무지개 속으로 가지요."

배고파서 우는 아기의 얼굴을 보고 있자니 가슴이 미어졌다. 그리고 불현듯 정이도 허기가 졌다. 허기는 옮는 것 같았다. 마치 전염병처럼. 정이가 계속 노래를 불렀지만, 아기의 울음을 그칠 줄을 몰랐다. 또 주인 여자가 올라올까 봐, 우는 아기를 데리고 화장실로 들어갔다.

투숙을 하던 사람들이 몰래 담배를 피웠었는지 퀴퀴하게 절은 담배 냄새와 곰팡내가 같이 났다. 하얀 타일 사이에 꺼뭇하게 핀 곰팡이 때를 밟고 선 정이가 다시 노래를 불렀다.

"붕붕. 하늘을 나는 꼬마 자동차. 붕붕….."

해가 졌다. 조바심이 났다. 주인 여자가 오늘 밤에는 정말 이 문을 열고 들어올 것만 같았다. 그렇다면 정말 어디로 가야 할까. 힘들 때 찾아갈 친정이 있는 것도 아니고, 피붙이 하나 없는 정이가 갈 곳은 없었다. 쥐 죽은 듯이 조심하는 수밖에 없었다. 그런데 오늘따라 아기가 칭얼거렸다. 낮부터 시작된 칭얼거림이 쉬이 가시지 않았다. 백일 전 아기들은 뼈가 늘어나는 성장통을 겪는다는데, 그 때문인지 오늘은 잠도 잘 자지 못했다. 이마를 만져보니 뜨끈한 게 미열도 있는 것 같았다.

"여기서 아프기까지 하면 안 돼. 우리 병원도 못 가는 거 알잖아."

"응애~ 응애~."

"쉿. 울지 말고. 안아줄게. 계속 안고 있을게. 그러니까 제발 조용히 해."

아기는 아기띠 안에서 엄마의 심장 박동소리를 들으며 조금 진정을 찾는 듯했지만, 그마저도 오래가지 못했다. 다시 빽 울음을 터트렸고 주인 여자는 주먹으로 문을 쾅쾅쾅 두드리기 시작했다.

"201호! 나 들어간다. 방금 옆방 사람들이 나갔어. 돈도 다 환불받고. 이제는 정말 못 참아. 안 나오면 경찰에 신고할 거야!"

"응애애애!"

주인여자에게 대답이라도 하듯 아기가 더 크게 울었다.

식은땀이 났다. 정이가 엉덩이를 토닥이며 아기를 달랬다. 괜찮아, 괜찮아. 씨. 괜찮긴 뭐가 괜찮아. 철컥. 문이 열렸다. 주인 여자가 문을 열고 들어왔다. 여자 옆에는 건장한 남자가 서 있었다. 아들이라도 데려온 것 같았다.

방 안을 훑는 여자의 매서운 눈초리에 고개를 숙인 정이가 말했다.

"나갈게요. 죄송해요. 그런데 내일 아침에…."

"내일 아침?!"

여자가 하얗고 검은 토끼들이 달려 있는 흑백 모빌을 발로 걸어찼다.

"아기 건 건들지 마세요."

"어쭈. 꼴에 엄마라고 지 새끼는 챙기네. 밀린 돈이 19만 원이거든? 그냥 거지한테 기부했다 생각할 테니까 지금 나가. 어휴. 여기서 뭔 짓을 한 건지. 배부른 여자애 받아주는 게 아니었는데. 내일 소독차 불러서 싹 다 소독해야 돼. 어휴!"

"못 나가요. 19만 원 낸다고요. 조금만 기다려주세요. 지금 당장 어디로 나가요!"

"돈 필요 없다니까? 그냥 나가!"

여자가 넘어져 있는 모빌을 한 번 더 발로 찼다. 그 과정에서 버튼이 눌렸는지 넘어진 모빌에서 〈아빠와 크레파스〉의 멜로디가 흘러나왔다.

"얼씨구. 좋게 말할 때 나가라. 경찰에 신고하기 전에!"

경찰이라는 단어에 맞받아칠 힘이 떨어졌다. 맞다, 나 수배자지. 그 말에 순순히 짐을 챙겼다. 짐이라고 해봤자 그마저도 꽉 차지 않은 작은 캐리어가 전부였다. 토끼가 달린 흑백 모빌은 이미 주인 여자의 발길질에 찌그러져서 초점책 몇 권과 기저귀만 담았다. 팔짱을 끼고 지켜보는 주인 여자의 시선을 따라 계단을 내려왔다. 카운터 앞을 지나던 정이는 반달 모양으로 뚫려 있는 투명 아크릴 밑에 돈이라도 뿌리고 나오고 싶었지만, 수중에는 아무것도 없었다. 이제 정말 자존심도 없는 빈털터리 거지가 맞는지도 몰랐다.

그간 주인의 눈에 뜨일까 봐 방에만 박혀 있느라 바깥 공기를 맡은 것도 오랜만이었다. 찬바람이 드는 것 같아 정이가 입고 있는 청남방을 벗어 아기에게 덮어주었다.

"우린 병원 못 가. 그러니까 아프면 안 돼. 알았지? 근데 이제 진짜 어디로 가냐."

"응애~ 응애~."

아기가 배고픔을 참지 못하고 울기 시작했다. 정이는 모두가 잠든 밤에는 숯불갈비 집에서 철판을 닦았다. 꺼멓게 탄 고기 양념이 눌어붙은 불판을 철수세미로 닦을 때면 그 냄새에 배가 고파졌다. 불판에 붙어 있는 탄 고기 한 점에 침이 고이기도 했다. 등 뒤에 아기가 없었으면 얼른 집어 먹었을지도 모른다. 그런데 차마 입에 넣지 못했다. 이걸 먹고 젖을 물리면 꼭 내 아기가 남이 먹다 남긴 탄 고기나 먹는 사람이 된 것 같아서. 앞으로도 그렇게 살 것만 같아서.

정이의 마음을 아는지 이럴 때면 꼭 등 뒤의 아기가 한 번씩 뒤척였다. 그럼 정이는 붉은색 고무대야에 철판을 깊숙이 밀어 넣었다. 탄 양념이 둥둥 떠다니는 물속에 철판을 깊숙이 넣으면, 보글보글 방울 소리를 내며 기포가 올라왔다. 아기는 그 소리를 들으면 금방 진정되곤 했다.

아기와 함께 일할 수 있게 해준 그곳은 유일한 밥줄이었다. 그런데 48시간 고아 만든다는 곰탕 끓이는 가스불 때문인지, 먼지 많은 주방에서 일한 탓인지 아기가 기침을 하기 시작했다. 겁이 났다. 그 이후로 철수세미도 손에서 내려놓았다.

혼자 아기를 데리고 할 수 있는 일은 많지 않았다. 배달 업체들의 주야간 CS 응대도 해봤지만, 가끔씩 들리는 아기 울음소리에 불편함을 표시하는 고객들 때문에 그리 오래하지 못했다. 그렇다고 혈혈단신 정이가 아기를 맡기고 일해서 돈을 벌 수도 없었다. 그나마 간질간질한 주부습진을 견디며 일했던 숯불 갈빗집이 유일했다. 이제는 거기마저도 일할 수 없지만.

편의점을 몇 군데 돌아다니다 참치가 들어 있는 1600원짜리 삼각김밥을 샀다. 분유도 젖병도 살 돈이 없어 모유 수유를 하는 정이에게 다른 선택지는 없었다. 매우면 안 됐고 너무 짜도 안 됐다. 정이가 혜화역에서 서울대 병원으로 이어지는 붉은 벽돌길을 걸었다. 붉은 노을이 플라타너스 나무 사이로 지고 있었다. 그 밑에서 떡을 파는 할머니가 화로 위에 가래떡을 올렸다. 떡이 익어

가는 냄새에 침이 고였다. 먹고 있어도 계속 배가 고팠다. 정이가 침을 삼켰다. 다시 손에 든 텁텁한 삼각김밥을 입에 넣었다. 아기를 안고 한 손으로는 캐리어를 끌고 나머지 한 손으로는 삼각김밥을 먹으면서 그저 걸었다. 물도 없이 밥알을 넘기자 목이 턱 메기도 했지만, 그렇다고 가슴을 두드릴 수도 없었다. 배고파서 지친 아기가 정이의 심장 소리를 들으며 간신히 잠들었기 때문에.

금남이 아기를 안고 한 손에는 기저귀 가방을 들고 집 문 앞에 왔다. 띠띠띠띠. 1004. 단순한 도어록 비밀번호를 눌렀다. 그날따라 아기 손님이 올 것을 예상했는지 오전에 세탁기를 돌리고 갔던 금남이었다. 건조까지 잘 된 이불을 안방침대 위에 깔고 아기를 눕혔다. 포근한 섬유유연제 냄새가 아기의 살 냄새와 섞였다. 아기는 잠깐 뒤척이듯 고개를 살짝 흔들다가 금세 폭 잠이 들었다.

"얼마나 잠자리가 고됐으면 눕자마자 자네. 아주 그냥…. 쯧. 네 엄마는 지금 이런 네가 얼마나 아른거리겠냐. 그래도 그렇지, 요즘 세상에 어떻게 남의 가게 앞에 아기를 두고 가. 베이비 빡스인지 바구니인지 그런 것도 있다는데!"

앞으로 어떻게 할지 고민이었다. 아직 출생신고도 안 된 아기를 경찰에 신고하는 게 맞는 건지, 아니면 맛나 도시락으로 아기를 찾으러 오기를 기다리는 게 맞는 것인지. 하지만 이상했다. 분명히 돌아올 것 같았다. 70년을 넘게 살며 전쟁이고 혁명이고 여러 격동을 겪으며 살아온 세월이 주는 감인지도 모르겠다. 금남에게는 아기 엄마에 대한 말할 수 없는 믿음이 있었다. '씨 유 어게인'이라는 말에 일단 신고를 하지 않고 기다리기로 했다. 아니, 믿어보기로 했다는 게 맞을지도 모르겠다.

금남이 시계를 보았다. 지금 뉴욕이…. 우리 문정이한테 전화 올 시간이네.

주방으로 나와 체크무늬 식탁보가 깔려진 식탁 위에 아이패드를 올려놓고 페이스타임을 눌렀다. 큰 글자 모드로 설정해놓은 덕분에 글자가 큼직큼직 잘 보였다. 패드 화면에 금남의 얼굴이 보였다.

"아이고, 요 주름 봐. 또 생겼네!"

얼굴을 카메라 렌즈 가까이에 대고 눈가와 팔자를 천천히 보았다.

"스킨 보톡스할 때가 다 됐나."

"엄마?"

살만 보이는 금남의 화면에 놀란 문정이 말했다.

"어! 우리 도러. 전화 받았네. 겟 업 했어?"

"오늘은 겟 업이 아니라 웨이크 업이야. 내 의지로 일어난 게 아니거든. 근데 엄마! 또 얼굴 보고 있었지. 주름 몇 개 생겼나 하고? 엄마 나이가 일흔이 넘었는데 주름 있는 게 당연하지."

"그렇게 고추에 쌈장 찍듯 콕 찍어 말 안 해도 알아. 그래도 이 안에는 에이틴 소녀가 살고 있어요, 선생님. 선생님도 30년 뒤에 내 나이 돼봐요. 그때는 기술이 좋아져서 아예 주름 안 생기는 약이 있으려나?"

"선생님은 무슨. 저번에 내준 숙제도 안 해놓고. 그래서 미국 입국심사 통과할 수 있겠어? 그게 얼마나 까다로운데. 엄마도 알잖아. 저번에 그렇게 애먹어놓고."

"그럼요, 티처. 요즘 이렇게 열심히 하고 있어요. 이번에는 나 혼자 말할 거야. 본토 스타벅스 가서 아메리카노도 시켜 마실 거야. 그때는 내가 꼭 네 캥거루 새끼가 된 것 같더라니까. 너 안 보이면 심장이 벌렁벌렁. 누가 나한테 말 걸면 어떡하나 혼자 전전긍긍. 얼른 공부해서 나도 혼자 솰라솰라 말 해야지."

"치. 학생, 그럼 우리 열심히 해봐요. 이번엔 버킷리스트라는 자유의 여신상도 봐야 할 거 아니에요."

"그럼! 죽기 전에 고 자유의 여신상은 한번 보고 죽어야지!"

"뉴욕 이사 오기 전에, 그때 2년 전에 엄마 LA 왔을 때 이쪽까지 여행시켜드릴 걸. 미안해요."

"미안하긴. 그때도 도시락집 보름 동안 닫아서 우리 손님들이 얼마나 쫄쫄 굶었다구."

"엄마, 사람들 다른 데서 다 사 먹어. 엄마만 식당 하는 줄 알아?"

금남이 수긍하는 목소리로 말했다.

"그건 그래? 근데 나는 우리 도시락집 문 닫으면 그렇게 자식들 굶기는 것 마냥 마음이 그렇더라. 왜 음식 파는 가게여도 도시락집 떡볶이집 이렇게 말하는 밥집들이 있잖여. 항상 열려 있을 것 같아서 그런 거 아닐까 생각도 들고 그려."

"그래도 이번에는 꼭 한 달 동안 와 있으세요. 구석구석 다 구경하고 가셔."

"한 달? 너무 긴데…. 우리 노치원 친구들이 나 없으면 심심해 혀."

"그래도 한 달! 나랑 많이 놀다가 가셔."

피식 웃음소리를 내며 금남이 대답했다.

"그래, 좋다! 한 달! 뉴요커로 살겠다. 〈섹스 앤 더 시티〉에서 캐리가 살던 집도 가보고, 〈가십 걸〉에 나온 스쿨도 구경 가고 해야지. 정금남이 간다! 기다리슈, 뉴욕!"

"엄마 〈가십걸〉도 다 봤어? 저번 주엔 〈프리즌 브레이크〉 본다면서 언제 그것까지 다 봤대."

"밤새서 봤지. 아주 하품이 나서 혼났슈. 근데 한번 틀면 멈출 수가 있어야지. 아무튼 우리 딸 xoxo여, 큭큭."

여러 개의 보드라운 붓과 캔버스가 있는 집에 사는 문정과 아담한 쓰리룸 빌라에 혼자 살고 있는 금남의 통화가 끝났다. 금남이 아기가 자고 있는 안방 문을 열었다. 침대 위에서 밀린 잠을 자듯 푹 자고 있었다. 그간 어디에서 지냈던 거야. 소리가 나도 잘 자는 거 보니 시끄러운 데 있었나 보네. 어이구. 문을 닫는 금남의 손길에서도 가여운 감정이 느껴졌다. 엄마는 올 거야. 조금만 기다리면 올 거야. 내 보기엔 널 버린 게 아니라 잠시 맡긴 거야, 암.

새벽 동이 틀 무렵, 여느 때처럼 아침에 팔 도시락 준비를 위해 가게로 향하는 금남은 콩알만 한 진주 귀걸이를 포기했다. 같은 시대를 살아온 오드리 헵번과 스칼렛 오하라를 동경하며 늘 하던 귀걸이였다. 금남의 상징 같은 진주 귀걸이였지만, 혹시라도 아기의 얼굴에 긁힐까 걱정되어 오늘은 화장대에 그대로 두고 나왔다.

아기 옆에 함께 있던 아기띠는 꽤 쓸모가 좋았다. 앞으로 안고 있어 얼굴도 그대로 보이고 꼭 캥거루처럼 포근하게 안아줄 수 있었다.

시장 가방을 한 손에 쥐고 서울대 병원 옆으로 이어진 붉은 벽돌길을 지났다.

"헤이, 미세스 가래떡!"

화로 앞에 의자를 놓고 장사 준비를 하는 가래떡 여사를 보고 손을 흔들었다.

"어, 금남이. 샷다 올리러 가? 근데 웬 애기를 안고 있어? 문정이 불임이잖아. 애기 낳은 거야?!"

"불임이 아니라, 딩크족! 딩크족이라고 몇 번을 말해."

"그게 그거지 뭐…."

가래떡 여사가 주섬주섬 화로 위에 떡을 올려놓았다.

"그게 그거긴 엄연히 다르지! 딩크족은 선택이라니께. 됐고. 이거나 하나 혀!"

금남이 들고 있던 시장 가방에서 요구르트를 두 병 꺼냈다. 노란 빨대를 콕 찍어 떡 여사에게 건넸다.

"자, 구구 팔팔 일이삼사! 짠!"

화통한 목소리로 금남이 구호를 외치자 아기띠에 안겨있던 아기가 소리 내어 방긋 웃었다.

"그려, 구구 팔팔 일이삼사!"

떡 여사가 금남을 따라 말하고 요구르트를 부딪쳤다. 99세까지 팔팔하게 살다가 사흘만 아프고 나흘째에는 하늘로 가자는 노인들만의 '웃픈' 건배사였다.

"그럼, 해브 어 나이스 데이 혀고."

금남이 무슨 말만 하면 아기가 웃었다. 큭 소리를 내며 환하게 웃었다. 이렇게 잘 웃는 아기를 어떻게 두고 간 거야. 네 엄마도 참, 대체 무슨 사연이 있어서….

⬨

정이가 서울대 병원 아동 병동으로 들어섰다. 울고 있는 아이들도 많았지만 긴 호스줄을 코에 꽂고 휠체어를 타고 가는 아이도 있었다. 마치 자신의 운명을 겸허하게 받아들인 것처럼.

답답한 듯 보채는 아기를 달래며 자리를 잡을 만한 곳이 있는지 살폈다. 다행히 화장실이 있는 복도 끝으로 가자, 전자레인지와 정수기가 있는 식수대가 보였다. 앞에 있는 의자에 캐리어를 올렸다.

"여기서 딱 일주일만 버텨보자."

정이의 바람과는 달리 이틀째 고비가 찾아왔다. 그 자리에 계속 있는 정이를 이상하게 본 미화원이 병원에서 노숙하는 것 같다며 간호사 데스크에 찾아갔다.

분홍색 스크럽 슈트를 입고 망으로 머리를 단정하게 정리한 간호사가 정이에게 다가왔다. 목걸이에는 아동병동 정해영이라고 적혀 있었다. 옆에서 미심쩍은 눈초리로 정이와 아기를 보는 미화원과 달리 상냥한 목소리였다.

"안녕하세요. 혹시 입원 대기 중이신가요?"

"…"

"거 봐, 이상하다니깐. 저번부터 있더라고. 며칠 됐어. 바로 신고해버릴까?"

미화원이 거들듯 해영을 재촉했다.

"아! 상이 보호자님이시죠? 제가 안내가 늦었어요. 정말 죄송해요. 보호자님, 이쪽으로 오세요."

해영이 정이만 알아채도록 살짝 윙크를 한 뒤 정이를 끌어 비상계단 문을 열었다. 사실 며칠 전부터 정이를 지켜보았던 터라 대충 낌새는 눈치챘다. 보통 보호자나 엄마들은 아이만 살피는데 정이는 지나치게 다른 사람들의 눈치를 살피고 있었다. 그 점이 이상해 자꾸만 눈이 갔다. 갈 곳이 없는 것 같았다.

해영 앞에 서 있는 정이는 녹색 불빛이 들어오는 비상구 표시등만 멍하니 보았다.

"제가 어떤 도움을 드릴 수 있을까요? 어떤 시설이라도…."

"아니에요. 오늘 일은 고맙습니다."

"그럼 잠깐만. 아주 잠깐만 기다려주세요."

해영이 금방이라도 도망갈 것 같은 정이를 간신히 붙잡아두고 잠시 자리를 떠났다. 그리고 곧이어 녹색 카디건으로 둘둘 말린 무언가를 가지고 왔다.

"이거라도 가져가세요. 오늘 당직 때 먹으려고 사 온 건데…."

카디건에서 나온 것은 투명 플라스틱 용기에 담긴 도시락이었다. 자박자박한 국물이 있는 소불고기 냄새가 풍겼다.

"이거라도 가져가세요."

"고맙습니다."

정이가 도시락을 들고 달아나듯 계단을 내려갔다. 턱턱턱턱 빠른 걸음으로 내려가는 소리에 아기가 깨어 울었다. 밥때를 지나쳐 간신히 잠이 들었는데, 메아리처럼 울리는 발소리에 깨버린 것이다. 울음소리와 발걸음 소리가 합쳐져 정이의 마음을 폭풍처럼 몰아쳤다.

병원 앞 횡단보도 앞까지 단숨에 뛰어갔다. 신호가 파란불로 바뀌자 기다리지 않고 또 뛰었다.

　길을 가로질러 아무도 없는 한밤의 마로니에 공원에 왔다. 낮이면 연극을 보러오거나 데이트하러 오는 사람들로 붐볐을 이곳은 지금 텅 비어 있다. 공원을 둘러싼 노랗게 물든 은행나무 잎이 가로등에 비춰 퍽 낭만적이었다. 물론 진동하는 은행 냄새는 그렇지 못했지만. 몇 걸음 떼지 못하고 운동화 바닥에 밟혀 끈적하게 들러붙은 은행알은 구린내를 풍겼다. 정이는 흡, 숨을 참았다. 일제강점기 때부터 이곳에 있었다는, 열 갈래로 뻗어나간 큰 나무를 등지고 벤치에 앉았다. 찬바람도 그곳에 그대로 머물러 있는 듯 차가웠다. 공원에서 음악이 흘러나왔다. 언뜻 전봇대처럼 보이는 길고 높은 스피커에서 흘러나오는 노래는 마로니에의 〈칵테일 사랑〉이었다. '마음 울적한 날엔 거리를 걸어보고. 향기로운 칵테일에 취해도 보고.' 정이와는 어울리지 않는 밝고 경쾌한 노래였다.

　투명 용기에 '혜화동 맛나 도시락'이라고 쓰인 둥근 스티커가 붙어 있었다. 아직 따끈한 온기가 남아 있는 도시락 용기를 열었다. 밥과 불고기가 수북이 담겨 뚜껑에 닿을 지경이었다. 반찬 칸에 알맞게 졸여 투명한 색을 띠는 무나물과 건새우 멸치볶음, 작게 썰린 깍두기, 동그랑땡이 들어 있었다. 한눈에 보아도 두 끼는 먹을 만큼 푸짐한 양이었다. 정이가 용기 한쪽에 끼워져 있던 숟가락을 들었다. 밥에 불고기 양념을 쓱쓱 비벼 크게 한술 떴다. 맛있었다. 한 번도 먹어본 적은 없지만, 방학 때 시골에 가면 할머니가 해준다던 그런 손맛이 느껴졌다. 목이 메었다. 며칠을 허기진 상태로 수유까지 하며 지냈던 정이는 허겁지겁 밥과 반찬을 비워냈다. 주걱으로 꾹꾹 눌러 담은 밥을 다 먹을 즈음, 정이에게 진득하게 붙어 있던 허기가 가신 것 같았다. 그제야 밥 밑에 은색 호일이 쪽지 모양으로 접혀 있는 것을 보았다.

"편지⋯?"

"응애 응애."

"배고프지? 나 먹고 너도 줄게. 조금만 기다려."

정이가 쪽지 모양으로 접혀 있는 호일을 청바지 뒷주머니 깊숙이 넣었다. 마로니에 공원 옆으로 난 길을 따라 맥도날드에 들어갔다. 24시간 불이 켜져 있어 서울대 병원 다음으로 눈여겨보았던 후보지였다. 화장실로 들어가 수유할 준비를 하는데, 옆 칸에 사람이 들어오는 소리가 들렸다. 곧 담배 연기가 피어올랐다. 아기가 기침을 했다.

"콜록콜록. 큭."

손으로 바람을 일으켜 담배 연기를 걷어냈지만 계속해서 연기가 들어왔다. 전자 담배라 상관없다는 걸까? 옆 칸의 여자는 연기를 풀풀 뿜어댔다.

하는 수 없이 밖으로 나온 정이가 아기띠에 안겨 있는 아기를 진정시켰다. 작은 캐리어를 끌며 다시 마로니에 공원으로 향했다. 공중화장실이긴 하지만 깨끗해서 괜찮을 거야. 아니, 사실은 미안해 아기야. 어쩌면 이제는 정이도 알고 있었다. 하루만 더, 하루만 더 하며 이어가던 시간의 끝이 보이는 것을. 차마 이름조차 붙여줄 수 없던 아기에게도 이런 생활은 더는 할 짓이 못 됐다.

배가 부른지 품에 안겨 금방 잠이 든 아기를 꼭 껴안았다. 가슴팍에 쏙 다 들어오는 아기는 참 따뜻했다. 딸 팔자는 엄마 닮는다던데. 이 아기는 그러면 안 되는데. 혹시 내 엄마 팔자도 이랬는지. 어쩌면 이렇게 허기지게 태어난 건지 원망스럽기도 했지만 사실 얼굴도 모르는 엄마를 원망하는 것조차 쉬운 일은 아니었다.

이제는 정말 갈 곳이 없었다. 이슬이 촉촉이 맺힌 마로니에 공원의 벤치에서 뜬 눈으로 새벽을 맞이했다. 잘 자는가 싶었던 아기가 동이 트기 얼마 전부터 기침을 했다. 담배 연기 때문이었는지 부둥켜안고 재웠지만, 찬바람이 스며서인지 기침은 멈추지 않았다. 코가 막혀 숨소리도 이상했다. 가릉가릉. 쿵쿵쿵. 입으로 숨을 쉬다가 기침이 나고 그럼 다시 칭얼거렸다. 누런 콧물이 주륵 흘렀다. 몸이 불덩이처럼 달아올랐다. 머리가 안 돌아갔다. 아기가 아프다. 열이 나고 몸이 불덩이다. 그럼 병원에 데려가야 하는데. 우리는 병원에 갈 수 없다!

새벽부터 문을 여는 약국은 없었다. 아기가 열이 날 때는 어떻게 해야 하는지 누구에게라도 물어보고 싶었는데 물어볼 곳이 없었다. 정이는 아기를 안고 달렸다. 다시 서울대 병원으로 향했다. 불덩이가 되어 축축 처지는 몸으로 정이에게 매달려 자꾸 눈을 감는 아기를 데리고.

"정해영 간호사님 계세요?"

"네! 저 찾아오셨어요?"

마침 복도에서 회진을 돌고 돌아오는 해영이었다. 어제 그렇게 가버린 정이를 보고 마음이 안 좋았던 터라 반가운 마음으로 다가왔지만, 상황은 영 그렇지 못했다.

"일단 저 따라오세요."

몇 시간 전 맛나 도시락을 받아 들고 헤어졌던 비상계단으로 갔다.

"우리 아기 좀 살려주세요. 제발요. 열이 너무 많이 나요. 몸이 뜨겁고요. 밖에서 잤는데…. 한시도 안 떨어지고 꼭 껴안고 있었는데!"

"어머니, 진정하시고요. 일단 제가 체온을 좀 재볼게요."

해영이 아기의 귀에 체온계를 가져다 댔다. 이물감이 느껴지자 아기가 더 큰소리로 울었다. 이번에도 비상계단에 아기 울음소리가 번졌다.

해영이 체온을 확인했다. 심각한 얼굴이었다.

"지금 입원시키셔야 돼요!"

"입원이요?!"

"언제부터 열났어요?"

"몰라요. 몰라요. 조금 전에. 아니 한 시간? 두 시간 정도 된 것 같아요."

"어머니, 아기 입원시켜야 돼요. 일단 응급실로 접수해드릴게요."

"안 돼요."

"네?"

"안 돼요. 출생신고가… 안 됐어요."

"네?!"

"약만 좀 주세요. 선생님은 구할 수 있잖아요…. 약이라도 좀 주면 안 돼요?"

"그렇게 임의로 드릴 수는 없어요. 그런데 병원에 24시 약국이 있어요. 거기로 가셔서 타이레놀이라도 구입해보세요. 정량보다 아주 조금 먹이셔야 돼요. 경과 보셔야 돼요. 온도가 40도가 넘어갈 땐 꼭 다시 오세요. 여기로 3층으로 꼭요. 저 찾으세요. 여기요, 이거 가져가시고요…!"

해영은 정이의 손에 체온계를 쥐여주었다.

딸기향이 나는 시럽형 해열제를 아기에게 먹였다. 여전히 어깨를 늘어트리고 축 처진 상태였다. 조금 진정이 되는 듯싶다가도 한 번씩 몸을 부르르 떠는 아기를 안고, 정이는 지하철을 탔다. 덜컹거리는 지하철 안에서 한 정거장이 지날 때마다 귀에 체온계를 댔다. 삐비빅. 떡. 열이 조금 내렸지만 그대로였다. 이제 정이와 아기가 갈 곳은 그곳뿐인 것 같았다.

신림역에 내렸다. 사람이 많은 2호선에서 아기를 안고 캐리어를 끄는 모양새에 사람들은 정이와 아기를 동시에 흘긋거렸다. 익숙했다. 동정으로, 연민으로, 괄시의 눈빛으로 찔리는 기분. 어딘가 따끔거리는 이 기분. 오늘만 지나면 이제 이렇게 살지 않아도 될 거야. 정이가 속으로 생각했다. 내가 내 아기의 발목을 잡아서는 안 된다….

언덕을 조금 올라가자 하얗고 굵은 글자로 '베이비 박스'라고 쓰인 곳이 보였다. 화살표를 따라갔다. 그런데 갑자기 잘 자던 아기가 울었다. 흐엉 소리를 내며 힘겹게 울었다. 열을 쟀다. 오히려 아까보다 더 떨어져 있었다. 왜 울지. 뭘 알아서 울지. 이 쪼고만게. 흐엉흐엉. 아기가 크게 울었다. 울면 열이 오르고 콧물이 차고 그럼 호흡을 제대로 하지 못한다. 큰일이었다. 아기도 알고 있는 것 같았다. 이제는 이 품에서 떨어져야 한다는 것을.

"붕붕. 하늘을 나는 꼬마 자동차. 붕붕. 무지개 속으로 가지요."

정이가 노래를 불렀지만 통하지 않았다.

더 큰 목소리로 불렀다.

"붕붕. 하늘을 나는 꼬마 자동차. 붕붕. 무지개 속으로…."

"흐어어어어어엉."

42

"갑자기 왜 울어. 왜. 나도 눈물 나잖아."

"와아아아아아앙!"

"열도 안 나잖아. 괜찮아졌잖아. 근데 왜 울어…!"

"응애~ 응애~!"

"그럼 너랑 나랑 어떻게 해…. 어디 서울역에서 노숙이라도 해? 나는 그렇게 살아도 넌 그렇게 살면 안 되잖아! 너도 나처럼 살고 싶어? 나처럼 살면 안 되잖아. 넌! 넌 억울하지도 않아? 백일이 다 되어가도록 이름도 없는데?! 네가 뭘 잘못해서 거지 소리를 들어 거지 소리를! 태어난 지 백일도 안 된 네가 뭘 잘못해서 이렇게 사는데!"

눈이 시렸다. 코가 따가웠다. 혼자 목도 가누지 못하는 아기한테 무슨 이야기를 하고 있는 건지. 콧물을 삼키듯 눈물을 먹었다. 턱에 닿는 보송보송한 아기의 배냇머리에 얼굴을 묻었다. 그냥 좋았다. 포근했다. 아기가 파고들 듯 정이의 품에 안겼다. 아주 조그마한 손으로 정이의 팔을 꼭 쥐었다. 자신을 꼭 쥔 작은 손을 보고는 더 이상 발을 뗄 수 없었다. 심장이 저렸다.

몸을 돌렸다. 캐리어를 끌고 언덕길을 다시 내려왔다. 아기와 헤어진다는 죄책감과 긴장이 지나가고 다리가 후들거렸다. 그러다 바퀴가 구르는 속도를 못 이기고 놓쳐버렸다.

가방을 잃어버리지 않기 위해 빨리 달렸다. 그런데 갑자기 정이의 몸이 앞으로 쏠려 그대로 굴렀다. 그 찰나의 순간에도 정이는 어떻게든 아기를 보호하기 위해 아기를 품안으로 더 밀어 안았다.

쿵.

정이가 눈을 떴을 땐 병원이었다.

"내 아기!"

다 된 수액에 비타민 주사를 넣기 위해 온 간호사가 정이를 보았다.

"영양실조예요. 길에 쓰러져 계셔서 이송됐어요. 구르면서 생긴 얼굴에 상처는 꿰맸어요. 상처 덧나지 않게 해주는 약 잘 바르세요. 이런 몸 상태로 어떻게 아기를…."

"아기요!"

"지금 데스크에서 잠시 보고 있어요."

왼쪽 팔에 꽂힌 수액 라인을 떼냈다. 침대에서 일어나 응급실을 나왔다.

"저! 환자분!"

데스크에서 여러 간호사의 사랑을 받으며 웃고 있는 아기를 보고 나서야 안심이 되었다. 아기가 웃고 있었다.

수배가 떨어진 몸이라 의료기관에 오는 것도 꺼려졌다. 사실 혼자 아기를 낳은 터라 몸뚱이 전체가 아팠다. 그래서 어디를 콕 집어 한 곳이 아프다고 할 수도 없었다. 정이는 얼른 아기를 안았다. 죄송하고 고맙다는 말을 남기고 달아났다. 앉아 있던 간호사가 황당한 표정을 지었다.

병원에서 뛰쳐나와 아기를 안고 계속 걸었다. 배터리가 바닥 난 휴대전화는 진작에 꺼져서 몇 시인지도 알 수 없었다. 깜깜한 밤이라고 해야 할지 새벽이라고 해야 할지 몰랐다. 표지판을 보면서 걸었다. 다들 집으로 돌아갈 시간이지만, 갈 집이 없는 정이와 아기는 마로니에 공원으로 향했다. 더 추워지면 있을 수도 없겠지만, 아직까지는 그곳이 가장 안전했다. 24시 카페에서 지내볼까도 생각했지만, 서울대 병원에서 있었던 일이 또 벌어질 수도 있었다. 그러다 경찰이라도 오면 수배자인 정이는 또 도망칠 수 밖에 없다. 그럼 아기는 어떻게 되는 거지? 그 생각에 겁이 난 정이에게 가장 안전한 곳은 마로니에 공원뿐이었다. 식당과 술집의 화려한 불빛들도 모두 꺼진 어둑한 대학로에 들어섰을 때, 유리창에 비친 정이의 얼굴은 처참했다. 이마를 꿰맨 까만 실밥이 우둘투둘 선명했다. 아기가 다치지 않게 감싸 안고 구르는 바람에 얼굴이 아스팔트에 긁혀 피가 나고 멍이 들어 있었다. 그런 얼굴을 보아도 아무렇지 않았다. 품속의 아기는 무사했기에.

정이는 문방구에서 파는 고무 냄새가 나는 물풍선 같았다. 물이 가득 찬, 손톱 끝만 스쳐도 금방 터져버릴 것 같은 위태로운 상태였다. 이 깜깜한 밤을 얼마나 더 걸어야 할까. 정이가 숨을 들이마셨다. 몸이 부르르 떨렸다. 허기를 넘어 이제는 속이 텅비어 위가 쓰렸다. 누가 빨래처럼 짜기라도 하는 것처럼 위가 아팠다. 아기띠를 너무 오래한 탓에 계속해서 아기의 무게가 위를 눌러 장기들이 숨을 제대로 못 쉬고 있었다. 그래도 아기를 내려놓을 수 없었다. 목도 가누지 못하는 아기를 편히 뉘일 곳도 마땅치 않았다. 정이가 걸음을 걸었다. 머릿속에 온갖 생각이 들었다. 걸으면, 걸으면, 이 길을 걸으면 끝에는 뭐가 있나. 누가 기다리고 있나. 픽 웃음이 났다. 세상에 천애 고아인 나를 기다리는 사람이 누가 있을라고. 그런데 아주 깜깜했던 밤하늘이, 밤거리가 밝아졌다.

소나무가 양쪽에 나란히 줄 서 있는 길, 모두 불이 꺼진 상가들 틈에서 노란빛이 새어 나왔다. 노란 은행잎들이 단정한 한옥 기와지붕 위에 곱게 쌓여 있었다. 그때 은발 머리를 집게로 잘 올린 70대 정도의 할머니가 유리문을 활짝 열었다. 콩알만 한 진주 귀걸이를 한 그녀의 입가엔 많이 웃어 생긴 주름이 다정하게 자리잡고 있었다. 그녀의 얼굴을 보는 순간 종소리가 들렸다. 운명을 만나면 종소리가 들린다는데 밥솥 위에 딸랑딸랑 흔들리는 추 소리가 종소리처럼 머리를 울렸다. 밥 냄새와 섞여 창밖으로 흘러나오는 노랫말이, 종이에 글을 쓰며 장난기 많은 아이처럼 천진난만한 미소를 짓는 할머니의 모습이, 좋았다. 깨끗하게 잘 닦인 진열장에 곱게 포장한 도시락을 칸칸이 올려놓는 주름진 손이 애틋해 보였다. 한 번도 느껴본 적 없는 것들이었다.

가만히 고개를 올려 간판을 보았다. 달빛에 환히 비치는 간판은 보고만 있어도 따뜻했다. 맛나 도시락…. 맛나 도시락? 이건 그때 간호사가 준 도시락집…? 정이가 뒷주머니에 손을 찔렀다. 날카롭고 각진 은박지가 느껴졌다. 사각형으로 잘 접힌 은박 호일이 달빛을 받아 반짝였다. 조심스럽게 펼치자 흰 종이에 쓰인 글자가 보였다.

이렇게 눌러 담은 고봉밥을 먹고도 배가 고프다면 또 오슈. 리필 가능. 언제든 웰컴! 그럼 씨 유 어게인!

언제든 웰컴? 정이가 혼자 입을 움직였다.

맛나 도시락의 열린 문 사이로 〈오버 더 레인보우〉 노랫말이 흘러나왔다. 그대가 감히 꿈꾸었던 꿈들이 정말로 이루어질 거야. 모든 괴로움이 레몬 사탕처럼 녹아내리는 곳.

정이가 아기 머리에 고개를 숙였다.

"붕붕. 하늘을 나는 꼬마 자동차. 붕붕. 무지개 속으로 가지요."

정이의 마음을 아는 듯 아기가 소리를 냈다.

"응애."

"여기라면 괜찮을 것 같아…."

"7천 원 되겠슈. 그럼 해브 어 나이스 데이 혀고, 씨유 어게인 이여!"

카운터에서 아침 장사로 준비해 둔 마지막 도시락을 보냈다.

금남의 유쾌한 인사를 듣고 극단으로 가는 신풍의 발걸음이 가벼워 보였다. 도시락을 저마다의 손에 보내고 난 금남이 그제야 자리에 앉았다. 하루 종일 아기를 등에 업고 장사를 하느라 땀이 두 배로 났다.

"아가, 너 때문에 오늘은 매운 냄새 나는 거 하나도 안 혔어. 한국인은 원래가 매운 걸 좋아하는데 손님 떨어지면 어뜩하지? 뭐, 그래도 괜찮여. 이 정금남이 손맛을 보면 다시 안 올 수가 없거든! 이제 또 점심 도시락 만들러 가보자."

폴딩도어까지 활짝 열어 햇살이 잘 드는 맛나 도시락 앞에 트럭 한 대가 멈춰 섰다.

"달걀이 왔어요. 싱싱한 달걀이 왔어요."

녹음된 확성기에서 나오는 목소리는 꿀을 발라놓은 듯 부드러운 중저음의 목소리였다. 이 음성은 혜화동을 넘어 이화동까지 뭇 식당 아지매들의 마음을 설레게 만들었다. 달걀장수계의 임영웅이라나. 생긴 건 정해인처럼 여리여리 청순하기까지 했다. 사람들은 '달걀이 왔다는 말이 이렇게 감미로울 일이야?'라며 은석의 정체를 궁금해했다. 물론 금남은 은석의 사연을 뻔히 알고 있었지만, 아무에게도 입을 열지 않았다.

"어, 미스터 달걀 왔슈?"

굵은 컬이 들어간 오대오 가르마머리를 한 은석이 밝게 인사했다.

"달걀 왔어요. 점심에 오라고 하셔서요. 근데 웬 아기에요? 손주예요?"

금남이 등 뒤에서 놀고 있는 아기를 한번 보았다.

"잠깐, 잠시 내가 맡고 있는 보물이여."

"진짜 보물 같네요. 눈에 보석이 박힌 게."

은석이 아기 눈을 빤히 바라보았다.

"예뻐? 우리 미스터 달걀도 장가갈 때 다 됐네. 애가 예뻐 보이는 거 보면. 언능 가서 하나 낳아!"

"하하, 오늘은 몇 판 드려요? 똑같이 세 판 드릴까요?"

"말 돌리지 말고. 내일 모레면 서른 아니여? 옛날이면 손주 볼 나이여."

"우리 혜화동 헵번 여사님이 왜 꼰대같이 말씀하실까, 그 소리 듣는 걸 제일 싫어하시면서."

은석이 금남을 놀리고는 수줍은 듯 씩 웃었다.

"아유, 그랬어? 나는 시녀다. 세련된 시녀다. 나는 노인이 아니라 어른이다! 이게 다 진주 귀걸이를 안 해서 그래. 내 마음가짐은 거기서부터 시작인데…!"

주문을 외우듯 혼잣말을 하는 금남을 보고 은석이 웃었다.

"시녀요?"

"그래, 시녀! 젊은 사람이 시녀도 모른단 말이여?! 미국 말로 어른!"

"아, 시니어요?"

"에구머니나! 맞다. 시니어! 요즘 이렇게 알던 것도 헷갈린다

49

니까."

"다른 데서는 헷갈리시면 안 돼요. 하하."

쌍꺼풀 없이 큰 눈을 가진 은석이 생긋 웃었다. 친절하게 달
걀 세 판을 주방에 옮겨 놓고 트럭에 올랐다. 달콤한 보이스의
'달걀이 왔어요' 소리가 맛나 도시락에서 점점 멀어져갔다.

"미스터 달걀도 운전 조심혀고!"

금남이 트럭 뒷번호판을 보다가 이마를 탁 짚었다. 아차! 살
얼음 동동 아이스 식혜를 준다는 걸! 일흔이 넘은 나이에 낭랑
18세 같은 기억력을 갖기는 어렵겠지만, 요즘 들어 자꾸만 사소
한 것들을 깜빡하는 게 답답하고 아쉬웠다.

"아가, 아무래도 너희 엄마 때문에 내가 놀라서 그런 것 같
다."

아기를 앞으로 능숙하게 안았다. 폴딩도어가 시원하게 열려
소나무 길이 잘 보이는 의자에 앉았다. 햇빛을 유독 잘 받아서인
지 노랗게 물이 들어 떨어지는 은행잎을 보면서 식혜를 마셨다.
은석에게 주지 못한 것이었다. 엿기름이 섞여 달콤했다. 분명히
여기를 지켜보고 있을 것 같단 말이지…. 이 정금남이 촉은 틀린
적이 없는데 말여.

"이렇게라도 네 엄마한테 얼굴 보여주자. 그 마음은 또 얼마
나 뭉그러지겠냐. 자, 보슈. 유어 보물 이렇게 잘 있으니, 얼른 돌
아오슈."

정이가 목덜미를 더듬거렸다. 가늘어서 거의 반짝거리지 않는 14캐럿 목걸이를 잡았다. 보육원에 맡겨질 때부터 하고 있었다는 목걸이는 아마 엄마라는 사람이 준 것 같았다. 사실상 혼자라는 걸 알지만, 이거라도 없으면 나중에라도 영영 엄마라는 존재를 보지 못할 것 같았다. 그래서 어떻게든 지켜내고 싶었는지도 모른다.

금은방 유리 진열대 위에 목걸이를 올렸다. 그 밑으로 세 돈은 족히 넘어 보이는 번쩍한 금수저와 금두꺼비, 돌반지 등이 보였다. 그 틈에서 정이의 아주 가는 14캐럿 목걸이는 주인의 환영을 받지 못했다. 거기서 가장 초라해 보였다. 괜히 주눅이 들어 안고 있는 아기의 배냇머리에 고개를 묻었다. 왠지 포근한 냄새가 났다.

꼬장꼬장한 외모의 주인은 어딘가 곤란한 듯 쉽게 입을 떼지 못했다.

"이거… 짜가야."

"네?"

"아주 도금이 잘 된 거라고요. 금이 아니야."

의지할 곳이 없을 때마다 목걸이를 만지작거렸다. 왜 그랬는지 모르겠지만 그냥 이게 엄마가 나에게 걸어준 전부라고 생각하며. 그런데 가짜였다니. 픽 웃음이 나왔다.

주인은 이러면 정말 손해인데, 하며 중얼거리다가 대충 4만 원을 주었다. 사실 그만한 가치도 없는, 그저 도금이 잘 된 가짜 금일 뿐이었다.

가짜일지라도 그나마 이어져 있던 마지막 피붙이와의 인연도 끊긴 느낌이었지만, 평생을 귀하게 여긴 그 마음에 배신감도 들었지만, 이제는 눈물도 안 났다. 단지 지금의 정이는 만 원짜리 네 장에 안도했다.

마트 진열대에는 산양유부터 시작해 여러 가지 분유가 있었다. 정이가 직원을 붙잡고 좋은 걸로 달라고 했다. 점원이 추천한 파란 뚜껑에 독일어가 쓰인 묵직한 분유 한 통을 들었다. 그렇게 분유 한 통과 얇은 겉싸개, 기저귀, 젖병을 사자 돈이 거의 남지 않았다. 오늘 하루만 더 같이 있고 싶은데…. 그래도 오늘은 반드시 안녕을 해야 해. 정이는 아기를 보낼 준비를 마친 기저귀 가방을 들고 걸었다. 혜화동 맛나 도시락으로 가는 걸음을 돌릴까 싶었지만, 이제는 정말 낭떠러지였다. 한 걸음만 더 디뎠다가는 정이도 아기도 모두 떨어진다. 너만은 부디 따뜻한 밥 먹으며 살기를…. 그 마음으로 나아갔다.

대학로로 이어지는 길가에 즉석 사진을 찍는 기계가 있었다. 아기와 한 번도 사진을 찍어본 적 없는 정이가 그 안으로 들어갔다. 수중에 남아 있던 천 원짜리 지폐 네 장을 넣고 컷 분할 화면을 선택했다. 아기띠에서 아기를 꺼내 안았다. 처음에는 어리둥절

한 얼굴이었지만, 곧 화면에 나오는 얼굴이 신기한 아기도 헤, 입을 벌리며 웃어보였다. 찰칵, 찰칵. 셔터 소리와 번쩍이는 플래시가 터지자 아기가 환하게 웃었다. 정이도 그런 아기와 함께 처음으로 웃었다. 아니, 울었다.

눈물이 그렁그렁 맺힌 채 간신히 미소 짓는 자기 얼굴과 입을 벌리고 히쭉 웃고 있는 아기가 같이 찍은 사진을 주머니에 잘 넣었다. 옅은 쌍꺼풀이 잔뜩 부은 정이는 맛나 도시락을 향해 걸었다.

저녁 장사를 끝내고 주방을 정리하는 중인지 주인 할머니는 보이지 않았다. '언제든 웰컴'이라고 적혀있던 문구처럼 문이 활짝 열려 있었다. 정말 언제든 들어와도 좋다는 듯이. 아기를 순면 겉싸개로 잘 포갰다. 그리고 새벽녘 마로니에 공원에서 미리 써둔 종이도 잘 끼워 넣었다. 정이가 입술을 꾹 깨물었다. 고개를 들어 떨어지는 은행잎을 보았다. 아기와 눈이 마주칠 때마다 바늘로 쿡 찌르는 것처럼 몸속 어딘가가 따가웠다. 코끝도 뜨거워졌다. 눈물이 터지기 전에 아기와 이별해야 했다. 영원한 안녕을 해야 했다. 아니, 씨 유 어게인. 마음은 그랬다. 내가 조금 더 나은 삶을 살게 된다면, 언젠가는 다시 만날 수도 있지 않을까….

활짝 열려 있는 도시락 가게 안에 조심스럽게 아기를 내려놓았다. 옆에 기저귀 가방과 아기띠를 놓았다. 정이와 눈이 마주친 아기가 환하게 웃었다. 아주 오랜만에 등을 대고 누워서인지 편안해 보였다. 열 달 동안 이어져 있던 탯줄을 이제야 잘라낸 듯 뚝 끊긴 기분이었다. 정이의 얼굴이 일그러졌다. 입술을 오므리고 애써 웃으며 눈으로 인사를 건넸다. 눈물이 볼을 타고 툭 떨어지자, 아기가 울기 시작했다. 정이는 밖으로 뛰었다. 앞만 보고 달렸다. 몸이 벌벌 떨렸다.

끼익!

무단횡단을 하던 정이 앞에 달걀을 실은 트럭이 멈췄다. 놀란 은석이 운전석 문을 열고 나왔다. 트럭 앞에 넘어져 있는 정이에게 다가가 말했다.

"괜찮으세요? 어디 다친 데는 없어요? 지금 같이 병원에 가요!"

"…"

"말을 못하겠어요? 숨은 쉬어져요? 빨간 불에 그렇게 뛰면…. 진짜 큰일 날 뻔했어요. 일단 응급차 부를게요!"

묶은 머리가 반쯤 풀린 정이의 얼굴을 보았다. 얼굴은 상처 투성이였고 눈가에는 아직 가시지 않은 푸른 멍도 몇 개 있었다. 무언가 잘못된 것을 직감한 은석이 일어서려는 정이를 붙잡았다. 정이의 유독 큰 까만 눈동자에 금방 눈물이 찼다. 그리고 결국 눈물을 쏟았다. 터져버린 물풍선처럼 세차게 울었다. 엉엉 소리를 내어 울었다. 눈을 감고 있어도 늘 안고 있던 아기의 얼굴이 보였다. 목덜미를 간지럽히던 아기의 보송한 배냇머리가 느껴졌다.

놀란 은석의 눈에도 눈물이 찼다. 왜인지 모르겠지만 정이의 모습을 보니 눈물이 차올랐다. 들썩이는 정이의 작은 등을 쓸어주려 손을 들었지만 차마 대지 못했다.

"괜찮은 거 맞아요? 지금 병원으로 가요. 어디가 아파요? 어디가 아픈지 말을…!"

하지만 곧 은석을 뿌리치고, 정이는 달려갔다. 도망치듯 부지런히 뛰어갔다. 그렇게 달려가 봐야 갈 곳은 마로니에 공원뿐이었다. 가쁜 숨을 몰아쉬었다. 속이 찢어질 듯 타들어가는 것 같았다. 품이 너무 가벼웠다. 텅 빈 것처럼.

하늘을 보았다. 나뭇가지에 둥지를 튼 새 두 마리가 보였다.

"너넨 좋겠다. 둥지 틀 지푸라기라도 있어서."

고개를 떨어트렸다. 눈물이 났다. 품이 너무 가벼워서, 어깨가 아프지 않아서, 눈물이 났다. 내내 붙어 있던 아기가 없어 눈물이 났다.

네가 뭘 잘했다고 울어. 스스로에게 매질을 하듯 모진 말을 내뱉었다. 입을 꾹 다물고 눈물을 삼켰다. 그때 단화 위로 휑하게 살이 보이던 발목이 갑자기 따뜻해졌다.

"야옹."

진한 노란색, 흰색, 고동색이 섞인 고양이였다. 흔히 삼색이라 불리는 고양이. 간식을 달라며 머리를 부비거나 울음소리를 내지도 않았다. 하얀 털이 몰려 있는 뱃살이 불룩하게 처진 게 속에 새끼가 든 것 같았다. 고양이는 어둠 속에서 까만 눈을 빛내며 앞발을 가지런히 모으고 앉았다. 그리고 그저 가만히 정이를 바라봐주었다. 마치 울고 있는 정이를 위로하듯이.

벌써 아기와 함께한 지 일주일이 됐다. 독허네. 독혀. 나는 하루만 안 봐도 까무러질 것 같았는데. 요즘 세대들은 확실히 달라. 그래도 어쩔 겨. 모성애가 엠지는 피해가남. 어디서 눈물 짜며 여기 훔쳐보고 있을 게 안 봐도 비디온데. 금남이 혼잣말을 했다.

업혀 있는 아기는 금남의 등이 익숙해졌는지 제 손을 뻗어 신기하다는 듯이 쳐다보고 있었다.

"아이고, 고사리만 한 손이네. 네 손이 신기해서 계속 뚫어져라 보는 거야? 나중에 이 이쁜 손으로 뭐할래. 아참, 어제 받아다 둔 고사리가 있었지! 내 정신 좀 봐라."

저녁 도시락을 준비했다. 뭉근하게 데친 고사리에 참기름을 넣을 때, 문에 달린 풍경 소리가 들렸다. 딸랑, 하고 들리는 풍경 소리에 금남이 주방에서 나왔다. 하지만 가게엔 아무도 없었다. 금남은 다시 주방으로 들어가는 척하다가 진열장 뒤에 쭈그리고 앉았다.

"쉿! 너도 엄마 만나고 싶으면 조용히 해야 해."

10분은 족히 지나자 다리가 저렸다. 조금 더 있다가는 쥐가 날 것 같았다. 등에 업혀 있는 아기와 금남이 진열장 뒤로 몸을 숙였다. 빼꼼히 눈만 내밀고 누가 들어오는지 보고 있었다. 브레이크 타임이라 도시락이 없다는 걸 알면서도 이곳 문을 열었다면 분명 아기 엄마일 것이다! 그 문 앞에서 수백 번을 망설였겠지! 정금남이 촉은 틀린 적이 없어. 암.

하지만 틀렸다. 아무도 오지 않았다. 다리에 저릿저릿한 통증만 느껴졌다. 저녁 장사가 시작 되기 전 까지 개미 손님도 들어오지 않았다.

"분명히 온 것 같았는데…."

주방에 있던 금남이 다시 풍경 소리가 들리자 쏜살같이 뛰어나왔다!

"왔구나!"

"네, 왔어요. 달걀이 왔어요!"

"아니네…."

은석이 달걀판을 내려놓으며 실망한 표정의 금남에게 물었다.

"기다리는 분 있으세요? 어? 오늘도 그 아기랑 같이 계시네요."

아기의 보송한 머리칼 밑으로 까만 눈덩이를 보았다. 어디선가 본 듯한. 누군가와 닮은 눈이었다.

"참 많이 닮았는데…."

혼잣말을 하는 은석에게 금남이 식혜를 내밀었다.

"그때 깜빡하고 못 줬어. 시원하게 드슈. 근데 누굴 닮아?"

"잘 마실게요. 감사합니다. 아, 일전에 여기 골목 지나는 길에서 사고가 날 뻔했는데, 왠지 그때 그 여자 분이랑 닮은 것 같아서요. 아니겠죠."

"그래? 어떻게 생겼어?"

"예쁘게요."

당연한 걸 대답하듯 은석이 말했다.

"예쁘게?!"

수줍은 듯 씩 미소가 지어진 은석을 보고 금남이 픽 웃었다.

"또?"

"너무 말랐어요. 밥 사주고 싶을 만큼."

"또?"

"얼굴에 상처가 많았어요. 얼른 병원에 데리고 가고 싶을 만큼…."

요것 봐라. 이거 전개가 이렇게 되는 건가? 금남이 재미있다는 듯 미소를 지었다. 은석은 묻지 않아도 혼자 술술 말을 이어갔다.

"청남방을 입고 있었는데 많이 해졌어요. 그리고 제 앞에서 울었어요. 아이처럼 엉엉. 등을 쓸어주고 싶었는데 함부로 손대지 못했어요. 왠지 그 상처에 감히 손댈 수 없더라고요."

"첫눈에 반했구만?"

"네. 네?!"

"그 아가씨 여기 곧 올 거야. 기다려보라고."

"아니, 반하긴요. 아니에요. 아니에요! 잘 마셨습니다. 저 가볼게요!"

식혜를 한입에 들이켜고 은석이 떠났다. 식은땀을 삐질 흘리는 모습도 청춘만화에 나오는 첫사랑을 시작하는 남자 주인공처럼 청순해 보였다.

"생긴 건 샌님인데 속은 남자야, 남자. 아가, 엄마가 청남방 입고 있었어? 너랑 닮았다는데, 진짜인지…. 한번 기다려보자!"

금남이 '홍민이 꺼'라고 네임펜으로 써놓은 도시락을 진열장에 넣어놨다. 이 동네에서 유일하게 중2병에 걸리지 않은 중2 홍민이는 맛나 도시락 단골 손님이었다.

오후 여섯 시가 되어갈 즈음 사람들이 줄줄이 들어왔다.

그 틈에 한 여자가 들어왔다. 깡마른 몸에 군데군데 해진 청남방이 유난히 눈길이 갔다. 청남방? 혹시?! 오기 전에 울고 들어왔는지 눈이 퉁퉁 부어 있었다. 그보다 확실한 증거는 도시락이 있는 진열장을 보지 않고 아기만 얼핏얼핏 곁눈질로 보고 있다는 점이었다. 금남은 확신했다. 혹여나 또 도망칠까 봐 태연하게 행동했다. 여자도 아기를 오래 보고 싶은지 제일 끝에 줄을 섰다. 금남이 카운터에서 앞사람들을 모두 계산해주고 난 뒤에 정이가 건넨 도시락을 계산했다. 자연스럽게 포스를 찍었다.

틱 틱틱 틱.

그리고 정이의 손을 탁 잡았다!

"보물 찾으러 왔슈?!"

그렇게 정이는 금남의 손에 끌려갔다. 손을 꽉 잡고 놔주지 않았다. 비쩍 마른 정이의 손을 잡고 있으니 오히려 금남의 손아귀가 아팠다.

"정말 죄송합니다. 제가…."

"군말 말고 일단 따라오슈!"

경찰서로 가는 건가. 수배가 떨어진 몸이라 경찰서에 가게 되면 가중처벌을 받겠지. 그럼 아기는 어떻게 될까. 영화에서 보면 교도소에서 함께 지내기도 하던데. 아기를 그런 곳에 데려가도 되는 걸까. 정이의 머릿속이 어지러웠다. 자신의 손을 꽉 잡고 있는 금남의 손은 힘줄이 불끈 솟아 있었다.

마로니에 공원을 끼고 우측으로 걸어 좌회전을 해 이화동으로 들어섰다. 높은 계단이 칸칸이 있었다. 그 옆길을 지나자 지구대가 보였다. 역시 경찰서로…!

"잘못했어요. 경찰서 가면 다 끝장이에요. 아기 데리고 갈게요. 죄송해요. 한 번만 봐주세요."

"군말 말고 따라오래도?!"

금남이 정이를 더 끌었다.

문이 열렸다. 달큰한 분유 냄새와 널어놓은 이불에서 나는 섬유유연제 냄새가 포근했다. 신발장 위에는 영화 〈로마의 휴일〉에서 젤라또를 먹고 있는 오드리 햅번의 사진 액자가 있었다.

집 안으로 들어가자 스웨이드 재질의 베이지색 소파 위에 놓인 우쿨렐레가 먼저 보였다. 마치 방금 전에도 연주를 하던 것처럼 편안한 모양이었다.

　은은한 나무 물결무늬 식탁 위에는 딸로 보이는 여자와 다정
스럽게 꼭 팔짱을 낀 사진도 있었다.

　금남이 인질처럼 안고 있던 아기를 요 위에 내려놓았다. 정이
가 바로 아기를 꼭 끌어안았다. 그렇게 울고불고할 거면서 일주일
을 어떻게 버텼는지. 둘이 회포를 풀 동안 금남은 주방으로 들어
갔다. 싱크대를 열어 미역을 꺼내 불려놓고 냉동실에 얼려둔 성게
알을 꺼냈다. 제주에서 온 성게를 바로 냉동한 터라 싱싱한 바다
내음이 물씬 느껴졌다.

　냄비에 참기름을 살짝 두르고 다진 마늘을 조금 넣은 다음
미역을 볶았다. 바글바글 소리가 날 즈음 물을 넣고 팔팔 끓어오
르자 해동된 성게알을 듬뿍 넣었다. 주황색 성게알이 뭉텅뭉텅
달라붙었을 때 숟가락으로 한 번 획 휘저어주고 간장과 액젓을
넣고 마무리했다.

　금남이 한 수저 떠 맛을 보았다.

　"오우! 엑설런트!"

　미역국을 끓이는 동안 금남의 등 뒤로 두 번 다시 헤어지지
말자는 말이 몇 번을 오갔다. 그래, 그래야지. 반성은 많이 한 것
같네.

　"한 술 떠! 얼른 이리와 앉아."

　화를 낼 줄 알았던 금남이 정이에게 건넨 첫 마디는 한 술 뜨
라는 것이었다.

성게알 미역국, 소불고기 볶음, 시금치 무침, 고구마 맛탕….

식탁에 어깨를 오므리고 풀이 죽어 앉아 있는 정이에게 숟가락을 쥐여줬다. 그래도 밥 한 술 뜨지 않는 정이를 나무라는 금남이다.

"얼른 먹어. 식으면 맛없어. 그렇게 말라 비틀어져서 아기는 어떻게 키우려고!"

정이가 나무 숟가락으로 뜨거운 김이 올라오는 미역국을 한 입 먹었다. 맛있었다. 한 번도 먹어본 적 없는 맛. 누군가 날 위해 끓여준 미역국. 생일이 언제인지도 몰랐지만 바로 오늘이 생일인 것 같았다.

"푹푹 먹어! 그렇게 먹어서 되겠어."

금남이 정이 앞에 있는 고봉밥 위에 소불고기를 얹었다.

"고기도 먹고. 시금치도 먹어. 산모는 무조건 잘 먹어야 되는 겨. 왜. 성게가 비려? 못 먹겠어? 친구가 제주에서 보내준 건데, 나는 꼭 아기 엄마가 올 것 같더라고. 성게알이 산모한테 그렇게 좋거든. 그래서 내가 먹고 싶은 거 꾹 참고 뒀던 건데…. 정 못 먹겠어?"

"…."

"그래도 좀 먹어. 얼른 한 술 푹 떠서 입에 더 넣어봐."

평범한 집에서 그러듯 어르고 달랬다가 또 야단도 쳤다가 하며 밥을 먹으라고 하는 금남이 좋았다. 어쩌면 정이가 평생 그려왔던 평범한 식탁이었다.

"잘못했어요. 죄송해요. 정말 잘못했어요. 많이 놀라셨을 거예요. 잘못했습니다…."

분에 넘치게 고마운 밥상에 감히 손을 대지 못한 정이가 입을 열었다.

"…알겠어. 알겠으니까. 애니웨이, 이제 밥 먹어. 부르게 먹어. 밥 더 있어. 많아."

정이가 더 말을 하지 않아도, 실핏줄이 터진 흰 눈자위만 봐도 그간의 고생이 느껴졌다.

아기를 가운데 두고 정이와 금남이 함께 누웠다. 자기 전 정이는 금남에게 모든 것을 털어놓았다. 고아원 생활부터 그곳을 나와 만난 남자와 현재 수배자가 된 상태까지. 이런 상황에 혼자 아기를 낳고 그간 마로니에 공원에서 노숙하며 지내왔던 이야기. 베이비 박스 앞까지 갔지만 거기에 두면 다시는 아기를 못 볼 것 같아 울며 돌아왔다는 이야기. 금남은 이야기를 들으며 정이의 팔을 쓸어주었다. 이 마르고 얇은 몸으로 그 시간을 버텨온 게 기특할 지경이었다.

새벽에 금남이 먼저 일어났다. 아기는 새근새근 잠을 자고 있었다. 금남이 옆에서 끙끙 앓는 정이를 보았을 때 이마에 식은땀이 나 있었다. 정이의 이마를 짚었다. 열이 올랐다. 이제 긴장이 풀렸나보네. 그럼 이제 아플 차례지…. 금남이 하얀 수건을 찬물에 적셔왔다. 이마와 목덜미를 닦아주자 정이가 눈을 떴다.

"할머니…."

"할머니 말고, 금남 여사님이라니께. 여사님 이렇게 불러. 얼른 눈 감고. 더 자. 폭 자고 푹푹 먹는 것 밖에는 약이 없어."

"…."

"갈 곳 생기기 전까진 여기 있어. 어디 갈 생각 말고. 그렇다고 너무 좋아하지는 마. 공짜는 아니여. 도시락집에 와서 마늘도 까고 양파도 썰어야 혀!"

경계심만 많아 잔뜩 겁먹고 눈치 보는 길고양이 같던 정이는 고맙다는 말을 한 뒤 의식을 잃듯 눈을 감았다.

늦가을에 만난 세 사람은 어느덧 함께 겨울을 맞이하는 중이었다. 그사이 몸무게가 5킬로그램이나 늘어난 정이와 금남은 맛나 도시락의 문을 같이 열고 같이 닫았다. 콩나물 머리를 뗄 때나눈 금남의 농담은 정이를 웃게 만들었고, 도시락 밑에 들어갈 흰 종이에 깨알 같은 글씨를 쓰는 금남의 응원은 또 한 번 정이의 마음을 움직였다. 정이는 경찰서에 자수를 했고 재판을 기다렸다. 그렇게 아기와 함께 세상에 당당하게 나아갈 준비를 하고 있는 중이었다.

"여사님, 아니 캡틴! 저 오늘 반차 낸 거 아시죠?"

겨울의 깨끗한 공기가 붙어 있는 맛나 도시락 유리문 앞에서 아기를 업고 있는 정이가 말했다.

"그럼! 우리 화동이 이름 생기는 날 아니야!"

"정말 화동이라고 짓고 싶었는데. 혜화동에 화동이."

"에이, 화동이를 촌스러워서 어디다 써! 평생 원망 들어. 세련되게 헵번이, 스칼렛. 이렇게 지어야지. 글로벌하게!"

"꺄르르."

아기가 입을 혜 벌리고 웃었다.

"이것 봐. 얘도 좋다잖아. 큭큭큭."

"그래도…. 저한테는, 우리한테는 이 동네가 특별하니까요."

정이가 부드러운 극세사 담요로 아기띠를 덮은 뒤 가게 문을 열었다.

찬 공기가 숭 들어왔다. 금남이 문 앞으로 나가 구청에 가는 정이에게 손을 흔들었다. 정이가 막 골목길로 꺾어 들어갈 때쯤, 은석의 트럭이 맛나 도시락 앞으로 들어왔다.

"미스터 달걀. 워째, 버스 떠났는데."

놀란 은석이 트럭에서 급하게 내렸다.

"왜요?! 정이 씨 어디로 떠났어요? 가버렸어요?"

"큭큭큭. 아니, 화동이 출생 신고한다고 구청 갔다고. 그렇게 놀랄 일이야? 왜 바람 불면 날아갈 것 같어? 저 스카이에 사는 선녀님 같어? 불안혀하는 게 좋아하는 거 맞구만, 뭘 아닌 척

65

은!"

금남이 은석을 놀리고 큭큭 웃었다. 역시 짝사랑 구경만큼 재미있는 일은 드물었다.

"아니에요. 달걀 드리러 왔어요."

"아니긴. 정이 오고부터 달걀을 한 판씩만 가져오는게 말이 돼? 그것도 아침 저녁으로! 그럼 그냥 한 번에 두고 가슈."

"아…. 여사님."

쌍꺼풀 없이 꼭 새끼 고양이 같은 크고 선한 눈망울은 오늘따라 더 정해인 같은 얼굴이다.

"생긴 건 멀쩡혀서. 밥 먹자고 말이나 혀봐. 화동이 저녁 일곱 시면 아침까지 통잠 자! 아차, 근데 평일은 안 되겠다. 밤에 네일 아트 배우러 다니거든. 내가 화동이 봐줄 테니까, 주말에 어디 데리고 가서 맛있는 거라도 같이 먹으란 말이여."

"맛있는 거요? 음, 정이 씨 몸보신하게 전복 실하게 들어간 연포탕 같은 거 먹으러 갈까요?"

"파스타! 스테끼!"

금남이 은석의 등짝에 스메싱을 날렸다.

"미스터 달걀, 진짜 정이랑 잘해볼 맘이 있긴 있는 겨? 얼굴만 정해인이면 뭘 혀. 목소리만 임영웅이면 뭘 혀냐고! 연애가 고잔디. 쯧쯧."

"고… 고자라니. 여사님…."

울기 직전의 표정이 된 은석은 오늘도 맛나 도시락에 달걀 한

66

판을 두고 갔다.

"곧 죽어도 한 판만 두고 가네. 내일 오면 또 놀려야지. 큭큭."

말괄량이 소녀 같은 금남의 웃음소리가 맛나 도시락에 울려 퍼졌다.

❖

오들이. 오정이의 딸 오들이. 발음하면 오드리라고 들리는 게 금남의 입에 짝짝 붙었다.

"안녕, 들이야."

쌀알 같은 아랫니가 돋아 혀로 밀며 장난을 치는 아기를 금남이 안았다. 그리고 환하게 웃었다.

"우리 들이야. 오들이야. 엄마가 이름 진짜 예쁘게 잘 지었다 그치? 이름처럼 곱게 살자. 사람은 이름 따라가거든. 이름 무시 못햐. 우리 오드리 공주님."

금남이 작은 아기 욕조에서 목욕 중인 들이 앞에 앉아서 말을 걸었다. 애간장이 녹는 다정한 표정으로 자신을 보는 걸 아는지 들이도 꺄르르 웃었다.

"허리 아프실 텐데, 제가 목욕 시킨다니깐요."

"이게 손주 보는 재미인가. 우리 문정이는 딩크족이라 나는 평생 이런 재미 못 보나 했는데, 이렇게 보고만 있어도 좋네. 그치 들이야?"

"그래도 제가 마무리할게요. 비키세요."

정이가 금남 옆에 쭈그려 앉았다.

"아휴. 좁아요. 저리 가슈. 그리고! 애기 재워놓고 네일 아트 배우러 가야지. 시험이 코앞이라 오늘 토요일에도 가야 한다며. 여기에 힘 빼지 말구. 브레이크 타임을 좀 가져. 소파에 좀 눕든 지."

"저는 쌩쌩해요. 비키세요."

"그려? 그럼 같이 하지 뭐."

금남이 손을 뻗어 욕조 안의 따뜻한 물을 정이 얼굴에 튕겼다. 피하는 듯 하더니 똑같이 금남에게 물을 튕기는 정이를 보고 들이가 웃었다.

"꺄르르."

금남이 몇 번 정이에게 물을 튕기자 정이가 고개를 숙였다.

"눈에 물 들어갔어? 아이쿠, 보자."

"…."

하얗고 깨끗한 흰자위가 붉게 물들어 있었다.

"무서워요. 감옥에 갈지도 모르고. 또 들이와 헤어질지도 모르고. 지금의 행복이 다시 와장창 다 깨질까 봐. 지금이 너무 꿈만 같아서 무서워요."

"뭐가 그렇게 무서우리만치 꿈만 같은데?"

"말이 안 되잖아요. 내가 이렇게 행복한 게요. 나한테 아무 일도 없는 게요. 모두 할머니 덕분에요."

정이가 조용히 고개를 들어 금남을 보았다.

"할머니 아니래도, 여사님이라고 부르래도! 걱정도 팔자란 말이 딱 맞어. 저번주에 조사도 다 잘 받았고 정말 모르고 도장 준 거라면서. 그럼 판사님들이 잘 판단하실 거야. 어찌저찌 거기 가더라도 우리 들이는 내가 잘 데리고 있을 거니까. 그건 걱정하지 말고. 돈 크라이. 오케이?"

"우리 들이 이제 막 앉기 시작했는데 일어서는 것도 보고 싶고 걷는 것도 보고 싶은데…."

"다 볼 거야. 고것 좀 못 보면 어뗘. 앞으로 평생 볼 건데. 자식한테는 첫 걸음마를 봐주는 엄마보다 어떤 걸음을 걸어야 되는지 알려주는 엄마가 더 좋은 거야. 네 걸음이 맞아. 잘 선택한 거야."

눈물을 멈추지 못한 정이가 대답했다.

"우리 들이 넘어지면 안 되는데. 걸음마도 제가 잘 가르쳐줘야 되는데."

"넘어지는 것도 배워야 돼. 그래야 넘어져도 안 아프게 넘어질 수 있어. 또 일어설 용기도 나는 거고. 세상에 한 번도 안 넘어지고 사는 사람 있어?"

정이가 계속 눈물을 흘리자 둘을 바라보던 들이가 얼굴을 찡그렸다.

"봐라, 엄마는 아기 거울이야. 네가 울면 들이도 울어. 뒷모습까지 닮으면서 크는 게 자식이라고. 그런데 네가 용기 내면 들이도 용기 있는 사람으로 클 거야. 그렇게 생각하며 버텨. 재판까지 기다려보자고. 돈 워리, 오케이?!"

"고맙습니다."

눈물을 훔치고 애써 웃어 보이는 정이가 더 애처로웠다.

수건 위에 누워 있는 들이에게 정이가 로션을 발랐다. 부들부들 보드라운 피부에 로션을 바르고, 얼핏 복숭아뼈처럼 보이는 작은 무릎을 동그랗게 돌려가며 베이비 마사지도 해주었다. 금남은 주방에서 분유를 탔다.

"정이야, 분유가 바뀌었네. 이거 먹어도 괜찮은 거야? 배앓이 한다고 해서 계속 이전 것만 먹였는데."

"뻥이죠…."

"왓?!"

"그래야 계속 비싼 거 먹일 줄 알고 그랬죠."

본인이 말하고 수줍게 웃는 정이를 보았다. 이거 완전 선수네 선수야. 누가 누굴 가르치고 있나 싶은 금남이 분유가 든 젖병을 가지고 왔다.

"내가 먹일 테니까 얼른 학원 갈 준비나 하슈."

"죄송해요. 다 갚을게요."

"갚기는. 이번 달 월급에서 빼고 줄 거야. 아차! 오늘이 월급날이잖아. 내 정신 좀 봐라."

금남이 싱크대 첫 번째 서랍에서 월급이 든 봉투를 가져왔다.

"맨날 받기만 하는 것 같은데, 이렇게 월급까지 받는 게 맞는지 모르겠어요. 감사합니다."

"일을 했으면 돈을 받아야지. 숙식 제공비 다 빼고 주는 거야. 많이 주면 몰라도. 그렇게 감사해하면 나도 쑥씨러."

"감사합니다."

고개를 꾸벅 숙인 정이가 문을 나섰다. 네일아트 자격증을 따 조그맣게 숍 인 숍으로라도 들어가 자기 일을 해볼 생각이었다. 들이와 함께 홀로서기를 준비중인 정이가 매일 몽땅 저금만 하던 월급봉투를 만지작거렸다. 그리고 19만 원, 아니 20만 원을 따로 뺐다.

큰길로 나가 혜화동에서 성균관대학교로 향하는 뒷골목으로 걸어갔다. 그리고 들이와 함께 있던 모텔에 들어갔다. 카운터는 비어 있었다. 정이가 몇 분을 기다렸지만 주인 여자는 오지 않았다. 반달로 뚫린 아크릴 구멍에 20만원을 두고 나왔다. 홀가분했다. 언젠가 주인 여자가 했던 거지라는 말에 한마디 대꾸도 못했던 자신에게 보내는 위로 같았다.

저절로 미소가 지어졌다. 학원으로 가는 길을 걸었다. 겨울이라 빨리 지는 노을이 혜화동을 선명한 오렌지빛으로 물들이고 있었다.

빵빵.

클락션 소리가 은석의 성격처럼 소심하게 울렸다.

정이가 뒤를 돌아봤다.

"정이 씨…!"

은석이 타고 있는 트럭에 창문을 열었다.

"안녕하세요."

"토요일인데 학원 가시는 거예요? 태워드릴까요? 배달도 다 끝났거든요."

몇 단어 안 되는데도 몇 번을 쉬어가며 은석이 말했다.

"괜찮아요."

이상하게 은석에게는 더 퉁명스러운 정이가 말을 끊었다.

"트럭 생각보다 안 불편해요. 타세요. 귤도 있는데."

은석이 주황색 귤을 보여주며 수줍게 웃었다.

"걸어가는 게 편해요. 가세요."

"그, 그럼 혹시! 끝나고요. 학원 끝나고. 그러니까, 제가 배달 하나를 야간에 가져다 드리는 게 있는데, 그럼 그때 오는 길에 태워드릴까요? 제가 데리러 갈… 아니, 제가 오는 길이라. 아, 뭐라는 거야."

은석이 머리를 긁적였다.

"괜찮아요. 걷는 게 편해요."

"혹시 창피해서 그러세요? 트럭이 창피하면, 제가 다른 차를…!"

앞으로 걸어가던 정이가 걸음을 멈췄다. 화난 듯 뒤돌아 은석에게 말했다.

"창피하면 내가 창피하지. 은석 씨가 왜 창피해요. 진짜 몰라서 이래요? 가세요."

정이가 가는 길에 찬바람이 쌩 부는 것 같았다. 은석이 화난 듯 씩씩거리며 가는 정이의 뒷모습을 보았다. 하, 나 진짜 연애 고자인가.

정이가 홍대입구역 계단을 올라갔다. 올라가는 사람도 내려오는 사람도 빼곡한 계단이었다. 치이듯 올라와 우측으로 몸을 돌렸다. 오늘도 천막을 쳐놓고 꽃을 파는 노부부가 있었다. 작은 봉오리가 몇 개 맺힌, 여러 줄기에서 피어난 분홍색 자나장미를 보고 정이가 혼잣말을 했다. 이거 금남 할머니가 좋아할 텐데…. 자기한테는 한 푼도 쓰지 않는 정이가 선뜻 지갑을 열었다. 카운터 옆에 두면 종일 미소를 머금을 금남이 눈에 선해서, 지갑을 열지 않을 수 없었다.

투명 비닐에 포장된 작은 장미를 들고, 네일아트 학원이 있는 2층에 올라갔다. 수업이 시작되기 전, 의자에 앉아 손을 풀었다. 종일 아기를 돌보고 집안일을 하다가 온 정이의 손이 떨렸다. 떨려고 하지 않아도 바르르 떨렸다. 오른손을 주물렀다. 투명한 인조 손톱 위에 첫눈처럼 하얀 매니큐어를 한 방울 떨어트렸다. 그리고 솔로 얇게 펴 발랐다. 그렇게 몇 번을 바르고 펄이 든 매니큐어를 열었다. 은박 호일에 몇 방울 떨어트리고, 작은 스펀지를 콕콕 문질렀다. 스펀지를 손톱 모형에 대고 꾹 누르자 하얀 눈밭에 핀 눈꽃처럼 모양이 드러났다.

"됐다. 가서 할머니 해드려야지."

만족한 듯 옅은 미소를 지은 정이가 혼잣말을 했다.

수업이 끝나고 2층 계단을 내려올 때 괜히 은석의 트럭을 마주칠까 하는 기대감이 스쳤다. 하지만 이 기대감마저 사치인 걸 잘 알고 있다는 듯, 정이는 홀로 씩씩하게 걸었다.

힘들게 공부하고 와서 또 손을 쓴다고 뭐라고 하는 금남을 소파에 앉히기까지는 10분도 걸리지 않았다. '요즘 유행'이라는 네 글자만 말하면, 금남은 정이의 말을 순순히 따르는 편이었다.

"내 발가락 누가 본다구. 하긴, 나만 보지. 그럴수록 더 예뻐야지. 내가 보니까 기분이 좋아야지!"

"맞아요. 제가 할머니 발에 흰 눈이 내리게 해드릴게요. 눈꽃도 필 거예요!"

생기 있는 정이의 모습이 기특해 금남이 웃었다. 그리고 작정한 듯 정이의 마음을 한번 떠보기로 했다.

"난 정이 네가 사온 이 꽃만 봐도 기분이 좋은데? 이왕 해준다면 조용히 받아야지. 해주는 사람 김 안 빠지게. 아참! 다음 주면 첫눈이 내린다는데. 정이는? 첫눈 오는 날 뭐 할 거야?"

"첫눈 온대요? 그럼 들이랑 할머니랑 따끈한 우동 끓여 먹을래요."

"누가 같이 먹는대?!"

은석을 떠보려던 금남이 김이 팍 샜다는 듯 말했다.

"왜요. 우리 김치 우동 끓여 먹어요. 저번에 담근 김치로요."

"김치 우동 같은 소리. 그리고 자꾸 할머니래? 나는 할머니 소리 싫대도!"

"죄송해요. 여사님보다 자꾸 할머니란 말이 먼저 나와요."

금남이 일부러 먼 산을 보며 말했다.

"우리 미스터 달걀은 뭐하려나. 첫눈 오면 또 금방 크리스마스가 되는데. 얼른 좋은 피앙세를 만나야 될 텐데. 사람이 좀 좋아. 그리고 잘생겼잖아. 아주 핸섬 가이야. 또 목소리는 얼마나 원더풀이고!"

"…"

정이는 말없이 금남의 발톱에 흰 매니큐어를 칠하다가, 몇 번 빠졌다가 다시 자란 새끼발톱 앞에서 손을 멈췄다.

"발톱이 많이 빠졌었어요?"

"아, 그거? 공장서 일할 때. 무슨 공장이더라. 아! 항아리 공장. 발위에 뚝 떨어져서 얼마나 아팠던지. 그거보다 독 깨먹었다고 못 받은 월급 때문에 그 달에 고향에 돈도 못 보내주고…. 아닌가. 온도계 공장에서 일할 때부터였나? 암튼 처녀 때부터 그랬어, 거긴."

"온도계 공장이요?"

두툼하고 거친 발등, 몇 번씩 빠져 이제는 굳은살처럼 되어버린 발톱을 보고, 정이는 왠지 부끄러운 마음이 들었다. 그리고 마음이 괜히 아렸다.

75

"아! 아니다. 그게 아마, 내가 열두 살인가 서울 처음 올라와서 성북동에 식모살이 들어갔을 때, 그때 그런 것 같애. 거기 딸이 나랑 동갑이었는데 얼마나 고왔는지. 이 까무잡잡한 충청도 기집애는 쩝도 안 되는 거야. 그만큼 얼굴이 희었어. 그 집 아기씨가. 거기다 이젤 위에 캔버스를 놓고 그 보드라운 붓으로 물감을 칠하고 있으면, 그 자체로 그림이 따로 없었어. 그때 내가 딱 마음먹었지. 그래, 나도 그림을 그리는 사람이 되겠다!"

"여사님 꿈이 화가였어요?"

"응. 아기씨가 너무 예쁘더라고. 스칼렛 오하라였고, 오드리 헵번이었어, 나한테는. 그래서 내가 그 붓을 딱 한 번 잡아봤는데. 그때 사달이 난 거야."

"무슨 사달이요?!"

"그날 하필이면 아기씨 물감이 없어진 거야. 주인 사장님이 프랑스 출장 다녀오면서 사온 그 귀한 물감이 말야. 근데 하필 내가 그 붓을 쥐고 거기서 그러고 있으니, 딱 도둑으로 몰렸지 뭐. 빌었는데도 맨발로 쫓겨났어. 아마 그때 돌에 찧어서 처음 빠졌던 것 같애. 그 발톱이. 참…. 밤새 빌었는데도 안 받아주더라고. 그때 알았어. 밤이 그렇게 긴지. 그때도 겨울이었는데. 오돌오돌 떨다 다음날 딱 문이 열리더니, 내 가방만 덩그러니 문 앞에 던져놓더라고. 난 진짜 안 훔쳤는데. 그 물감은 찾았나 몰라."

금남이 그때가 생각났는지 오른쪽 새끼발톱을 한번 쓸었다. 지독한 빈곤의 시대를 살아낸 금남의 세대를 완전히 이해할 수

는 없지만, 모든 게 넘쳐나서 큰일인 풍요의 시대에 태어났다고는
하지만, 늘 고프게 살아온 정이가 금남이 쏟아내린 자리를 문질
렀다.

"거긴 색 못 칠하겠지? 너무 우둘투둘하지? 그 발톱은 죽은
거여. 다이야 다이. 자라지도 않더라고. 깎은 기억이 없어. 죽었는
데 껍데기만 붙어 있는 것 같아."

정이가 코를 훌쩍였다. 그래봤자 고작 열두 살 아이였던 금남
이 겪은 그날 밤의 어둠이, 추위가 피부로 와 닿았다.

"못 하긴요. 이 발톱에는 꽃이 피게 할 거예요."

우둘투둘 까맣게 죽은 코끼리 피부 같은 새끼발톱 위에 흰
매니큐어를 한 방울 떨어트려 옆으로 살살 밀었다. 그리고 그 위
에 노란색 매니큐어를 톡 떨어트렸다. 들에 핀 하얀 데이지꽃 모
양이었다.

"달걀 후라이네?! 크크크."

"데이지꽃인데. 달걀 프라이요? 진짜 그런 것 같아요!"

"아주 엑설런트야! 맞나 도시락 주인장 발꼬락에는 달걀꽃이
핀다."

금남이 마음에 들어하자 싱긋 웃는 정이가 물었다.

"마음에 드세요?"

"아주 굿! 아이고. 벌써 시간이 우리 문정이랑 통화할 시간이
네. 왼쪽은 나 통화 다 하고 해줄 수 있어?"

"그럼요. 따님하고 통화하고 오세요."

매일 밤 꼬박꼬박 문정과 통화하러 갈 때마다 신난 얼굴을 하는 금남을 보고, 정이는 부러웠다. 한 번도 본 적은 없었지만, 그저 '딸'이라는 한 글자가 주는 관계가 사무치게 부러웠다.

하지만 오늘은 문정이 전화를 받지 않았다. 보통 이 시간이면 문정은 화실에서 집에 돌아와 금남에게 페이스타임을 걸어 영어를 가르쳐주고, 금남에게는 야위었네, 반찬은 뭐 해먹니 같은 잔소리를 듣곤 했다. 금남이 식탁 위 거치대에 올려놓은 아이패드에 빨간색 종료 버튼을 눌렀다. 오늘은 영 안 받을 모양인가 보네. 요즘 들어 몇 번씩 안 받고. 바쁜가. 바쁘면 좋지 뭐. 요즘 따라 그림이 잘 그려지나 보네.

금남이 입술을 삐쭉거리며 다시 정이 앞에 앉았다.

"바쁜가 봐. 요즘 들어 비지 모드야."

"문정 언니 보고 싶어요. 좋은 분일 것 같아요."

"우리 도터? 한국은 통 잘 안 와. 미국물 다 들었지. 킄킄."

서운한 듯 툴툴거리며 말했지만, 금남은 사실 자신이 펼쳐보지도 못한 꿈을 대신 이루어주고 있는 문정이 자랑스러웠다.

침대에 누운 금남은 가운데 노란 달걀꽃이 그려진 발가락을 꼼지락거렸다. 바스락거리는 면 이불 밑으로 삐져나온 발을 보았다. 기분이 좋았다. 역시 그림은 멋진 거야. 속으로 생각하고 잠이 들려는데, 들이와 정이가 있는 방에서 부스럭 소리가 들렸다.

금남이 내준 작은 방 하나가 정이와 들이의 보금자리가 되었다. 원래는 금남이 우쿨렐레를 튕기고 오일 파스텔로 그림을 그리고 영어 공부를 하던 취미 공간이라고 했다. 젊을 때 못 배우고 살아온 세월이 억울해서라도 꼭 보상을 해줘야겠다는 생각을 했다고 했다. 그래서 방 한 칸은 꼭 자신만을 위한 공간으로 만들겠노라 다짐했다고.

　정이는 금남과 함께 살며 문정에 대한 이야기는 매일 들어왔지만, 남편에 대한 이야기는 한 번도 듣지 못했다. 혹시 본인처럼 못난 사람을 만났던 걸까. 괜한 상처를 건드려 깨울까 봐 묻지 않았다.

　하얀 벽지 위에 금남이 그린 사과나무가 있는 쪽으로 정이가 몸을 돌렸다. 다행히 여러 번 뒤척였지만 들이는 깨지 않았다. 조심히 한숨을 쉬고 정이는 또다시 뒤척였다. 재판이 며칠 앞으로 다가오니 점점 초조해져갔다. 이제라도 다시 도망을 칠까 싶었지만, 금남의 곁에서 배운 가르침 중 하나는 부딪혀야 한다는 것이었다. 도망쳐봤자 결국 만나는 것은 도돌이표 같은 무거운 현실뿐이었다.

　정이가 들이 쪽으로 옆으로 돌아누워 몸을 웅크렸다. 모로반사 시기를 지나 자신의 양팔을 힘껏 하늘로 올리고 자는 들이의 가슴을 토닥였다. 그리고 혼자 작은 목소리로 누군가에게 말했다. 아니 빌었다.

　"제발, 제발…. 다시는 헤어지지 않게 해주세요."

신이 있다면 한 번은 닿기를 바랐다. 모든 곳에 신이 있을 수 없어서 엄마를 대신 보내줬다는데, 나는 엄마도 없었으니 이번 생애 내 소원 한 번은 꼭 들어주길. 그러면서도 건너편 방에서 자고 있는 금남을 떠올리며 문을 바라보았다. 신은 내게 엄마 대신 금남 할머니를 보내주신 걸까. 옅은 미소를 띠고 들이의 옆에서 잠이 들었다.

꼬박 단잠에 들었을 때 문이 닫히는 소리가 났다. 새벽 두 시가 넘은 시간이었다. 잘못 들은 건가. 새벽 시장 여는 시간도 아닌데. 할머니가 나갔을 리도 없고…. 정이는 다시 잠을 청했다.

지잉.

이 늦은 시간에 누가 문자를? 혹시… 은석 씨?! 정이가 휙 휴대전화를 집고 일어났다. 저장된 번호는 아니었지만, 내용만 보아도 보낸 사람을 바로 알 수 있었다.

-야, 오쩡. 우리 아기 잘 크고 있냐. 얼굴 좀 보자. 어디 있냐. 혜화동 근처지?

-너 자수했더라? 나랑 상의도 없이.

-혜화동 좁아서 좀만 뒤지면 너 바로 찾겠더라. 우리 딸도.

-개처럼 끌려오기 싫으면 알아서 연락해.

연달아 몇 통의 문자가 정이에게 도착했다. 들이의 생부였다.

숨이 턱 멎었다. 갈비뼈에 찔린 것처럼 몸속 어딘가가 아팠다. 손에 힘이 빠져 휴대폰을 떨어트렸다.

들이를 혼자 낳고 얼마 되지 않아 휴대전화 요금을 내지 못해 수신까지 정지되었을 때, 모텔 전화로 몇 번 전화를 건 적이 있었다. 대체 내 도장으로 무슨 짓을 하고 다니는지 따져 묻기 위해. 하지만 정이의 목소리를 듣자마자 전화는 끊겼었다.

그런데 최근 그놈과 연락이 닿은 모텔 주인은 정이가 20만원을 두고 간 것을 말한 상태였다. 들이 생부는 그걸로 정이가 아직 그 근처에 살고 있으리라 추측한 것이다.

손이 바들바들 떨렸다. 뭐라고 답장을 보내지. 정이의 불안을 느꼈는지 들이도 뒤척였다. 손싸개로 감싼 손을 공중에서 이리저리 돌렸다. 정이가 작은 손을 살며시 잡고 가슴 위로 포갰다.

"붕붕. 하늘을 나는 꼬마 자동차. 붕붕 하늘을 날아 무지개 속으로 가지요…"

들이의 생부는 또 어디선가 사기를 치고 고소를 당할 위기였다. 그런데 이미 정이가 진술한 대로 타인의 주민등록증과 도장을 사용해 사기를 친 전력이 있으니 처벌이 가중될 터였다. 그래서 그렇게 울려도 받지 않았던 정이의 전화번호를 직접 누른 것이다.

생부는 정이에게 진술을 번복하라고 했다. 그러지 않으면 들이를 빼앗아가겠다고 했다. 그리고 너보다 못난 삶을 살게 할 것이라고 협박했다.

휴대전화 너머로 들려오는 목소리에 살이 떨렸다. 문자를 받았을 때 두려웠던 마음은 온데간데없이 사라지고 갑자기 화가 용솟음쳤다. 아무리 그래도 내 딸이지만 네 딸이기도 한데! 서슬 퍼런 눈을 한 정이를 보고 금남이 물었다.

"정이야. 왓츠 더 프라블럼? 은행 다녀온다더니 뭐가 잘못됐어?"

"아, 아니에요."

홀에 있는 진열장을 닦으며 말했다.

"아닌데, 이상한데 오늘. 미스터 달걀이 안 와서 그라?"

"그런 거 아니에요."

"재판이 보름 밖에 안 남아서 그런 거지? 묻는 내가 바보다. 스투피드야. 온 신경이 거기 가 있을 텐데. 그래도 내가 하고 싶은 말은, 일어나지 않은 일은 너무 걱정하지 마. 그걸로 마음에 에너지를 쓰는 게 제일 아까워. 무슨 일이 생겨도 들이는 내가 챙길 거니까. 알았지?"

"감사해요. 정말 감사해요. 그런데 정말 신경 쓰지 마세요. 진짜 괜찮아요."

"들이야, 유어 마더 진짜 오케이 한 거 맞아?"

금남이 나무로 된 유아 의자에 앉아 종이컵을 가지고 노는 들이에게 물었다.

들이가 살짝 올라온 아랫니를 보여주며 배시시 웃었다. 절대

빼앗길 수 없다. 이렇게 예쁜 들이가 그놈의 손 밑으로 가면 어떻게 클지 눈에 안 보듯 뻔했다.

정이가 고개를 저었다.

금남이 다시 정이를 보았다. 분명히 저 조그만 얼굴에 그늘이 서렸는데….

저녁 장사가 시작됐다. 브레이크 타임이 끝나기 무섭게 맛나 도시락 문이 열렸다.

딸랑.

하늘을 향해 헤엄치듯 날아가는 물고기 풍경이 소리를 냈다.

"어서 오세요, 맛나 도시락입니다."

정이의 말이 끝나기도 전에 여전히 빨간 손톱을 한 모텔 주인 여자가 입을 열었다.

"어머! 여기서… 있었구나?"

여자를 보는 순간, 자신과 들이를 찾고 있는 그놈 얼굴이 머리를 스쳤다.

"애도 여기 있네. 어머, 벌써 아랫니까지 나고. 여기서 일하는 거야? 그래서 돈 갚고 간 거구나? 난 또 애라도 어디 판 줄 알았지, 호호."

"…"

"아니, 어제도 찾아왔어. 애 아빠라는 사람. 그쪽이랑 애기 어디 있는지 알고 있지 않느냐고 얼마나 사람을 들들 볶고 성질을 내는지…. 생떼를 부리더라니까! 근데 여기 있다고 말해줘도 되는 거야?"

주인 여자가 약점 하나 잡았다는 듯 비릿한 미소를 지으며 정이를 떠봤다.

정이는 고개를 숙이고 머리를 굴렸다. 못 본 척 해달라고 사정을 해야 하나. 그놈 때문에 이곳까지 피해를 볼까 걱정이었다. 그때 금남이 주방에서 나왔다.

척척척.

금남은 스테인리스 볼에 담긴 굵은 소금을 여자에게 뿌렸다. 여자가 빨간 손톱을 휘저으며 손사래를 쳤다.

"어머, 이 할머니 지금 뭐하는 거야?! 소금을 왜 뿌려! 맛집이라 배달도 안 된대서 직접 온 손님한테?!"

"할머니? 내가 왜 니 할머니냐. 여사님이다 이것아! 뭘 팔어? 넌 네 살을 파냐? 네 피를 팔아? 네 뼈를 파냐고, 이 여편네야. 고상하게 살고 싶은 이 시니어를 왜 긁어."

딸랑.

또 문이 열렸다.

오늘도 어김없이 달걀을 한 판만 들고 온 은석이었다.

"여사님, 무슨 일이에요?"

은석이 달걀판을 바닥에 두고 금남의 옆으로 갔다.

"애 아빠가 와서 행패부리고 성질부리는 거 내가 다 받아주고 있는데! 나한테 왜 이래?"

대충 무슨 일인지 눈치를 챈 은석이 반사적으로 정이를 바라봤다. 그리고 얼른 고개를 카운터 주변으로 돌렸다. 본인에게 닿는 눈빛도 부담스러워 할 정이에 대한 조용한 배려였다.

"모텔에서 혼자 애 낳은 것도 봐줬고, 그 애 우는데 손님들 다 나가도 내가 봐줬지. 안 그래? 입이 있으면 말을 해봐. 그렇게 보고만 있지 말고! 그리고 또, 뭐, 며칠 전에 받긴 했지만, 나갈 때 19만 원도 내가 안 받고 순순히 보내줬잖아! 소금 뿌릴 사람은 난데 왜 이래?"

여자가 큰소리를 내자 들이가 울었다. 헤 벌어진 입 사이로 보이는 아랫니가 유난히 잘 보였다. 은석이 얼른 가서 들이를 안았다.

발이 땅에 붙은 것처럼 정이는 움직일 수 없었다. 머릿속에서 그 남자가 스쳐갔다. 왁스를 발라 세운 머리, 샤넬 향수를 온 몸에 뿌린 냄새. 눈을 질끈 감았다.

며칠이 지나면 곧 그놈을 이곳에서, 맛나 도시락에서 만날 것만 같았다. 아주 불안했다.

주방 마감을 한 금남이 홀로 나왔다. 도시락이 다 팔린 텅 빈 진열장을 닦는 정이를 보았다. 그리고 쭈그려 앉아 바닥에 떨어진 소금을 한 톨씩 줍고 있었다. 기껏 밥 먹여 살 좀 찌워놨더니, 다시 말라비틀어진 정이를 불렀다.

"정이야."

"…죄송해요."

"정이야."

"여기 찾아올지도 몰라요. 제가 여기 있으면…."

"전화해. 지금 여기로 오라고 해. 난 그딴 사기꾼 나부랭이 하나도 안 무섭다. 오히려 지금 난 그놈을 기다리고 있어! 그놈 면전에 이 굵은 소금을 쳐주려고!"

이렇게 화난 금남의 얼굴은 처음이었다. 큰소리 치는 금남을 보면 들이가 울었을 테지만, 다행히 은석이 유아차를 끌고 산책을 나간 뒤였다.

그런데 이 울그락불그락 상기된 얼굴이 참 반가웠다. 누군가 내 편에 서서 화를 내주는 것이 이렇게 든든하고 가슴 뜨거운 일인지 몰랐다. 정이가 고개를 숙였다가 다시 얼굴을 들었다. 그래, 그렇게 씩씩하게.

"근데, 정이 너 알고 있었지? 연락 왔었어?"

"…."

"너부터 혼나야겠다. 왜 말을 안 하고선 혼자 그렇게 끙끙 앓고 있어!"

금남이 입을 꾹 다문 정이를 안아주었다. 보지 않아도 본 것처럼, 또 혼자 마음 졸였을 시간이 생생하게 그려졌다. 가여웠다.

"외로움도 습관이야. 그렇게 마음에 문 걸어 잠그고 있는 것도 다 습관이고 버릇이라고."

정이가 조용히 금남의 어깨에 얼굴을 묻었다.

"앞으로 어떻게 살아야겠는지 모르겠거든, 자식한테 해줄 말을 해. 네 자신한테! 밥 잘 챙겨 먹어라, 옷 따뜻하게 입어라, 차 조심해라. 무슨 일이 생기거든 꼭 나한테 말해라. 이게 다 너한테도 해줄 수 있는 말이잖아. 이제부턴 들이한테 해줄 말을 하라고, 너 자신헌테. 힘든 일이 있을 때 그렇게 혼자 끌탕하고 있으라고 할 거? 아니잖아. 앞으로 그렇게 살면 안 돼. 언더스탠?!"

금남은 정이를 안고 등을 쓸어주었다.

혜화동 맛나 도시락의 노란 핀 조명이 두 사람에게 떨어졌다. 마치 붉은 옷의 여인이 알몸의 딸을 끌어안은 채 얼굴을 묻고 있는, 에곤 실레의 작품 〈엄마와 딸〉처럼.

재판이 일주일도 남지 않았다. 그놈은 계속 협박했지만, 정이는 원래의 진술을 바꾸지 않았다. 제아무리 생부라고 할지라도 합법적으로 들이를 빼앗아갈 명분은 없었다. 물론 겁이 났다. 합법이 아닌 걸 더 잘하는 사람이니까.

정이는 맛나 도시락에 매달린 풍경이 소리를 낼 때마다 심장이 철렁했다. 네일아트 학원을 갈 때도 조심스러웠다. 수업을 마치고 2층에서 내려올 때도 계단 끄트머리에 서서 먼저 좌우를 확인했다. 혹시라도 그놈이 갑자기 들이닥치진 않을까 초조한 마음이 들었다. 마음을 굳게 먹었지만, 그놈에게 맞고 살아온 세월이 있어서 그런지 자꾸만 쪼그라들었다.

들이의 얼굴을 보고 금남의 응원을 받고 은석의 따뜻한 말에 용기를 가졌다가도 다시 쪼그라들고…. 혼자 계속 왔다갔다 반복하고 있었다.

도로 양 옆을 살폈지만, 따라오는 사람은 없었다. 늘 귀에 꽂고 있던 이어폰도 빼고 걸었다.

겨울이 가까워지면서 해가 빨리 졌다. 날도 꽤 쌀쌀해졌다. 정이는 목에 두른 회색 목도리로 얼굴을 가리듯 한 번 더 둘렀다. 그리고 경적 소리가 울렸다.

"정이 씨…!"

정이가 목에 두른 목도리와 같은 회색 후드티를 입고 있는 은석이었다. 걸음을 멈추고 은석을 보았다.

"저도 지금 혜화동으로 가는 길인데…. 타실래요?"

학원에 들어올 때부터 골목 어귀에 세워진 파란 트럭을 보았다. 정이는 알고 있었다. 은석이 혹시나 하는 마음에 정이를 지켜보고 있다는 것을.

"귤도 있어요. 또 오늘은 따뜻한 아메리카노도 있어요!"

트럭에선 은석에게서 나는 것 같은 좋은 냄새가 났다. 늘 뒤에 달걀판을 싣고 다녔으니, 달걀 냄새가 나리라 예상했지만 아니었다. 순수하면서도 따뜻한 모닥불 같은 겨울 향이 났다. 아이보리색 텀블러에 든 아메리카노는 마치 은석이 기다려온 시간을 알려주듯 미지근하게 식어 있었다. 따뜻하다더니, 대체 어디서부터 얼마나 기다리고 있던 걸까.

"어때요? 제가 직접 내린 건데."

"…좋아요."

"좋아요?! 다행이다. 그럼 다음에도 그걸로 내려드릴게요. 핸드드립이라 오늘이랑은 조금 다를 수도 있어요. 하하."

수줍게 웃으며 좋아하는 은석을 가만히 바라보았다. 대체 왜 나에게 이렇게 잘 해주는 걸까. 대체 뭐가 모자라서.

"고마워요. 저번에도 도시락집에서 들이 데리고 나가준 것도요. 알다시피 그날은…."

"말 안하셔도 돼요. 나중에…, 나중에 말해줘도 돼요. 뭐든."

"나중에요?"

"음, 그냥 나중은 기약이 없어 보이니까. 그럼 첫눈 올 때요?"

정이가 피식 웃었다.

"그때는 제가 감옥에 있을지도 몰라요."

잠시 침묵이 이어졌다.

"정이 씨를 알게 되고 아주 오래 생각했어요. 아주 많이요. 이 트럭을 타고 혜화동을, 이화동을, 성북동을 다닐 때마다 계속요. 이 확성기 마이크에 대고 달걀이 왔어요, 말할 때도요. 왜 정이 씨 같은 사람에게 이런 일이 생겼을까. 신은 왜 정이 씨에게 그런 악연을 주셨을까. 그런데요. 저는 오늘 그 답을 말할 수 있을 것 같아요."

신호에 걸려 정지선 앞에 반듯하게 멈춘 차 안에서 정이는 은석의 얼굴을 빤히 보았다. 은석의 눈빛이 어느 때보다 빛났다. 새끼 고양이처럼 아련한 눈망울을 하고 있는 은석의 눈이었다.

"신이 이런 못난 인연을 주신 건요. 그런 사람을 만나고, 또 그런 남자를 만난 건요. 앞으로 좋은 인연이 눈앞에 나타났을 때 알아볼 수 있도록, 보는 눈을 선물로 주신 거예요."

"……."

정이가 아무 대답도 하지 않았다.

"이게 제가 찾은 답이에요."

신호등이 빨간불에서 초록불로 바뀌었다.

은석이 기어를 잡고 액셀을 밟았다. 파란 트럭이 천천히 횡단보도를 지나 앞으로 나아갔다. 정이는 어떠한 대답 대신 차 앞면에 동그랗게 올라와 있는 볼륨 버튼을 옆으로 돌렸다. 점점 소리가 커지면서 음악이 흘러나왔다. 영화 〈어바웃 타임〉의 OST였다.

차가 마로니에 공원을 지나 혜화역으로 가는 모퉁이에 접어들 무렵, 정이가 침묵을 깼다.

"좌회전이요!"

"가게에 가려고요?"

"도시락집에 불이 켜져 있어요! 오늘은 쉬는 날인데…!"

놀란 정이의 눈에 두려움이 서려 있었다.

은석이 차를 돌려 맛나 도시락이 있는 소나무길로 들어섰다. 그때 차 안에서도 들릴 만큼 큰 비명이 들렸다. 정이가 그대로 차

문을 열고 내려, 맛나 도시락을 향해 뛰어갔다.

투명 유리창 너머로 보이는 맛나 도시락의 풍경은 처참했다. 늘 온기와 정성이 느껴지는 도시락들이 한가득 놓여 있던 진열장은 깨져 있었고, 카운터 포스기 밑에는 동전들이 굴러 떨어져 있었다. 그리고 금남의 등에 업혀 울고 있는 들이와, 늘 곱고 단정하게 빗어 올린 머리까지 헝클어진 채 그놈을 밀쳐내고 있는 금남이 보였다. 그놈이 결국 찾아왔다. 이곳을. 맛나 도시락을. 내 천국을.

정이가 문을 열고 들어가 남자의 뺨을 올려붙였다.

"야! 나와."

"그렇지. 이렇게 발랄한 맛이 있어야 오쩡이지."

"당장 나오라고. 나랑 얘기하라고!"

악을 쓰는 정이의 목소리를 듣고 들이가 더 울었다. 들이를 못 데려가게 막느라 힘을 다 쓴 금남이 정이 손을 잡았다.

"정이야, 가…. 들이 데리고 여기서 나가. 들이 울잖여!"

금남은 전기세의 주범인 밥솥 코드를 뽑아놓고 갔는지 안 갔는지 가물가물해 잠깐 가게에 들렀다가, 재수 없게 남자를 마주쳤다. 처음에는 금남이 말로 쏘아붙였지만, 결국 힘을 앞세운 건장한 남자를 이겨낼 순 없었다.

"이 할망구가 가긴 어딜 가! 내 새끼 내가 데려간다니까? 싫으면 당장 경찰서 가서 말 다시 해. 오쩡이 네가 도장 찍고 다닌

거라고."

남자가 힘을 주어 금남을 밀어냈다. 그때 다시 짝! 소리가 났다. 정이가 남자의 뺨을 때린 것이다.

"야, 너 이제 진짜 엄마 안 보고 싶냐? 내가 너네 엄마 어디 있는 줄 아는 거 알지? 어제도 보고 왔다."

"그게 진짜라고 해도, 내 엄마 이제 내가 버려. 우리 할머니한테 손대지 마. 그럼 다 죽어. 너도 죽고 나도 죽어!"

바닥에 넘어진 금남을 정이가 부축했다. 그리고 휴대전화를 꺼내 112를 누르는데, 남자가 정이의 머리를 발로 찼다.

"작작하랬지 너! 너 만나서 내 인생 꼬였어. 지 엄마도 버린 고아 년 만나는 게 아니었는데."

바닥에 나뒹굴듯 넘어진 정이의 이마에서 피가 흘렀다. 아문지 얼마 안 된 자리에 다시 상처가 났다.

"정이 씨! 할머니!"

문을 열고 들어온 은석의 얼굴이 하얗게 질렸다. 남자가 은석과 정이를 번갈아 보았다.

"너 살림도 차렸냐? 내 새끼 데리고?"

은석이 남자의 멱살을 잡았다.

"미스터 달걀, 아니야…. 아니야. 아닌 거 알지?"

힘없는 금남의 목소리에 은석이 바르르 떨리는 손을 떨어트렸다. 남자가 넘어져 있는 정이 턱을 들어올리며 말했다.

"야, 오쩡 내일 다시 온다. 경찰서 갈 준비하고 있어. 예쁘게."

그러자 정이는 당당한 얼굴로 주저앉았던 몸을 일으켰다.

"지금 가자. 경찰서."

"정이 씨!"

"정이야…."

금남과 은석이 정이를 동시에 불렀다. 자신의 뜻대로 됐다는 듯 비릿하게 웃던 남자의 표정이 순간 일그러졌다.

"폭행죄 추가해야지. 그 전에 너한테 맞은 증거들도 다 이 휴대전화 안에 있어. 내가 기록해놨거든. 사진으로 다 찍어놨는데 앨범 반이 멍투성이 사진이야. 1년 전 추억을 알려주는 사진들도 죄다 몽땅 멍투성이에 피투성이 사진들뿐이더라? 이게 사람 몸뚱인지 부풀어 터져버린 새빨간 고무장갑인지 모를 만큼 온몸이 빨갛다고!"

"네가 맞을 짓을 했으니까 맞았지."

"이 죄까지 추가되면 너 얼마나 징역 살려나? 그래, 가자. 네가 그렇게 원하는 경찰서로."

정이가 남자를 잡아끌었다. 그제야 남자의 얼굴은 당황한 기색이 됐다.

"왜? 내가 아직도 그때 네 앞에서 벌벌 떨던 오정이일 줄 알았어? 난 이제…. 오정이이기 전에 들이 엄마야! 내가 지켜낼 거라고, 다시는 안 헤어져!"

비명처럼 외치는 정이의 다짐과 사이렌 소리가 동시에 울렸다. 남자가 한눈을 판 사이에 금남이 경찰에 신고한 것이다. 정이의 기세가 호락호락하지 않다는 것을 피부로 느낀 남자는 사이렌 소리를 듣고 도망쳤다.

경찰이 다녀갔다. 힘이 빠져 주저앉은 정이가 주섬주섬 진열장의 깨진 유리 조각을 주웠다. 몸을 구부리고 큰 파편부터 손에 쌓아갔다. 은석이 조용히 옆으로 와 정이의 손에 있는 날카롭고 뾰족한 유리 조각들을 자기 손으로 옮겼다.

"다쳐요. 찔리면 아파요. 피도 날 거고."

"이깟 거 아파봤자."

정이가 고개를 숙였다. 어깨를 들썩이며 울었다. 지난 세월을 다 토해내듯 엉엉 울었다.

맛나 도시락에 아기를 두고 달려가다 트럭에 치일 뻔했던 날, 은석이 정이를 처음 본 그날처럼, 누가 끼어들 틈 없이 울었다. 은석의 눈에도 눈물이 그렁하게 맺혔다. 눈앞에 정이가 아롱거렸다. 그리고 마침내 참았던 눈물이 툭 떨어졌다.

오늘은 둘이 같이 울었다.

놀란 들이를 안고 달래던 금남이 눈물을 훔치며 코를 훌쩍였다. 그리고 애써 밝은 목소리로 말을 꺼냈다.

"정이야, 근데 넌 보는 눈 좀 키워야겠다. 물컹해져서 어디 쓰지도 못하는 가지같이 생겼더라. 너도 참."

금남의 말에 정이와 은석 모두 웃음이 픽 났다.

그 후로 남자에게서는 연락이 오지 않았다. 언젠가 다시 찾아올 것이라는 메시지만 도착해 있었다.

재판 전날, 금남은 맛나 도시락 임시 휴무를 선언했다. 이례적인 일이었다. 쎄빠지게 고생하고 살아온 세월이 사무쳐서, 주말에는 반드시 쉬는 워라벨을 택했다. 그 대신 손님들과의 약속이라며 평일에는 도통 쉬지를 않았다.

금남은 꽃무늬 방석이 깔린 소파위에 앉아 우쿨렐레를 들었다. 물론 관객은 이제 혼자 앉아 조금씩 기어다니는 연습을 하는 들이와 이마를 꿰맨 자국이 선명한 정이 단 둘이었다.

"자, 레이디스 앤 젠틀맨. 오늘 이 정금남의 단독 연주회에 오신 것을 환영합니다. 아주 웰컴이여요. 그럼 오늘은 특별히 보너스로다가 신청곡을 받겠습니다."

쉬폰 커튼 사이로 들어오는 햇살을 받으며, 짙은 보라색 홈 원피스를 입은 금남이 말했다.

"오들이 양이 여기 있으니 오드리 헵번 노래를 신청하겠습니다…!"

당장 내일이 재판 날이라 떨리고 두려울 텐데, 티내지 않고 더욱 밝은 척하는 정이였다. 재판 날짜가 잡힌 후로는 매일, 정이는 한 달 뒤 이 시간에 이곳에 있게 될지 차가운 구치소에 있게 될지 고민했다. 그래서 물건을 사다가도 내려놓고 약속을 하려다가도 취소했다.

금남이 기타보다 작고 아담한 우쿨렐레 통을 몇 번 두드렸다.

"문~ 리버. 와이더 댄 어 마일~."

문화센터에서 1년간 배운 금남의 우쿨렐레 실력은 아직 서툴렀지만, 가끔 다른 음계가 툭 튀어 나오기도 했지만, 멋졌다. 정이가 그려준 달걀꽃이 핀 발을 움직이며 박자를 맞췄다. 다정하게 나이 들었다는 표현이 가장 잘 어울리는 주름진 손이 줄을 퉁길 때마다, 금남처럼 천진난만한 소리가 흘러나왔다.

정이는 연주가 끝나자 박수를 쳤다. 들이도 헤, 밝게 웃었다.

"여사님은 왜 오드리 헵번을 그렇게 좋아하세요? 지난번부터 물어보고 싶었어요."

"예쁘잖여! 곱게 늙었고…. 내가 하도 어수선할 때 태어났잖여. 못 배우고 살아서 어디가든 기가 죽고 풀이 죽었었는데, 그 상냥한 미소가 꼭 나를 보고 웃어주는 것 같더라고. 그래서 나도 그렇게 살고 싶더라고. 곱게 나이 들어서 상냥한 미소를 지으면서…."

"할머니! 아니 여사님. 저도 가르쳐주시면 안 돼요? 정말 멋져요. 이번 주말부터…! 아, 아니에요."

주말이면 이곳에 없을 수도 있다는 생각에 정이가 말을 멈추었다.

"배 안 고파? 얼른 먹자. 뭐 먹고 싶어? 정이 네가 먹고 싶은 거 다 해줄게."

"저, 떡볶이요."

"떡볶이? 소갈비찜 해주려고 기껏 소고기 사왔구만."

96

"떡볶이가 먹고 싶어요…. 아니면 김밥? 어릴 때 학교 가면 소
풍날에 엄마가 해주는 김밥 싸온 친구들이 정말 부러웠거든요.
엄마가 떡볶이 해준다고 친구들 데리고 집에 가는 것도요."

"제일 먹고 싶은 게 그거야? 이그, 소박하기는. 오케이! 그럼
오늘은 떡볶이 먹고 김밥은 다음에 해줄게!"

"다음에는 언제가 될지…."

정이의 목소리가 작아졌다. 내일은 재판이니까 같이 집에 오
지 못할 수도 있었다.

"…김밥은 다음에 꼭 먹자."

일부러 밝은 척 애써 웃음을 띤 표정으로 금남이 자리에서
일어났다.

금남이 가뿐한 발걸음으로 주방에 들어갔다. 그리고 하얀 레
이스 커튼을 고정시킨 작은 창문을 열었다. 찬 겨울바람이 들어
레이스 커튼이 위로 하늘거렸다. 싱크대 하부장을 열어 프라이팬
을 꺼냈다. 미세스 가래떡 여사한테 어제 사온 가래떡을 어디에
뒀더라. 냉장고를 열었지만 없었다. 맞다, 전자레인지! 어제 돌려
먹는다고 하고 거기 고대로 뒀네. 마이 미스테이크! 금남이 전자
레인지에서 두툼하고 긴 가래떡을 꺼내 집게손가락만 한 크기로
썰었다. 어묵은 삼각형 모양으로 어슷하게, 파는 종종종 썰어 떡
볶이 재료를 완성했다. 떡볶이를 어떻게 만들어야 잘 만들었다고
소문이 날까.

동그란 프라이팬 위에 물을 세 컵 넣고 고추장을 세 큰 술 따른다. 투명하고 진득한 올리고당도 조르륵 넣어주었다. 긴 나무주걱으로 살살 저어 고추장을 풀었다. 금방 먹음직스러운 빨간빛이 돌았다. 달콤하고 매콤한 냄새가 함께 났다. 양념이 보글보글 끓어오르자 두툼한 가래떡을 다섯 줄 넣었다. 그리고 썰어놓은 어묵을 넣어 양념이 베게끔 살살 졸여주고, 마지막에 종종 썬 대파를 뿌렸다. 옆 화구에 올려놓은, 꼬챙이에 구불구불 꽂은 어묵이 끓고 있는 어묵탕 국물도 한 국자 떠 넣어 양념을 자작하게 만들어줬다. 작은 파란 불꽃만 남도록 가장 약한 불로 줄여놓고 뭉근하게 끓여나갔다. 거기에 금남이 직접 만든 수제 식혜도 한 컵 넣어주었다. 엿기름의 단 냄새가 팬 위로 옅게 퍼졌다.

정이가 하얀 사기그릇에 담긴 떡볶이를 보았다. 누군가 나를 위해 만들어준 떡볶이가 이렇게 좋을 줄이야. 어릴 때부터 이 빨간 떡볶이는 집에 대한 환상이기도 했다. 알 수 없는 엄마에 대한 그리움이기도 했으며, 늘 꿈꾸어오던 평범한 날에 빠져서는 안 될 일부이기도 했다. 나무 숟가락으로 가래떡을 한입 크기로 썰었다. 하얀 속살에 빨간 양념을 묻혔다. 숟가락으로 대파와 함께 건져서 입에 넣었다. 맛있었다.

금남이 입맛에 맞느냐는 표정으로 정이를 보았다. 정이가 입고 있는 회색 옷소매를 길게 뻗어 눈을 비볐다. 금남이 나무라자, 매워서 그렇다며 고개를 저었다. 식혜가 든 컵을 정이 앞에 밀어주는 금남을 보고 정이가 말했다.

"제가 혜화동 맛나 도시락을 먹은 건, 그 많은 밥을 다 먹고 숨겨놓으신 쪽지를 발견한 건, 세상에서 가장 큰 행운이에요. 그리고 여사님을 만난 건 천운이고요. 저랑 들이를 살리셨어요."

금남도 눈물이 날 것 같았다. 몇 달을 살을 부대끼며 살아온 정이. 매일 새벽 먼저 일어나 양파며 대파며 눈이고 손이고 매운 것들은 죄다 혼자서 다듬어놓던, 어리지만 속이 깊은 정이였다. 그 놈을 만나기 전에 나를 만났다면, 아니 살면서 딱 한 번이라도 어른이라고 말할 수 있는 사람을 만났다면… 이렇게 세상은 가끔씩 참 얄궂다.

재판 날이 밝았다. 눈이 시릴 만큼 볕이 밝았다. 정이는 씩씩한 척하며 일찍 집을 나섰다. 들이를 꼭 안고 혼자 중얼거리다가, 금남의 손을 잡고 마지막까지 들이를 부탁하다가. 정이가 부탁한 대로 금남과 들이는 집에 있었다. 피고인석에 앉아 있는 모습을 들이에게 보여주고 싶지 않았고, 무엇보다 법정 구속이라도 되면 둘만 돌아가야 된다는 생각에 차마 견딜 수 없었다. 집 앞에 서 있는 파란 트럭도 못 본 척하고 혼자 법원에 갔다.

검색대를 통과하고 재판정 앞 긴 의자에서 기다렸다. 재판이 시작되기 얼마 전에 국선 변호사가 도착했다. 종이뭉치를 넘기며 최후 변론 준비를 잘 했냐고 물었고, 정이는 무거운 마음으로 고개를 끄덕였다. 재판이 시작되는 열 시까지 불과 5분 정도 남았을 무렵, 휴대전화 진동이 울렸다.

바람이 너무 차요. 앞에서 기다리고 있을게요. 은석.

몇 번 은석과 함께하는 미래도 그려봤던 정이가 오늘은 솔직한 마음을 담아 답장을 보냈다.

사실은 항상 고마웠어요.

재판이 시작되었다. 정이의 도장은 공인중개사 직인으로 위조돼 열네 명의 전세사기 피해자를 만들어냈다. 피해 변제액만 5억이 넘었다. 하지만 변호인은 피해자를 한 번도 본적이 없다는 점과 도장이 의도와 상관없이 갈취되고 위조됐다는 점을 최대한 어필했다. 판사복을 입고 있는 재판장이 마이크를 켰다. 피고석에 앉아 있는 정이에게 물었다. 마지막으로 할 말이 있겠느냐고. 변호인이 일어나라고 눈짓하자, 정이가 의자를 밀고 일어났다. 늘어난 회색 긴팔 소매를 습관적으로 한 번 만졌다. 그리고 말을 시작했다.

"…저는. 저 오정이는 겨울을 녹이는 봄 햇살도 따가웠습니다. 너무 따가워서 세상 밖을 나갈 생각조차 못했습니다. 무서웠습니다. 그래서 몰랐습니다. 도장을 주면, 내 이름을 빼앗기면 안 된다는 것을요. 이름은 반드시 지켜내야 된다는 것을 이제야 알았습니다. 몰랐다는 것을 이유로 변명하고 싶지 않습니다. 다만 이제야 볕은 따가운 게 아니라 따스한 것이라고 알려주는 분을 만났습니다."

목이 메었지만 결연하게 말하는 정이 뒤에 있는 창문에서 하얀 눈발이 날렸다. 바람이 불면 날릴 만큼 가볍고 연약한 진눈개비였지만, 첫 눈이었다.

"앞으로는 그분의 손을 닮아가며 살고 싶습니다. 닳아빠진 새끼발톱처럼 살아가고 싶습니다. 열심히요. 씩씩하게요. 부디 평안하게요."

정이의 말이 끝나자 재판장이 숙연해졌다. 그리고 폭행과 협박에 의해 도장이 갈취되었다는 사실이 인정되면서, 마침내 정이에게는 무죄가 선고되었다. 정이가 탄식을 터트렸다. 다리에 힘이 풀려 자리에 주저앉았다. 국선 변호인이 등을 다독여주었다. 뜨거운 눈물을 흘렸다. 천국 같은 맛나 도시락이 떠올랐다. 그곳을 만나지 않았더라면 여전히 마로니에 공원에서, 어느 지하철역에서 들이와 함께, 아니, 들이도 없이 홀로 바람에도 베이며 지냈을 것이다.

◇

정이는 그간 알뜰하게 저축한 월급으로 보증금을 마련했다. 사실 금남이 퇴직금이라고 준 보너스가 큰 몫을 했다. 경기도에

방이 두 개가 딸린 작은 빌라였지만, 들이와 정이가 살기에는 어느 곳보다 포근했다. 그리고 무엇보다 볕이 잘 들었다.

어느새 금남에게 금며들었는지, 정이는 평소라면 쳐다도 안 봤을 레이스 커튼을 주방에 달며 이사를 끝냈다. 그리고 금남이 준 도시락을 식탁에 올렸다. 진한 분홍색으로 된 플라스틱 삼단 도시락 용기였다. 정이가 습관처럼 회색 옷소매를 죽 늘려 눈을 비볐다.

"새벽같이 나왔는데 언제 또 이런 걸…."

정이가 설레는 마음으로 조심스럽게 도시락 첫 번째 칸을 열었다.

김밥이었다. 마요네즈와 참치, 깻잎이 들어간 두툼하게 말린 참치 김밥.

두 번째 칸도 달걀물을 풀어 지단을 넓게 만들고 그 위에 김밥을 만 달걀 김밥이었다.

마지막 칸에도 김밥이 있었다. 하얀 쌀밥을 펼치고 그 위에 김을 올려 만든 하얀 누드 김밥.

언젠가 다음에 해주겠다고 한 말이 금남의 목구멍에 걸린 가시처럼 내내 맴돌았다. 그냥 김밥이 아니라 정확하게 소풍 가는 날 친구들이 싸온 김밥.

정이의 코끝이 찡해졌다. 오므리고 있던 입을 벌려 한 입 한 입 먹었다. 한 줄씩 곧게 만 김밥을 다 먹을 즈음, 네모난 모양으로 접혀 있는 은박지가 눈에 들어왔다. 입에 한가득 김밥을 넣고 웃었다. 역시, 우리 금남 여사님. 이 재미난 걸 안 하실 리가 없지.

마지막 김밥을 입에 다 넣고 반짝거리는 은박 호일을 조심스럽게 열었다. 오늘도 다정한 손으로 쓰인 쪽지가 있었다.

오랜만에 기억을 더듬어 봤잖여. 정이 네 덕에, 우리 문정이는 초등학생 땐 참치김밥, 중학생 땐 달걀김밥, 고등학생 땐 누드김밥을 좋아했던 것 같어. 그 나이에 정이 너를 만났다면 소풍가는 날마다 내가 직접 말아줬을 거야. 이렇게 재미있는 쪽지는 덤으로 말여. 밀린 소풍 김밥 오늘 다 먹는다 생각해. 오늘은 긴 소풍을 떠난 날이니까. 그리고 정이야, 이제 네가 좋아하는 색 옷을 입고 소풍을 떠나 봐. 우중충한 회색 옷은 이제 그만 옷장에 넣어두고. 인생은 원래 원더풀! 컬러풀! 아니여?! 그리고 쓸쓸해하지 말어. 난 언제든 웰컴이니까. 그럼 씨 유 어게인이여!

─유어 할머니가

할머니가, 할머니가…. 정이가 조그맣게 입을 벌려 말했다.

"할머니가…."

누군가가 처음 해준 이 말이 아까워 삼킬 수가 없었다. 차마 삼킬 수가 없어 입을 다물 수도 없었다. 금남의 글씨가 적힌 종이를, 뾰족하게 반짝이는 그 은박지를 고이 접어 두 손에 꼭 포갰다. 기도하는 것처럼 공손히 두 손을 잡고 가만히 눈을 감았다. 그날이 선명했다. 온통 깜깜해서 너무 깜깜해서 발을 내딛기도 두려웠던 그날 밤 만난 따뜻한 노란빛이 새어 나오던 맛나 도시락집이, 투명한 유리문을 활짝 열던 금남의 얼굴이, 입가에 패인 그 다정한 주름이….

2장

안녕, 흥민아

"손흥민 선수! 그라운드 위에서 주장 완장을 차고 있는 모습이 보기만 해도 자랑스럽습니다! 우리 대한민국의 자랑! 대한민국의 보물! 이제는 유네스코 문화유산으로 지정해도 손색없는 손흥민의 왼발! 말씀드리는 순간, 손흥민 선수 쏘니 존으로 들어갑니다! 그렇죠, 침착하게 한 번 접어주고, 쏩니다! 슛! 골인!"

잉글랜드 프리미어리그 토트넘과 레스터 시티의 대결. 손흥민의 발끝에서 승리를 알리는 쐐기 골이 탄생했다. 그렇게 손흥민은 프리미어리그 득점왕에 더 가까워졌다. 다른 선수들이 달려와 그를 둘러쌌다. 손흥민은 황금발을 자랑하며 경기장을 한 바퀴 돌았다. 그리고 그 특유의 찰칵 세리머니를 취했다.

그 순간 TV가 떡 꺼졌다.

지긋지긋한 손흥민. 혼잣말로 중얼거리는 이 삐쩍 마른 소년은 이화동 달동네에 살고 있는 중2 손흥민이다. 둘은 이름만 같지 모든 게 달랐다. 소년은 손흥민처럼 축구를 잘하지도 않았고 그처럼 유머러스하면서 자신감 넘치지도 않았다. 그래서 그냥 축구선수 손흥민이 싫었다. 손흥민이 TV에 나오는 횟수가 점점 많아질수록, 이화동 홍민이의 목소리는 작아져만 갔다. 학년이 올라갈 때도 출석부를 훑으며 '이 반에 손흥민이 있네' 하며, 제일 먼저 자신을 쳐다보는 선생님들의 시선도 싫었다. 이럴 땐 그냥 이 상태 그대로 훅 숨어버릴 수 있는 소라게가 되고 싶었다.

"야! 손흥민 패스! 여기! 여기로!"

홍민과 친한 민수가 손을 흔들며 말했다. 자존심이 걸린 반 대항전이었다. 자존심도 자존심이지만, 홍민의 얼굴을 자꾸만 빨개지게 만드는 예정이가 보고 있었다.

홍민이 발을 쭉 뻗어 패스했다. 민수가 아니라 상대편에게….

"아씨, 저놈은 이름값도 못하네."

민수가 입을 씰룩거렸다.

내가 이름값을 했으면 토트넘에 가서 몇백 억씩 벌고 있겠지. 그럼 달동네에도 안 살았겠지! 홍민이 속으로 씩씩거리면서도, 또 곧잘 공을 열심히 쫓았다. 하지만 반 대항전은 1 대 3 스코어로 잔인하게 끝이 났고, 중2 남학생의 자존심을 박살내는 세 번째 골을 막지 못한 건 수비수 홍민이었다…!

"손흥민이 있어봤자네. 시시해서 이제 2반이랑은 하지 말자. 큭큭."

3반 애들이 비웃으며 교실로 들어갔다.

학생들이 괜히 홍민을 흘긋거렸다. 이름만 손흥민이면 뭐해. 쟤는 진짜 이름값 못한다. 수군거리는 소리가 들렸다. 무리 진 여자아이들은 홍민이를 측은하게 쳐다보는 예정이를 끌고 갔다.

오늘은 정말 국가대표 손흥민도 싫고 이름값 못하는 내 왼발도 싫다. 으!

보충수업을 듣고 하교하는 길에 민수가 불렀다.

"야, 손흥민 같이 가!"

하굣길에 교복을 입고 쏟아져나오는 학생들이 모두 홍민에게 시선을 돌렸다.

"아씨, 이름 부르지 말라니깐."

"야, 그럼 손흥민을! 손흥민이라고 부르지! 뭐라고 부르냐?"

홍민을 놀리듯 민수가 더 크게 이름을 불렀다.

"나 알바 가야 돼. 간다. 그리고 사람 많은 데서는 내 이름 부르지 마라!"

"야, 나한테 하듯이 애들 앞에서도 이렇게 크게 말해봐. 발표할 때도 그렇고! 그러니까 애들이 자꾸 널 벙거손이라고 부르는 거야."

민수가 동생 가르치듯 홍민에게 훈수를 두었다. 벙거손은 '벙

거 없는 손흥민'의 줄임말이었다.

"아! 나도… 크게 말하고 싶지. 근데 자꾸 손에서 땀이 나고 심장 소리가 막 둥둥둥 들리고. 나도 미치겠어. 야, 나 알바 늦겠다. 간다."

"알바? 저 소심이가 무슨 알바를?!"

민수가 발걸음을 재촉하는 홍민이를 보고 고개를 갸웃거렸다.

"한 장… 받아 가세요…."

떨리는 손으로 전단지를 건넸다. 사람들은 손이 보이지 않는 듯 스마트폰만 보며 혜화역 지하철 출구를 나섰다.

"여기… 한 장…."

조금 더 목소리를 키워봤지만 뿌리치고 가는 사람의 옷깃에 종이 구겨지는 소리만 났다. 뭐 그리 대단한 종이인지, 그 종이 한 장 건네기가 어려워 손을 벌벌 떨었다. 교복을 입고 오늘도 출구 앞에서 헬스장 오픈 행사 전단지를 나눠주었다. 깡마르고 숫기가 없는 홍민은 매번 백 장도 못 나눠주고 그대로 가져가기 일쑤였지만, 사장님은 허허 웃으며 괜찮다고 말했다. 어차피 미성년 자인 홍민이를 부모 동의서도 없이 고용하고 있었기에, 원래 줄 돈에서 한참 모자란 푼돈만 주고 부리던 참이라 그렇게 성질이 나지도 않았다.

홍민도 중학교에 입학하면서부터는 성격을 바꾸고 싶었지만 어려웠다. 목소리를 조금 더 크게 내는 것도 어려웠다. 그래, 그냥 나는 이렇게 태어났으니까 이렇게 살아야지…. 그래도 오늘은 스스로 생각해도 심각했다. 손에 전단지가 너무나 많이 남아 있었다. 못해도 몇십 장은 나눠줘야 하는데….

홍민이 목소리를 가다듬고 다시 손을 내밀었다.

"헬스장… 오픈 행사… 전단지 받아 가세…!"

"저도 한 장 주세요!"

마지막 '요'자를 마치기 전에 여자가 활짝 웃으며 다가왔다.

"여기…."

"감사합니다! 안 그래도 운동을 해볼 참인데. 혜택이 참 좋네요?"

여자의 활기찬 목소리에 사람들의 시선이 홍민이에게로 향했다. 사람들은 까만 그물망으로 머리를 단정하게 묶은 여자와 홍민이를 한번 흘끗하고 전단지를 받아갔다.

"나도 한 장 줘보슈."

금남이 홍민에게 다가왔다.

"할머니! 감사합니다…."

반가운 목소리로 금남에게 인사를 건넸다. 그리고 전단지를 주었다.

"할머니 아니고 여사님이라니깐! 요즘은 할매니얼, 그랜플루언서, 시니어 이런 말도 다 있구만. 머리만 좀 희끗하면 다 할머니래. 듣는 할머니 맘 상허게!"

"아, 죄송해요…."

"또 뭘 이깟 거 갖고 죄송을 해! 음, 풀 파워 헬스장? 이름 재밌네. 홍민아, 나도 이참에 바프 한번 찍어볼까?"

"바프요?"

"바디 프로필 말이여. 팔순 되기 전에 비키니 입고 찍어볼까. 호호."

금남이 화려한 마차가 그려진 실크 스카프를 여미며 자리를 떠났다.

맛나 도시락은 할아버지가 살아 계셨을 때부터 가던 곳이다. 여사님이라고 부르라는, 조금 이상하지만 손이 큰 할머니 덕분에 도시락 하나만 사도 할아버지와 든든히 나누어 먹을 수 있었다. 또 나라에서 지원해주는 아동급식카드를 기분 좋게 받아주는 몇 안 되는 식당 중 하나였다. 다른 식당들은 번번이 카드를 내밀 때마다 불청객으로 여기는 기분이 들었다. 괜히 물이나 추가 반찬을 요청하는 것도 어렵고.

맛나 도시락이 좋은 또 다른 이유도 있었다. 주인 할머니가 앞에서 길냥이들에게 밥을 주는 바람에 지금 가장 친한 친구 트리를 만날 수 있었다. 비록 구강 상태가 좋지 않아 사료도 잘 못 씹어 곧 치과 치료를 받아야 하는 탓에, 지금 내가 이렇게 전단지를 돌리고 있지만.

할머니를 보니 식혜가 먹고 싶었다. 살얼음과 하얀 쌀알이 둥둥 떠 있는 달콤한 전통 식혜.

본인도 모르게 입맛을 다셨다. 아, 오늘은 무슨 도시락이 있으려나. 홍민이 기운 내어 전단지를 나눠주었다. 여전히 대부분 문전박대 수준으로 외면을 받았지만.

"왔슈?"

홍민이 맛나 도시락 유리문을 열자, 데이지가 그려진 흰 두건을 쓴 금남이 말했다. 진열장 안에 하나 남아 있는 식혜를 빼고 있었다. 이미 나란히 놓여 있던 저녁 도시락들은 모두 다 나간 뒤였다. 홍민이 한숨을 쉬었다.

"그렇게 해서 땅이 꺼지겠슈?"

"할머니, 도시락 다 나갔어요?"

"고럼. 벌써 모두 솔드아웃이지? 그리고 할머니 아니라고 아까도 말했지!"

"예, 여사님."

"전단지는 다 나눠준겨?"

금남이 묻자, 홍민이 손에 수두룩한 전단지를 들어 보였다.

"그럼 다시 올게요…!"

"뭐라고? 안 들려!"

부러 안 들리는 척 큰소리로 묻자, 홍민이 데시벨을 조금 더 높였다.

"다시! 올게요!"

"힝, 속았지? 내가 또 홍민이 건 남겨놨지. 간장 제육! 트리 밥

113

도 안에 있어. 계속 사료를 못 씹어?"

"와, 할머니 쩔어요. 역시 최고!"

"전단지 나눠줄 때도 그렇게 해봐. 그럼 몇 명은 더 받아 가겠 구만."

"그게… 잘 안 돼요. 그리고 트리는 발치 치료를 받아야 된대 요."

그때 문이 열렸다. 아까 홍민에게 먼저 다가와 전단지를 받아 간 여자였다. 서울대 병원 간호사복을 입고 있었다. 소아병동 정 해영, 명찰도 단정하게 걸고 있었다.

"어쩌나. 다 떨어졌는데…. 오늘은 벌써 솔드 아웃이여!"

환한 미소를 지으며 들어왔던 해영이 조금 실망한 얼굴을 지 었다.

"아, 그래요? 한발 늦었네요. 저도 병원 밥이 너무 질려서. 오 늘따라 더 생각나서 왔는데."

해영을 알아본 홍민은 반가웠지만, 그놈의 부끄럼 많은 성격 때문에 아는 척을 할 수 없었다.

"그럼 워쩐담. 웨잇 어 미닛 해보슈. 만들 재료가 있나 한번 살 펴볼게."

"와, 정말요?! 뭐든 좋아요. 밥에 소고기볶음 고추장만 비벼 먹어도 꿀맛이에요, 맛나 도시락은!"

"고렇지. 내 손이 바로 미슐랭이지. 홍민이 너도 조금 기다려. 같이 가져다줄게."

흐뭇한 얼굴로 키득거리며 주방에 들어가는 금남이었다. 가만히 기다리는 동안 해영과 눈이 마주쳤다. 아까 해영이 아니었으면 사람들에게 전단지 한 장도 제대로 나눠주지 못했을 것이다. 홍민은 고마워서 감사하다는 말이라도 건네볼까 했지만, 입이 떨어지지 않았다.

"아까는…."

개미보다 작은 목소리를 미처 듣지 못한 해영이 먼저 아는 척을 했다.

"어? 아까 풀 파워 소년?"

"아, 안녕하세요."

홍민이 머쓱해서 괜히 뒷목을 긁었다.

"여기 밥 진짜 맛있죠?"

생기 넘치는 해영과 달리 진지한 궁서체로 답변하듯 조그맣게 대답했다.

"…네."

몇 분 지나지 않아, 금남이 도시락을 가지고 나왔다.

오늘따라 투명 비닐이 아닌, 하얀 비닐에 담긴 도시락을 해영과 홍민에게 차례대로 주었다. 그리고 장난꾸러기 같은 미소를 지었다.

홍민은 해영이 있자 우물쭈물하며 계산을 미루었지만, 금남이 큰 목소리로 말했다.

"자, 홍민이 먼저."

늘 그렇듯 홍민이 일부러 손을 쫙 펼쳐 급식카드가 안 보이게 가리며 건넸다. 해영에게 가볍게 고개를 숙여 인사를 한 뒤 맛나 도시락에서 나왔다. 사시사철 푸른 소나무 길을 걸어 이화동으로 향했다. 손목에 든 도시락 봉지를 흔들거리면서. 밟히는 돌멩이 하나를 툭툭 찼다. 집까지 가져가 볼 요량이었다. 횡단보도에서도 우스꽝스러운 모습으로 잘 지켜왔지만, 결국 난관에 봉착했다. 바로 계단 때문이었다. 집으로 가기 위해서는 이화동 벽화마을 사이에 있는 계단 110개를 올라야 했다.

"에이. 그냥 여기까지만 하자. 혼자 할 땐 드리블도 이렇게 잘 되는데!"

아쉬움에 혼잣말을 내뱉었다. 그런데 옆에서 누가 보고 있는 것 같은 기분이 들었다. 홍민이 천천히 고개를 돌렸을 때, 옆에 손흥민이 보였다.

요즘 벽화마을의 오래된 그림들 위에 페인트를 칠하고 새로운 벽화를 그리더니, 계단 옆에 손흥민이 그려진 것이다. 양손으로 네모 모양을 만들어 윙크하며 찰칵 세리머니를 하고 있는!

"하필이면 또 형이에요?!"

아무 말도 하지 않는 손흥민에게 괜히 화풀이를 했다. 그래도 여전히 이마에 땀방울을 흘리며 연신 찰칵 세리머니를 하고 있는 손흥민이었다.

"진짜 이제 맨날 보겠네. 학교 갈 때도 집에 올 때도. 으씨!"

실제로 만나면 그림자도 못 밟을 거면서 애꿎은 그림에 화풀이하며 계단을 올랐다. 매일 도를 닦는 심정으로 이 계단을 오른다. 등산하면 성취감이라도 있지, 이 계단의 끝에는 슬레이트 판자 지붕의 낡은 집이 있을 뿐이다. 또 가끔씩 들어와 홍민의 급식카드를 호시탐탐 노리는 사촌 형도 있었다. 이러니저러니 해도 유일한 혈육이었다. 제2의 고니를 꿈꾼다나.

고니인지 고라니인지 알 바 아니다. 스무 살이 넘으면 모두 대학에 가고 근사한 어른이 되는 줄 알았지만, 형을 보고 알았다. 스무 살이 넘어도, 술집에서 당당히 술 마실 수 있는 나이가 된다고 해도, 모두 어른은 아니라는 것을. 그저 자기 앞가림만 해도 꽤 잘 사는 게 아닐까 싶다. 아무튼 홍민은 형에게서 급식카드를 지키는 게 유일한 밥줄을 지키는 일이었다.

계단을 다 올라 오른쪽으로 몸을 틀면 벽 모서리에 현관문이 있다. 문을 열면 바로 타일이 깔린 부엌이 나오고 안으로 들면 작은 방이 있는 구조였다. 알파벳 D자 모양으로 생긴 손잡이를 밀었다. 홍민이 도착하는 것을 알고 있었다는 듯 트리가 문 앞에 기다리고 있었다.

배고픈 듯 꼬리로 홍민의 다리를 감쌌다. 도시락 봉지를 든 홍민이 얼른 집으로 들어갔다. 털 무늬에 삼색이 섞여 있어, 금남에게 쓰리, 쓰리 하고 불리다가 트리가 이름이 된 고양이는 홍민을 만나 집이 생겼다. 벌써 함께한 지도 2년이 되었다. 유일하게 이 집에 들어와야 하는 이유이기도 했다.

그런데 요즘은 나이가 많아져서 그런지 사료를 도통 씹지를 못했다. 그래서 동물병원에 데려갔더니 치주염이 심각한 상황이라고 했다. 그로 인해 황달까지 진행된 듯했다. 동네에 임신설 까지 돌 정도로 통통했던 트리는 눈에 띄게 야위어갔고, 먹지 못하는 스트레스 때문인지 털도 푸석푸석하게 변했다. 요즘은 쓰다듬으면 털이 쑤욱 빠지기도 했다. 수의사는 이런 속도면 빈혈까지 와서 생명에도 지장이 생길 것이라고 했다. 근본적인 치료를 위해서는 발치 수술을 해야 하는데, 그 비용이 꽤 비쌌다. 홍민의 사정을 안 수의사가 가장 저렴하게 해주겠다고 했지만, 그 돈은 밥도 급식카드로 간신히 챙겨 먹는 홍민에게는 도저히 마련할 길이 없었다. 그래서 전단지 알바를 시작했다. 물론 하루에 백 장도 간신히 나눠줄까 말까 하며 최저 임금도 안 되는 시급을 받고 있지만.

부엌으로 나간 홍민이 도시락을 꺼냈다. 둥근 보름달 같은 맛나 도시락 스티커를 떼려고 보니 자신의 도시락이 아니었다! 이것은 아까 그 이모 꺼? 당황한 홍민이 괜히 소고기가 듬뿍 든 볶음 고추장만 보았다. 맵찔이 홍민은 감히 손도 못 댈 아주 새빨간 색이었다. 이를 어쩌지. 나는 그렇다 쳐도. 트리는? 트리 밥도 거기 있을 텐데…!

"얼른 가서 바꿔올게. 조금만 기다리고 있어. 배고파도 좀만 참아! 금방 다녀올게."

홍민이 트리에게 말한 뒤 봉지를 들었다.

꽝!

그때 문이 닫히는 소리가 났다. 형이 왔다.

"홍민아, 우리 월드스타 손홍민이. 형아 왔다!"

그 시각 맛나 도시락에도 해영이 찾아왔다.

"사장님, 도시락이 바뀐 것 같아요. 아까 그 학생이랑요."

진주 귀걸이를 만지작거리며 금남이 모르는 척 말했다.

"웁스, 마이 미스테이크! 이를 어쩌면 좋아. 거기에 트리 밥도 들어 있는데. 우리 홍민이도 트리도 굶겠네…."

"트리요?"

"응. 고양이여. 길고양이. 우리 집에 밥 먹으러 오는 애들 중하나였는데, 홍민이가 데리고 갔잖여? 날이 추운데 덜덜 떠는 게 안쓰럽다고."

"아…. 사연이 있는 냥이네요."

"근데 걔가 잇몸이 나빠져서 도통 사료를 못 씹거든. 그래서내가 따로 고기 좀 찢어서 밥을 만들어주는데…. 그게 그쪽 손에들려 있네, 아이구. 아까 집으로 간다고 했으니까 집에 있을 건데. 요즘 아파서 통 집에만 있다고 하더라고."

"고양이인데. 집 밖에도 나가요?"

"트리는 그냥 고양이가 아니여. 낭만 고양이여. 스트릿 시절

잊지 않았지. 날 좋을 때는 밖에도 돌아다니고, 가끔 여기도 와서 밥도 얻어먹고 가. 그래도 꼭 잠은 흥민이 곁에 가서 자고. 근데 오늘은 안 왔는데. 까딱하면 굶겠네."

모르면 모를까 다 알아버린 해영이 걱정스러운 표정을 지었다.

"혹시 집을 알려주실 수 있으세요? 문 앞에 걸어두고라도 올게요. 둘 다 굶으면 안 되잖아요."

"거기가 좀 높은데…. 괜찮겠슈?"

생각대로 됐다 싶은 금남이 슬쩍 미소를 지었다.

해영은 금남이 알려준 대로 낙산공원을 향해 걸었다. 아니 올랐다. 길이라고 할 것도 없이 계단만 많은 이곳을 괜히 달동네라고 하는 게 아니었다. 정말 이렇게 올라가다간 손만 조금 뻗으면 달에 닿을 것만 같았다. 계단 모서리에는 얼마 전 내린 함박눈이 그대로 얼어붙어 있었다. 여기에서 넘어지기라도 하면 진짜….

해영이 발에 힘을 주고 손에 쥔 비닐봉투가 흔들리지 않게 잘 잡았다. 혹여나 늘 손이 커서 넘칠 것 같은 맛나 도시락인데, 국물이나 양념이 새면 안 될 일이었다. 가뜩이나 아픈 고양이도 돌보며 지낸다고 하니, 두어 번 마주친 흥민에게 안쓰러운 마음이 들었다. 하지만 계단을 오를수록 연민보다 이 계단을 포기하고 싶은 마음이 조금씩 생겨났다. 해영이 고개를 저었다.

"정해영, 안 돼. 애들이 굶을 수 있잖아. 정신 차려! 너 체력 진짜…. 조금만 더 힘내자. 아자아자!"

헉헉거리며 마지막 계단을 밟은 해영이 함성을 터트렸다.

"끝났다!"

등산을 한 것처럼 개운했다. 상쾌했다. 드디어 정상에 오른 것처럼, 등 뒤에 펼쳐진 백십 계단에 대고 야호라고 외쳐야 할 것 같았다.

"여기서 바로 오른쪽으로 돌면 집이 있다고 하셨는데…?"

해영이 금남이 한 말을 곱씹으며 몸을 돌렸을 때 문이 열렸다. 그리고 홍민이가 튀어나왔다. 흰색, 노란색, 진한 갈색 털이 섞인 트리를 품에 안고.

"어? 트리니? 우리 도시락이 바뀌어서…."

"어? 어?!"

다급해 보이는 홍민이 운동화를 구겨 신으며 달려갔다. 왜인지는 모르겠지만 해영도 홍민을 따라 뛰었다. 계단을 올라온 지 얼마 되지 않아 정말 숨이 턱 끝까지 찼다. 심장이 터져버릴 것 같았다. 그런데 이상했다. 손을 뻗으면 하늘에 떠 있는 구름이 잡힐 것만 같아서 그랬는지, 난임 클리닉을 다니며 빠른 걸음으로 걷는 것조차 불안했던 마음에서 벗어나서 그랬는지, 너무나 상쾌했다. 모든 스트레스가 풀렸다. 오늘 아침, 시험관에 또 실패했다는 진료 결과를 속에 꾹꾹 담아 놓고 매운 고추장에 밥을 비벼 먹으려고 했던 그 마음이 후련해졌다.

낙산공원 앞에서 홍민이 멈췄다. 겨울 특유의 깨끗한 공기만 큰 입김도 금방 뿌옇게 사라졌다. 그런데 얼마나 땀이 나게 뛰었는지 홍민의 등에서 김이 올라왔다. 그 모습에 해영이 웃음을 터트렸다. 그러자 영문을 모르는 홍민도 해영을 보고 웃었다. 둘이 함께 웃었다.

"고니요? 제가 아는 타짜 중에 최고였어요, 그 고니요?!"

발밑으로 북악산이 넓게 펼쳐지고 종로 시내가 다 보이는 낙산공원 벤치에 앉아 있는 해영과 홍민이 도시락을 나눠먹었다.

"네…. 형 꿈이래요. 그래도 그렇지 사촌 동생 급식카드까지 탐내는 건 너무하지 않아요?!"

입가에 간장 양념을 묻힌 홍민이 억울한 듯 말했다.

"웃으면 안 되는데 정말 웃기네요. 센터라도 다녀야 하는 거 아니에요?"

"몰라요. 맨날 싸늘하다, 등 뒤에 비수가 날아와 꽂힌다. 이런 소리만 하고 있고!"

청소년 관람 불가 영화라 홍민이 따로 찾아본 적 없지만, 케이블 영화 채널에 나올 때마다 채널을 고정하는 형 때문에 대사도 거의 외울 지경이었다. 특히 비슷하지도 않은 너구리 형사를 흉내 내는 형의 목소리는 아주 진절머리가 났다!

"도박 중독 센터가 있어요. 인터넷에 검색해보면 도움받을 수 있는 기관들이 나오고…"

"새벽같이 나가서 벽지 바르고 끝나면 거기를 가는 거예요.

맨날 돈을 잃으면서 왜 그렇게 하는지. 그래도 예전에는 꼬박꼬박 집에는 들어왔는데, 이제는 일주일에 한 번 들어오면 잘 들어온 거예요."

신기했다. 소심하고 낯도 많이 가리는 홍민이 오늘 처음 본 사람과 이렇게 이야기를 한다니. 스스로도 놀라웠다. 이 아줌마, 아니 이모 정도로 보이는 이 사람한테는 왜 말이 술술 잘 나오는지. 바람에 흔들리는 머리카락에서도 선함이 느껴지는 해영 때문인가 싶었다.

홍민은 트리의 밥을 꺼냈다. 금남이 삶은 양지를 잘게 찢어 넣어준 것이었다. 국 용기 뚜껑 위에 고기를 올리자 트리가 야옹 울면서 혀로 할짝거렸다. 그마저도 잘 씹지 못하자 홍민이 손으로 더 잘게 찢어주었다. 그래도 냄새만 맡을 뿐 도통 입에 넣지 못했다.

"네가 트리구나."

해영이 트리의 머리를 쓰다듬으며 말했다.

"네. 순해요. 밖에 산책도 하고요. 사실은 형을 피해서 피신 나오는 거지만. 새벽에도 이렇게 종종 나와요. 형이 코를 골면 집이 떠나갈지도 모르거든요."

"큭큭. 아, 너무 웃겨요. 홍민 학생 되게 재미있네. 전단지 나눠줄 때도 이렇게 좀…. 아차차. 콤플렉스죠?"

얼른 입을 가린 해영이 홍민을 보았다. 고개를 끄덕이는 홍민을 보고 해영이 젓가락을 내려놓았다. 여태껏 홍민은 숟가락으로 해영은 젓가락으로만 도시락을 나눠 먹고 있었다.

"아, 그럼 나도…. 내 콤플렉스도 말해 볼까요? 나는 10년째 아기가 생기지 않고 있어요. 시험관도 몇 번을 실패했고. 그래서 그런가, 요즘 그런 자격지심이 생겨요. 친구들이 임신 사실 나한테 제일 늦게 알려줄 때, 배려해서 그런 거 뻔히 아는데도 괜히 심술이 나요. 내가 그렇게 축하도 못 해줄 만큼 쪼잔해 보이나 하고요. 이거 자격지심이잖아요?"

해영이 고개를 떨어트리고 다시 트리 머리를 쓰다듬었다. 트리가 그르렁 소리를 냈다. 홍민이 마른침을 삼켰다. 뭐라고 말해야 할지 몰랐다. 그래서 그냥 듣기로 했다. 고개를 끄덕였다. 그러자 해영이 말을 이어갔다.

"뉴스 보면 왜 정말 사람이 애한테 저런 짓을 한다고? 이런 진짜 짐승만도 못한 사건들 있잖아요? 그런 걸 보면 이런 생각이 들어요. 왜 나한테 오지 않고 저기를 가서…. 나한테 왔으면 정말 잘해줄 텐데. 정말 사랑해줄 텐데. 끔찍이 아껴줄 텐데…. 누가 그러더라고요. 아기를 너무 원하면 삼신할머니가 오히려 안 보내준대요. 아기를 싫어하는 사람한테 '예끼 이놈 이번 생애 벌 좀 받아봐라' 하고 보내준대요. 그래서 나는 오늘부터 아기를 싫어하기로 했어요."

눈물을 글썽이는 해영이 자리에서 일어나 두 손을 모았다. 그리고 크게 말했다.

"할머니, 삼신할머니! 나한테 아기 보내주지 마세요! 아셨죠?"

"삼신할머니도…. 알아보실 거예요."

소심한 홍민이가 아니더라도 중2 남학생이 남에게 이런 말을 크게 말하기란 어려웠을 것이다. 그래서 또 기어들어가는 개미 목소리로 말하긴 했지만, 그 뜻을 충분히 알아들은 해영이 자리에 앉아 다시 밥을 크게 떴다.

젓가락으로 밥을 떠 입에 넣고 콩나물무침도 입에 넣었다. 홍민도 숟가락으로 밥을 떠 입에 넣고 달달한 간장 제육볶음을 뜨려 했지만 쉽지 않았다. 자꾸만 고기가 떨어졌다. 해영이 홍민의 숟가락 위에 고기를 얹어줬다.

홍민이 꿀꺽 먹었다. 그 후에도 콩나물무침과 달걀말이 장조림을 숟가락 위에 놔주었다. 그때마다 홍민은 고개를 숙여 인사하며 밥을 먹었다. 젓가락으로 잡기 어려운 콩장은 홍민이 숟가락으로 얹어주었다. 해영과 홍민이 픽 웃었다.

밥이 바닥을 보일 때쯤 은색 호일이 있었다. 오늘도 금남이 써놓은 것이었다. 기대에 찬 해영이 말했다.

"오늘은 뭐라고 써 있을까요? 이거 때문에 밥 다 먹은 적 많아요."

"저도요. 재미있어요."

"재미도 있고 멋도 있고 손맛도 있고요. 이건 홍민 학생 도시락이었으니깐 얼른 펼쳐봐요."

해영이 홍민에게 쪽지를 꺼내보라는 듯 눈짓을 주자 홍민이 은박지를 펼쳤다.

세상에 밥을 나누어 먹을 친구가 있다는 건 정말 멋진 일이야.
그럼, 씨 유 어게인이여!

두 사람은 이 쪽지를 보고, 서로를 쳐다보았다. 그리고 어느덧 어둑해진 밤하늘을 보며 동시에 금남을 떠올렸다. 짧은 겨울 해가 아쉬웠지만 그만큼 밤이 일찍 찾아와 별을 보는 시간이 길어졌다. 아까는 손을 뻗으면 구름이 닿을 것 같았다면, 이번에는 별이 잡힐 것 같았다. 낙산공원에 길게 이어진 성곽 밑으로 각자의 집에서 새어 나오는 불빛들이 모여 반짝였고, 움직이는 차들의 헤드라이트도 반짝였다. 마치 보석함을 들여다보고 있는 것 같았다.

두 사람은 매주 수요일마다 마로니에 공원에서, 낙산공원에서 맛나 도시락을 나눠 먹었다. 트리가 함께할 때도 있었고 아닐 때도 있었다. 매운 걸 못 먹는 홍민은 해영 덕분에 조금씩 혀가 얼얼한 통증에 익숙해지는 중이었다. 밥을 끝까지 먹으면 나오는 금남의 쪽지도 서로 보여주며 함께 마음에 새기기도 했다. 그렇게 내일모레면 마흔인 해영과 열다섯 홍민은 친구가 되었다. 둘

은 그날 일어난 시시콜콜한 이야기들을 나누었는데, 흥민이 짝사
랑하는 예정과 짝꿍이 되고 싶지만, 또 되고 싶지 않다는 이야기
가 주를 이루었다. 하지만 둘은 최근 짝꿍이 됐고 그 후 흥민은
매일 학교에서 심장이 튀어나올까 봐 종일 칠판만 보고 화장실
도 잘 가지 않는다고 했다. 혹여나 냄새라도 날까 봐. 큭큭.

해영은 흥민을 보고 있으면 외동으로 자란 자신에게 꼭 다 큰
조카가 생긴 것 같았다. 혼자 외롭게 자라서인지 그토록 다복한
가정을 꿈꾸었건만, 오늘도 출근 전 들른 난임 클리닉에서 좋은
소식을 듣지 못했다. 또 시험관 2차에서 실패했다. 작년까지만 해
도 매번 남편과 같이 왔지만, 이제는 이 기분은 혼자 삭이고 싶
었다. 눈치를 보며 어쩔 줄 몰라 하는 남편에게 괜히 미안한 마음
이 드는 것도 싫었다. 슬펐지만 웃었다. 웃어야 복이 들어온다고
하니까. 토끼같이 동그란 눈망울에 조금은 구불거리는 긴 머리를
리본망에 잘 묶은 해영이 웃었다. 씨익. 그래도 금세 눈이 붉어졌
다. 코끝이 시렸고 목이 메었다. 이 기분을 밀어내고 싶었다.

다행히 아직 아동 병동으로 출근하기까지 시간이 조금 남
아 있었다. 병원 직원들이 커피도 마시고 김밥이나 도시락도 먹
는 야외 벤치에 가서 앉았다. 날이 추웠지만 괜찮았다. 코를 훌쩍
이며 두꺼운 분홍 뜨개실로 직접 짠 가방에서 아침에 사둔 맛나
도시락과 식혜를 꺼냈다. 점심시간 전이지만 어쩐지 허기가 졌다.
뚜껑을 열자 달달한 양파를 채 썰어 넣은 고추장불고기 냄새가
번졌다. 먼저 달짝지근하고 매콤한 향을 들이마셨다. 그리고 밥에

불고기를 올려 슥슥 비벼 한 입 크게 먹었다.

"아, 이제 좀 살 것 같다."

뜨끈하고 매콤한 것이 들어가자 메슥거리던 속이 조금은 진정되는 것 같았다. 몇 년 동안 실패라는 단어를 마주하고 나니, 그간 걷는 것도 먹는 것도 마시는 것도 조심하던 게 하릴없이 느껴졌다. 마음이 편하면 그땐 찾아와주겠지. 나의 예쁜 천사가.

해영이 울음을 삼키며 꾸역꾸역 밥을 다 먹었다. 금남이 남겨 놓은 쪽지가 필요했다. 항상 웃음 가득한 그분의 한마디가.

매운 음식 할 때 손이 얼마나 에린지 몰라. 고춧가루가 살에 닿으
면 몇 시간이 지나도 쓰려. 오늘은 에리고 아픈 건 내가 다 할 테니.
먹는 당신은 해피하기만 하슈. 해브 어 나이스 데이 혀고!

큰 눈망울에서 결국 눈물이 톡 떨어졌다. 아버지가 보고 싶었다. 일찍 돌아가신 엄마를 대신해 서툰 손으로 수능 도시락을 싸주던 아버지가. 이런 목소리로 전화하면 왜 코맹맹이 소리가 나냐고. 울었냐고. 병원에서 무슨 말 들었냐고. 빙빙 둘러 물어볼 아버지의 목소리가 듣고 싶었지만, 꾹 참았다. 대신 살얼음이 동동 떠 있는 식혜를 마셨다. 금남의 손맛이 가장 잘 느껴지는 음식이었다. 달고, 시원하고, 개운하고 감히 누구도 흉내 낼 수 없는 그런 맛. 그 맛에 삼켜냈다. 이 서러움을.

속에 걸린 것 같은 묵직한 마음을 잘 접어 꾹 눌러 담고 아동

병원으로 향했다. 씩씩하게 웃었다. 평소처럼 웃으며 인사를 했을 때 팡파르가 터졌다. 꽃가루가 날렸다. 스테이션에 들어선 해영이 의아해했다. 주변에 서 있던 간호사 둘이 노란 얼굴에 스마일을 짓고 있는 초가 꽂힌 케이크를 내밀었다. 무슨 일인가 들어보니, 이 달의 친절한 간호사에 해영이 연속으로 뽑혀 팀 전체가 포상을 받게 되었다고.

"해영 씨 덕분에 우리까지 포상이야! 맨날 그렇게 웃어줘요. 호호."

아동병원의 마스코트라며 항상 해영을 추켜세워주는 수간호사가 말했다. 그래. 웃자! 나 때문에 모두가 행복할 수 있다면. 웃자. 돈 드는 것도 아니니까.

$$\boxtimes$$

"야, 좀 웃어라!"

예정이 다른 친구와 급식을 먹으러 간 사이 흥민 옆에 앉은 민수가 말했다.

"아! 나도 웃고 싶지…."

"친구가 말을 하면 좀 대꾸도 하고 그래야지!"

"크게 씹으면 이에 고춧가루 낄지도 몰라…."

민수가 답답하다는 듯 다시 자리에서 일어났다.

"야, 안 되겠어. 내가 갔다 올게!"

129

"어딜?"

홍민이 고개를 들어 민수를 보았다.

"담임 쌤한테! 내 친구 손홍민이가 김예정이랑 짝꿍 하다가는 심장마비 걸려 죽을지도 모르니까 짝 좀 바꿔달라고. 이게 뭐냐. 씹지도 못하고 고개도 못 돌리고 학교에선 똥도 못 싸고!"

똥이라는 단어에 온 교실이 조용해졌다. 교실에서 밥을 먹던 학생들이 일제히 민수와 홍민을 보았다. 그리고 '아, 더러워'라며 야유했다.

"쫌 조용히 해라. 쫌! 으씨, 쪽팔려."

그마저도 숨죽여 말하는 홍민이 자기 입에 손을 갖다 대며 제발 조용히 해달라고 부탁했다. 그 모습을 본 예정이 웃었다. 새하얀 피부에 단발머리를 한, 교복이 잘 어울리는 모범생이었다. 홍민은 어쩔 줄 몰라 눈을 획 피했다. 식판에 있는 장조림만 숟가락으로 저었다.

잘게 썬 고기를 보자 트리 생각이 났다. 우리 트리는 밥 좀 먹었으려나. 요 며칠 황달이 더 심해진 것 같다. 누런빛이 돌고 잇몸이 하얗게 변한 게 빈혈도 오는 것 같고. 얼른 병원에 데려가야겠다는 결심이 섰다. 그런 의미에서 오늘은 전단지를 최대치로 돌려볼 생각이다. 그리고 다른 일자리도 구하고 싶었다. 미성년자가 아르바이트를 할 때 부모님 동의서가 있으면 제 시급을 받을 수 있다는데, 홍민에게는 작년 할아버지 장례를 치른 후부터는 제대로 된 보호자가 없었다. 그나마 학교 가정통신문에 사인을 해주는 건, 도박에 빠져 사는 사촌형뿐이었다.

"트리는? 아직도 못 먹어?!"

아픈 트리를 떠올리는 흥민을 눈치챈 민수가 자신의 식판에 있던 장조림을 흥민에게 올려줬다.

"어…"

"그럼 너라도 좀 먹어. 그래야 이따 전단지 돌리지. 내가 좀 도와주랴? 이 형아가?"

"형은 무슨. 됐어. 넌 학원 가야지."

"난 학원을 가나 안 가나 1등인데. 가서 뭘 하냐."

믿기진 않겠지만 사실이었다. 민수는 타고난 머리가 좋은 놈이었다.

"칫. 재수 없어."

"원래 세상의 천재들은 대부분 재수가 없어요. 그러니까 담임쌤이 너랑 나랑 붙여놓은 거야. 일등, 꼴등. 알지?"

"팩폭까지?"

"그래, 여기서 그만할게. 먹자. 이따 체육시간에 옆 반하고 축구 시합한대. 든든히 먹어둬라. 우리의 손흥민."

"아, 쫌!"

삥!

민수의 발끝에서 축구 시합이 시작됐다. 자존심이 걸린 반 대항전이다. 하필이면 며칠 전 흥민의 실수로 졌던 그 반과의 2차전이었다. 이런 젠장. 오늘은 사활을 걸고 달린다. 예정이가 또 보고 있다!

하지만 결과는 오늘도 1 대 4 대패. 당연히 오늘의 구멍도 홍민이었다. 옆 반 애들은 또 실실대며 떠들었다. 그 비웃음 소리가 짜증났지만, 목소리도 작고 소심한 홍민이는 아무 말도 할 수 없었다. 대신 민수가 큰소리 쳐줬다. 손홍민은 뭐 축구 다 잘해야 되냐! 그럼 차은우는 다 잘생겨야 되고? 더 싫었다. 가만 좀 있어라, 민수야.

수돗가에서 세수하는데 예정이가 가까이 왔다. 귀가 뜨거워졌다. 고개를 들 수 없어 계속 세수만 하자 민수가 옆구리를 쳤다.

"야, 셀프 물고문이냐? 그래도 선방했어."

으푸푸. 계속해서 세수만 하는 홍민을 기다리는 듯 예정이가 수도꼭지를 돌려 손을 씻었다. 그때 오늘의 4골 중 3골을 넣은 옆 반 반장이 다가왔다. 쟤, 전단지 돌리는 애지? 그 급식카드. 참 별거 없는 손홍민. 이름이 아깝다. 다 들리는 소리로 수군거리며 자리를 떠났다.

얼굴을 들 수 없었다. 전단지도, 급식카드도, 별거 없는 것도. 틀린 말이 없었다. 민수가 옆 반 반장을 향해 달려들 때쯤 홍민이 고개를 들었다. 예정과 눈이 마주쳤다. 또 바로 휙 시선을 피했다. 바로 민수를 말렸다. 하지만 옆 반 반장이 휘두르는 주먹이 얼굴에 푹 들어왔다.

사이 좋게 얼굴에 멍자국을 나눠 가진 민수와 홍민이 같이 하교했다.

민수는 실시간으로 부모에게 문자가 날아가는 비정한 학교 시스템을 비판하며 학원에 갔고, 홍민은 혜화역 출구 앞에서 전단지를 나눠줬다. 멍이 든 몰골이 오히려 동정표를 샀는지 오늘은 전단지를 받는 사람들이 꽤 있었다. 앵벌이를 하는 기분이 들기도 했다. 쳇. 나는 말리려고 한 건데 나까지 때릴 건 뭐람. 하여튼 이 민수 자식. 그런데 웬일인지 사람들이 전단지를 받아 가려고 줄을 섰다. 무슨 일이지? 새해가 밝아오면 피트니스 센터에 사람이 제일 많다더니, 벌써부터 등록하려고 하는 건가? 그럼 나는 개이득! 개꿀! 멍이 든 왼쪽 눈이 따끔거렸지만, 신이 났다. 오늘은 사장님을 볼 면목이 있을 것 같았다. 이참에 조금 더 목소리를 키워볼까. 목을 큼큼 가다듬었지만 그래도 소리는 크게 나지 않았다.

"감사합니다…. 풀 파워 헬스장입니다…."

처음으로 3백 장 가까운 전단지를 다 털고 가뿐한 마음으로 맛나 도시락에 갔다.

새로 막을 올린 연극 팸플릿을 카운터 앞에 올려놓던 신풍이 홍민을 보았다.

"사장님, 손님 왔어요!"

금남은 오각형 모양 타일이 모자이크처럼 붙어 있는 가스 불 앞에서 요리하는 중이었다.

"좀만 기다리슈. 홍민이지?"

멀리서도 들려오는 금남의 목소리를 들은 신풍이 픕 하고 웃었다.

"설마 손흥민이냐?"

홍민이 못마땅한 얼굴로 대답했다.

"네."

그러자 예상 못한 답변에 당황한 신풍이 웃음을 터트렸다.

"아, 미안. 미안. 진짜 손흥민일 줄은 몰랐어. 공은 잘 차냐?"

"식상해. 나만 보면 왜 축구 잘하냐고 물어봐요."

이상하다. 말이 술술 나온다. 분명 처음 본 형인데. 아니다. 전단지 나눠줄 때 본 것 같은데? 연극 티켓 사라고 호객하던 형이다. 주말이면 길거리에 늘 신풍 앞에 줄을 서서 사람들이 티켓을 사고는 했다. 전설의 티켓형이다!

"원래 인생이 식상하다가 짜릿해. 나도 그렇게 살고 있고. 식상하다가 요즘 아주 짜릿하거든."

"형 맞죠?"

"뭐가 맞어?"

주방에서 요리하고 있던 금남의 소리가 들렸다. 긴 나무 주걱과 프라이팬이 부딪치는 탁탁탁탁 소리였다.

"티켓. 마로니에 공원 앞에서요. 맨날 줄 서 있잖아요. 형 앞에."

신풍이 사람을 알아봤다는 듯 손으로 머리를 넘겼다. 익살스러운 표정은 덤이었다.

"봤냐? 이 오신풍을 알아보는구나."

"전설의 티켓형. 전단지 돌리는 애들 중에 형 모르는 애 없어요. 비법이 뭐예요?"

"비법이랄게 뭐 있냐. 이 잘생긴 와꾸지."

"와꾸요?"

"얼굴!"

"그게 비법은 아닌 것 같은데."

방금 전의 복수를 하듯 무심하게 뱉은 홍민의 말에 신풍이 헛기침을 했다.

"이 형이 특별 강의 한번 해줘? 자, 잘 들어봐. 사람이 이렇게 지나가잖아, 네 앞을. 그러면 어? 아는 사람인 것처럼 말을 걸어야 해. 이때 눈을 마주치는 게 포인트야. 어? 그럼 사람이라면 딱 서게 돼 있어. 딱 서서 나를 아는 사람인가? 내가 본 적 있는 사람인가? 본능이야, 그건. 그때 딱 이렇게 말해. 너무 아름다우시네요. 그럼 이제 반은 넘어와. 그러면서 슬슬 예매는 하셨어요? 하면서 연극 이야기로 흘러들어. 그럼 어쩔 거야. 대학로에 연극은 보러 왔지. 예매는 안 했지. 나를 본 적 있는 것 같은 사람이 아름답다고는 말하지. 그럼 괜히 친근해 보이는 이 사람한테 티켓 사주자. 게임 끝! 오케이?"

어쩐지 민수와 닮았다. 잔뜩 허풍을 부리며 말하는 모습이. 가까이 보니 눈썹 모양도 닮은 것 같은데…. 근데 민수 형은 공

135

부를 아주 잘해서 로스쿨에 합격했다고 들었는데 여기 있을 리가 없지.

"어?"

"왜. 왜."

"도시락 나온다."

금남이 주방에서 도시락을 가지고 나왔다.

"에이, 뭐야."

허풍이 큰 신풍이 속았다는 듯 분해했다. 홍민이 피식 웃었다. 어쩐지 형을 또 보고 싶다는 생각이 들었다.

"어쨌든 고마워요. 어? 형."

신이 났다. 전설의 티켓형을 만나 비법도 전수받고. 심지어 오늘 도시락은 홍민이 제일 좋아하는 간장 제육이었다. 오독토독 씹는 맛이 일품인 팽이버섯이 듬뿍 들어간! 트리가 먹을 수 있는 고기반찬도 있고.

홍민이 작은 돌을 발로 치며 이화동으로 갔다. 오늘따라 한 번도 신호에 걸리지 않고 논스톱으로 집으로 향할 수 있었다. 그래서인지 오늘은 계단 옆에서 세리머니를 하고 있는 진짜 손흥민 형도 얄밉지 않았다.

여기까지 끌고온 작은 돌을 계단에 발로 혹 차고 하나둘 올라갔다. 매일 투덜거리던 계단도 그렇게 힘들지 않았다. 강추위가 덮친 달동네에 설치된, 보기만 해도 손이 시린 손잡이를 잡으며 오를 수도 없는 노릇이지만, 홍민은 열심히 올랐다. 양팔을 다 벌리지도 못할 좁은 계단 정상에 올랐을 때 몸을 돌렸다. 집에 가면 할아버지가 돌아가시기 전 쓰시던 전기장판을 켜고 그 위에서 도시락을 먹을 생각이었다. 물론 트리와 함께. 후후훗. 콧노래가 절로 나왔다. 그리고 오늘 저녁에는 해영이 귤을 나누어주기로 했는데, 그것도 후식으로 먹을 참이었다.

철컥.

D자 모양 문고리 옆 열쇠 구멍에 키를 넣었다. 그런데 열쇠가 헐거운 게 문이 열려 있는 것 같았다. 그대로 밀자 문이 열렸다. 집에 형이 있었다. 고니가 되겠다는 사촌 형이.

"홍민아! 우리 월드스타 손홍민이!"

사촌 형 목소리가 들렸다. 매일 허풍만 치는, 그럼에도 하나뿐인 혈육이라 미워할 수는 없는.

"오랜만. 트리는?"

"트리 자."

부엌을 지나 들어간 방에 이미 전기장판을 켜고 누워 있던 형이 일어났다. 홍민이 들고 있는 도시락 봉지를 보고 입맛을 다시는 게 느껴졌다. 홍민이 고개를 돌려 트리를 찾았다. 따뜻한 걸 좋아하는 트리는 항상 장판에 전원이 켜져 있든 꺼져 있든 그 위에 있었다. 그런데 트리가 보이지 않았다.

"트리는?!"

"잔다니까. 어디 구석에 숨어서 자겠지. 아니면 밖에 나간 거 아니야? 원래 잘 그러잖아."

형이 다가와 도시락이 든 봉지를 손에서 가져갔다. 트리 밥을 대충 꺼내놓은 뒤 용기를 열어 손으로 불고기 한 점을 먹었다.

"여긴 진짜 혜자스럽다니까. 맛도 맛인데 양도 많고. 근데 홍민아 급식카드 얼마 남았어?"

또 급식카드를 노리는 형이 못마땅했지만 대꾸할 새가 없었다. 사각 지퍼로 되어 있는 옷장을 열어보았지만, 그 안에도 트리는 없었다.

"트리야. 트리 어디 있어."

직감적으로 목소리가 낮아졌다.

"짜식, 무게 잡긴. 안 가져가. 네 카드. 그거 가지고 밥 먹으러 들어가면 나도 눈치 보이거든?"

형이 하는 말은 들리지 않았다. 제 이름을 부르기도 전에 문 앞에 있었을 트리는 나타나지 않았다. 홍민의 등에 식은땀이 났다. 단칸방에 뒤질 곳이 있겠냐마는 전기장판을 들어보고 옷장 지퍼도 끝까지 내려보고 그 안에 좀약 냄새가 나는 케케묵은 옷들도 꺼내봤지만, 삼색 털을 가진 트리는 없었다.

부엌으로 갔다. 혹시나 하는 마음에 몇 짝 안 되는 싱크대 문을 모두 열어보았지만 없었다. 마지막으로 물이 흥건한 부엌 바닥에 몸을 웅크렸다. 그리고 냉장고 밑을 보았다. 거기에 하얀 털이 숭덩 빠져 있는 트리가 축 늘어져 있었다. 눈을 감은 채.

홍민은 재빨리 트리를 꺼냈다. 용달차 명함으로 꾸역꾸역 맞춰놓은 냉장고 수평이 무너졌지만 그건 상관없었다. 늘어진 두 다리를 잡고 주욱 빼냈다. 홍민의 손이 닿는 족족 털이 빠졌다. 아주 얇고 가느다란 털이 날렸다. 홍민이 트리를 안고 머리를 쓰다듬었지만 미동도 없었다. 무서웠다. 점점 트리의 몸이 차가워지는 것만 같았다. 트리를 옷에 감쌌다.

"뭐야, 트리 왜 그래. 병원 가게? 그런데 홍민아. 너 급식카드 좀 빌려주라. 오늘 밤에 전주 가야 하거든. 거기 한 열흘 있어야 하나봐. 모텔에 벽지 작업하는 거라."

등 뒤에서 무슨 말을 하든 들리지 않았다.

"형이 이번에 따서 다 갚을게. 알았지? 진짜 이제 감 잡았어. 이번엔 찐이야! 어? 세상에 우리 둘뿐이잖아. 형 믿지?"

홍민의 가방에서 주섬주섬 카드를 찾는 형이 싫었지만, 지금은 시간이 없었다. 문을 박차고 나온 홍민이 트리를 안고 계단을 내려갔다.

"트리야! 제발. 정신 차려. 이번 주에 월급도 받는다고. 그럼 너 고칠 수 있어. 그때까지만 좀 버텨!"

몇 계단 내려갔을 때 올라오고 있는 해영이 보였다. 두려움에 굵은 눈물방울을 떨어트리는 홍민을 보고 놀란 해영이었다.

"홍민 학생! 트리? 얼른 가요. 발밑 조심하고. 미끄러워요!"

지금은 중2 홍민이가 그라운드에서 뛰고 있는 손홍민보다 빠를 것이다. 이화동 달동네에 사는 손홍민의 발이 이놈의 계단을 단숨에 내달릴 수 있게 하는 것은 모두 트리 때문이었다.

와다다다. 발이 보이지 않도록 구르고 굴러 동물병원으로 달렸다. 숨이 찬 해영도 쉬지 않고 흥민을 따라 달렸다. 해영의 뜨개 가방에서 귤이 우두둑 떨어졌다. 몸을 구부려 몇 알 줍다가 포기하고 흥민을 따라 뛰었다.

빈혈로 인한 급성 쇼크.

수의사가 내린 진단이었다. 며칠을 입원해야 했고 혈액이 필요했다. 동물도 혈액은행이 있고 그중 헌혈을 하는 공혈견이 있다는 건 해영도 들어보긴 했지만 생소하긴 했다. 강아지 혈액은행은 강원도에 있고 고양이 혈액은행은 대구에 있어서 오늘 안에 받을 수 없다고 했다. 수의사가 다급하게 동네 인근 병원에 전화를 돌리고 있었다. 혈액을 빌리기 위해서였다. 병원에서 한 시간가량 기다렸을 때 빨간 혈액이 도착했다. 흥민이 자리에 앉지 못하고 왔다갔다했다. 처치실에 있는 트리에 왼쪽 앞발에 링거가 꽂혔다. 그리고 곧 띠띠띠띠 기계음이 나면서 수혈이 시작됐다. 최소 두 팩은 필요할 거라고 했다. 지금은 한 팩밖에 구하지 못했지만, 수의사가 또 다른 병원에도 전화를 돌리는 중이었다.

"어쩐지. 전단지가 잘 나간다 했다."

흥민이 아주 낮은 목소리로 혼잣말을 했다.

"괜찮을 거예요. 지금 혈액 들어가기 시작했고…"

"씨, 짜증나. 이번 주에 알바비 받으면 진짜 병원 데려오려고…."

"…."

"이럴 줄 알았으면 돈을 빌려볼걸 그랬어요. 괜히 까불었어
요! 민수한테나 맛나 도시락 사장님한테라도 빌려볼걸! 트리가
죽으면…!"

"까분 거 아니에요. 스스로 힘으로 지키고 싶었을 뿐인 거
지."

"어차피 지키지도 못했잖아요. 죽을지도 모르잖아요. 급식카
드 쓴다고 애들이 놀리니까 그냥 쪽팔렸던 거예요. 가난이 쪽팔
리니까 빌려달란 말도 못한 거예요. 존심 부린다고 까분 거예요."

그런데 하필이면 그때 동물병원 대기실에 있는 텔레비전에서
소식이 전해졌다.

"오늘의 영상입니다. 이번에도 손흥민 선수의 환상적인 슛입
니다. 온몸을 전율시키는 멋진 골 장면 한 번 더 보시면서 짜릿
한 밤 되십시오!"

경쾌한 캐스터의 목소리가 관련 없는 해영에게도 야속하게 느
껴졌다. 홍민이 고개를 들어 TV를 노려보았다. 그리고 곧 고개를
숙였다.

지금 마음을 꺼내 그 키를 재면 채 한 뼘이나 될까. 한창 여린
사춘기 소년은 울기 시작했다. 주먹을 꽉 쥐고 부들부들하다가
코에 힘을 주듯 크게 벌렸다가. 자기가 어떻게 우는지 남의 시선
은 전혀 상관없다는 듯이 펑펑 눈물을 터트렸다. 눈앞에서 죽어

가는 자기 고양이를 보고서. 진짜 가족이라고 여긴 단 하나뿐인 생명체를 보고서. 그런데도 아무것도 할 수 없는 별거 없는 손흥민을 실감하고서.

해영이 꺽꺽 숨 막히는 울음을 토해내는 흥민의 등을 쓸어주었다. 그 흔들림이 점차 줄어들자 다정스레 말을 건넸다.

"배고프다. 배고프지 않아요? 흥민 학생?"

해영의 카드로 병원비를 해결했다. 이제 흥민에게 있던 급식 카드마저 사촌형이 가져간 탓에 빈털터리나 마찬가지였다.

"트리 병원비는…. 꼭 갚을게요."

"그럼요. 꼭 갚아야죠. 대신 천천히 갚아도 돼요. 기한은 빌려준 사람 마음입니다."

해영이 흥민의 소매를 끌었다.

"일단 뭣 좀 먹어요. 맛나 도시락 지금 문 열었을까요? 닫았겠죠?"

아홉 시가 조금 지난 시간이었다. 평소였으면 당연히 문을 닫았을 시간이다. 간판도 꺼졌고 홀에 불도 꺼져 있었다. 그런데 오늘따라 노란 주방 불빛이 홀까지 새어 나왔다. 아직 퇴근 안 하셨나 보다! 해영이 속으로 다행이라고 생각하며 손으로 똑똑 유리창을 두드렸다. 아무리 문이 열려 있을지라도 간판 불까지 끄셨는데 불쑥 들어가면 놀랄 것 같았다. 한 번 더 똑똑 두드리자 금남이 나왔다. 풍성한 새치 은발 머리를 집게 핀으로 곱게 올린 금남이.

"흥민이 너 좋아하는 햄 넣고 김치볶음밥 어때? 좀 덜 맵게. 유 아 쏘 맵찔이니까."

푹 삶은 팥처럼 뭉그러진 흥민의 얼굴을 확인한 금남의 첫마디였다.

금남이 가스에 불을 올리고 프라이팬에 식용유를 둘렀다. 지글지글 기름이 끓자 송송 썬 배추김치를 넣었다. 설탕 한 숟가락을 뿌리고 긴 나무 주걱으로 달달 볶아주었다. 그리고 작게 조각 낸 햄을 듬뿍 넣었다. 물렁물렁한 햄이 제법 익어갈 때쯤 고슬고슬한 하얀 쌀밥을 가득 넣었다. 그리고 다시 달달 볶아주었다. 맵찔이 흥민이를 위해 후추 톡톡은 생략했다. 큰 프라이팬 한쪽에 볶음밥을 몰아놓고 식용유를 후룩 둘러 그 위에 달걀 프라이를 만들었다. 흰자 위에 동 뜬 노른자를 보자 정이가 새끼발톱에 그려준 데이지꽃이 떠올랐다. 우리 들이는 지금쯤 잘 자고 있으려나. 2주 전에 정이와 들이가 다녀갔는데도 벌써 보고 싶었다. 씩 미소를 지은 금남이 반숙으로 잘 익은 달걀 프라이를 볶음밥 위에 올렸다. 김치볶음밥 완성이다!

"숟가락 드슈."

불호령 같은 금남의 말이 떨어지자 홀에 있는 작은 원형 테이블에 둘러앉은 흥민과 해영이 숟가락을 들었다. 그리고 김치볶음밥이 든 프라이팬을 다 내려놓기도 전에 둘이 허겁지겁 먹었다. 별다른 양념이 들어가지 않았지만 아주 맛있었다. 역시 김치찌개

든 찜이든 볶음밥이든 김치 고유의 맛이 8할이다.

노른자를 톡 터트려 슥슥 비벼 먹던 홍민의 입가에 고추기름이 묻었다. 금남이 테이블 위에 있던 냅킨으로 입가를 슥 닦아줬다. 그리고 달콤하고 시원한 식혜를 내밀며 말했다.

"도움이 필요할 땐 청하는 것도 용기야. 요즘 애들은 아이폰 사려고 알바한다는데 이놈은 트리 살리겠다고 덜덜 떨면서도 전단지 돌리니까 기특하더라고. 자기 힘으로 소중한 걸 지켜보려고 애쓰는 게. 그래서 두고 봤어. 이놈이 언제까지 나한테 병원비 얘기를 안 꺼내나. 근데 홍민아. 이제 알겠지? 도움이 필요할 땐 청하는 것도 용기야. 손 내밀 때 내밀지 못하면 놓치는 것도 많아. 어쩔 땐 잃기도 할 거고."

입 한가득 김치볶음밥을 오물거리며 홍민이 대답했다.

"저, 저는, 제가 가뜩이나 급식카드 쓰는데 돈까지 빌리면 사람들이 싫어할까 봐…."

금남이 들고 있던 숟가락으로 홍민의 이마를 빡 때렸다.

"가난이 네 죄니? 고작 열다섯인 네 죄야?!"

"아얏!"

"사는 게 각박한 것 같아도 또 세상엔 꽤 좋은 어른들도 있어. 이 티네이저야. 코앞에 놓고선 몰라."

앞에 있던 해영이 고개를 끄덕이며 맞장구쳤다.

"옳은 말씀입니다!"

"이 풀리시한 손흥민이. 이럴 땐 진짜 이름이 아깝다! 바꿔라,

어디 저 개똥이로."

"아, 할머니."

"그래, 이름은 바꾸지 마라. 유어 그랜드파더가 지어준 거니
까?"

금남과 해영이 눈을 마주치고 푸르르 웃었다. 홍민도 그제야
조금 웃었다.

금남은 주방에서 내년 봄 문정이 있는 뉴욕에 가기 위해 영
어 공부 중이었다. 오늘은 문정에게 회화 테스트를 보는 날이라,
내일 샐러드에 들어갈 양배추까지만 채 썰어놓고 단어 조금 외
운다는 게 이렇게까지 돼버렸지만. 그래도 괜찮았다. 아니 오히려
좋았다.

홍민의 할아버지는 돌아가시기 전에 맛나 도시락에 종이 상
자를 주우러 왔었다. 폐지를 줍는 다른 사람들은 섬초나 배추처
럼 흙이 묻은 박스를 가게 앞에 지저분하게 털고 가기 일쑤였는
데, 홍민이 할아버지는 달랐다. 미리 준비해온 휴지로 흙을 살살
털고, 그 휴지마저도 잘 챙겨가던 사람이었다. 비슷한 연배로, 고
달파 보이는 삶이어도 얼마나 정이 있었는지. 가래떡 여사와도
그 영감에 대해 종종 이야기했었다. 하나밖에 없는 아들은 행방
불명이고, 며느리는 자발적 실종이고. 단순하게 말하면 둘 다 집
을 나간 상태였다. 홍민이를 열 살 때부터 떠안게 됐지만 한 번도
투박하게 구는 모습을 본 적이 없었다. 눈이 펄펄 내리는 겨울에

도 아무도 밟지 않은 하얀 눈 위에 리어카 바퀴 자국을 남기는 부지런함이, 꼭 같은 세대를 살아온 사람으로서 짠하면서 가여웠다. 또 동료 의식이 들기도 했다. 그는 밤사이 큰 눈이 내리면 제일 먼저 와서 도시락 가게 앞에 쌓인 눈을 쓸어주곤 했다. 그렇게 속이 깊은 영감이었다. 그래서 금남은 홍민에게 더 정을 붙였는지도 모른다.

흐뭇한 얼굴로 홍민의 먹는 모습을 보던 금남의 폰에서 알림이 울렸다.

띵.

파란 말주머니에 담긴 메시지가 아이폰 화면 위에 떴다.

정금남 학생. 오늘 결석은 한 번 봐드립니다. 대신 내일 테스트는 더 어려울 예정!

금남이 피익 웃었다. 제까짓 게 어려워봤자 꼬부랑글씨지!

다시 전화벨이 울렸다. 이번엔 금남이 아니라 홍민이었다. 동물병원에서 온 전화였다. 트리가 의식이 돌아왔다고. 홍민이 숟가락을 내려놓고 입에 넣은 김치를 와구와구 씹으며 인사한 뒤 뛰쳐나갔다.

해영과 금남은 단둘이 앉았다. 오늘도 해영은 생글생글 미소지으며 김치볶음밥을 한 입 한 입 크게 먹었다. 그리고 바닥이 드러났을 때 말했다.

"사장님! 오늘은 밥을 다 먹었는데도 쪽지가 없네요? 전 그 한마디 한마디가 참 좋더라고요. 힘도 나고. 사장님 목소리가 막 음성 지원도 되고요!"

"그래? 그럼 오늘은 이 라이브로 해줘야것네."

두 손을 모은 해영이 이를 드러내며 환히 웃었다.

"유어 미소는 선샤인이여. 그렇게 맨날 웃어 제끼는데 아주 백의의 천사 나이팅게일이 따로 없지. 그런데 있잖여…."

해영이 더 크게 웃으며 금남을 바라보았다. 금남이 애정 어린 눈빛으로 그런 해영을 향해 말했다.

"나는 그 짝이 웃으면 마음이 시려…. 너무 그리 애쓸 필요 없어."

갑자기 동그란 해영의 눈에 눈물이 차올랐다. 슬픔이란 감정이 몸에 번지듯 흰자위가 붉게 물들다가 코끝까지 번져갔다. 꽁 꽁 숨겨 둔 상처를 들킨 것 같았다. 눈을 질끈 감았다. 감은 눈가가 파르르 떨렸다. 금남도 더는 아무 말 하지 않았다. 해영이 굳게 다물고 있는 입가가 떨려왔다. 창밖으로 겨울바람만이 윙윙 지나가며 소리를 냈다. 마침내 해영이 입을 열었다.

"사실… 슬픔을 인정하면 무너져내릴 것 같았어요. 웃으면 다 괜찮아진다고 하잖아요. 책에서도 TV에서도. 웃지 않으면 어떻게 해야 할지 모르겠어요. 사장님 말씀 들으니까 전 바보가 된 것 같아요. 슬픈 것도 아픈 것도 이런 감정을 어떻게 해야 할지 모르는 바보요. 차라리 베이고 찔리고 피 나고 보이는 상처라면,

그럼 소독약도 바르고 꿰매고 밴드라도 붙이지. 이건 어떻게 해야 될지 모르겠어요."

금남이 조용히 해영의 손을 잡았다.

"이렇게 따뜻하게 해주면 되지…."

손소독제를 달고 살아 가만히 있을 때도 손이 찬 해영이 눈물을 떨어트렸다.

"이제는 마음을 먼저 살펴봐. 지금 빨간약을 발라야 하는지 꿰매야 하는지 밴드를 붙여야 하는지. 원래 보이지 않는 상처가 더 아픈 법이야."

물이 많이 닿아 퍼석한 금남의 손이었지만, 지금은 꼭 매끄럽고 보드라운 연고 같았다.

덜컥.

강추위에 얼어붙은 현관문이 잘 닫히지 않았다. 홍민이 작은 고드름이 줄줄이 붙어 있는 알파벳 D자 모양 손잡이를 잡고 밀어서 겨우 닫았다. 문을 열 때도 현관 틈에 날린 눈발이 얼어붙는 바람에 애를 먹었는데 닫는 것마저 힘들었다.

새벽 세 시의 한파란 생각보다 더 심각했다. 가만히 있어도 이가 부딪혀 달달 소리가 절로 났다. 그래도 며칠 전부터 시작한 신문 배달 알바를 해야 했다. 동물병원 입원실에서 하루하루 사투를 벌이고 있는 트리를 위해서라도.

홍민이 입고 있는 패딩 모자를 눌러 썼다. 그리고 양쪽 끈을 조여 꽉 묶었다. 배달 지역을 이화동으로 신청했지만, 이용자가 많은 성북동 구역으로 배정을 받았다. 물론 운전면허가 없는 미성년자 홍민은 자전거 페달을 열심히 굴려야 했다. 하지만 좋았다. 신문 배급소 점장님은 알바비를 제대로 쳐 주신다고 했으니까. 으흐흐.

첫날은 두 시부터 시작해 성북동을 돌았다. 언덕이긴 했지만, 대문부터 으리으리한 집들이 많았다. 담은 홍민의 키가 세 배가 돼도 모자랄 만큼 높았다. 이런 데는 누가 살고 있을까? 입이 쩍 벌어졌다. 반듯한 대문 앞에 주소와 명패가 자랑하듯 잘 보였기 때문에 실수 없이 배달을 마쳤다. 며칠이 지나자 요령도 꽤나 생겼다. 신문을 어떻게 던져야 그 좁은 대문 틈 밑으로 쏙 넣을 수 있는지 감이 왔다. 스냅이 중요했다. 언젠가 할아버지와 딱 한 번 가봤던 북한산 계곡에 던졌던 납작한 돌멩이로 물수제비 뜨듯. 그렇게 사악 손목에 힘을 풀고 가볍게 휙 던져야 했다. 그럼 대문의 좁은 틈으로 신문이 비집듯 들어가 어딘가 부딪혀 둔탁한 소리를 냈다.

홍민이 속으로 구호를 외치듯 외쳤다. 트리를 위해서! 다시 한번 조금 더 큰 목소리로 외쳤다. 트리를 위! 해! 서! 어제보다 조금은 목소리가 커진 것 같았다. 기분 탓인가? 맛나 도시락에서 눈물의 김치볶음밥을 먹은 후부터는 마음속에 기분 나쁘게 꿈

149

틀대던 열등감도 사라진 것 같았다. 그래, 고작 열다섯 소년이 감당할 가난이 아니니까.

성북동 전원주택 단지는 이른바 높으신 분들이 사는 곳이라 그런지 어젯밤 내린 눈이 흔적도 없이 사라져 있었다. 몇 번을 봐도 입이 쉽게 다물어지지 않는 큰 집들이었다. 눈이 내리자마자 제설작업을 시작했거나, 영화에서나 보던 집사 같은 사람들이 나와 염화칼슘이라도 뿌린 건가? 이화동에도 좀 빨리 뿌려주면 좋으련만.

성북동은 산을 깎아 만든 지형이라 마지막 집까지 가려면 거의 등산하는 느낌이었다. 아래서부터 허벅지가 터질 듯 페달을 밟으며 올라왔다. 중간중간 한 손으로 핸들을 잡고 신문을 던지고 페달을 구르고를 반복했다. 그리고 마침내 오늘도 마지막 집까지 배달을 무사히 마쳤다. 제아무리 시베리아발 한파일지라도 몇 시간 동안 페달을 밟으며 다니면, 어느새 등에 얼굴에 땀이 흥건했다. 정상에 올랐을 때는 가벼워진 자전거 뒷좌석만큼이나 홀가분한 기분이 들었다. 신문을 다 돌리고 자전거 브레이크도 잡지 않고 슝 내려올 때 맞는 바람, 그때 느끼는 희열은 이루 말할 수 없었다. 이제 하산할 시간이다! 동도 트지 않은 캄캄한 보랏빛 밤이었다.

내려가기 전, 배급소 점장님이 혹시 몰라 여유분으로 두어 개 더 넣어주는 신문은 줄로 단단히 고정했다. 학교에서 읽거나 집에 두고 보기에 쏠쏠했다. 가끔 들어오는 사촌 형이 그 위에 휴대용 버너를 올려놓고 삼겹살을 구워주기도 했다. 종이 신문이란 건 여러모로 쓸모가 있었다.

홍민이 숨을 깊게 들이쉬었다. 찬 공기가 폐까지 깊숙이 들어오는 것 같다. 겨울엔 문이 얼어붙어 안 열리기 일쑤고 백십 계단을 오를 때면, 옆집 지붕에 달린 고드름이 머리 위로 툭툭 떨어지기도 했다. 춥고 따갑고 뾰족한 그 계절이 싫었지만, 그래도 할아버지가 남겨준 낡은 전기장판이 있었다. 또 이 깨끗한 공기는 겨울의 좋은 점이기도 했다. 홍민은 한 번 더 폐 속에 깨끗한 공기가 깊이 들어오도록 숨을 크게 들이마셨다.

바닥을 짚고 있던 오른발을 힘차게 밀었다. 자전거 바퀴가 점점 빠르게 굴렀다. 내리막길에 들어서자 쉬지 않고 뼁뼁 돌았다. 홍민은 다리를 시옷 자로 벌리고 이 기분을 만끽했다. 그렇게 으리으리한 검정 대문을 지날 때쯤, 앞에 얇은 옷차림으로 서 있는 한 사람을 발견했다.

"금남 할머니?"

하지만 이미 그 집을 한참 지나친 후였다. 고개를 돌려 계속 보려 했지만, 이미 시야에서 사라진 뒤였다.

"아니야. 이 시간에 여길 왜."

홍민이 고개를 가로저었다. 그리고 마지막까지 패달을 구르지 않고 자전거 핸들만 이리저리 틀어가며 평지까지 내려왔다. 상쾌했다.

홍민은 학교에 도착해 교복으로 갈아입기 시작했다. 여전히 예정과 짝이었기에, 민수가 화장실로 가져온 페브리즈를 온몸에 칙칙 뿌렸다.

"야, 페브리즈는 향수가 아니야. 형아가 향수 하나 가져다주랴?"

민수가 거들먹거리며 말했다.

"네가 저번에 뿌린 향수 때문에 머리가 얼마나 아팠는지 아냐. 지금도 어지러워. 윽."

"이 자식이 뭘 모르네. 그게 프랑스 향수야. 형 거 쌔벼 오느라 얼마나 떨렸는지도 모르고."

"짝은 언제 바꾸냐. 좀 바꿨음 좋겠다."

"이번 주에? 이제 한 달 째잖아? 야, 근데 너 몸 좋아졌다. 나도 신문 배달 좀 할까?"

막 조끼까지 갈아입은 홍민을 본 민수가 감탄하듯 어깨를 잡았다.

"야, 키도 좀 큰 것 같지 않냐?"

"어. 이 새끼. 엉아보다 커지면 안 되는데."

"지금도 너보단 크거든!"

도토리 키 재기하듯 서로의 머리에 손등을 대는 홍민과 민수다. 홍민이 민수보다 쪼끔 더 큰 건 안 비밀이다. 그런데 민수가 신체검사할 때 슬쩍 까치발을 들어 공식적인 키는 홍민보다 큰 건 비밀이다.

교실 책상에 앉은 홍민이 신문을 꺼냈다. 최대한 예정의 책상에 닿지 않게 잘 접어 폈다. 평소에 책을 그렇게 좋아하는 편은 아니었지만, 신문은 그럭저럭 읽을 만했고, 어쩔 땐 재미도 있었다. 옆에 있던 예정이 고개를 돌려 같이 신문을 보았다. 집중한 홍민은 눈치채지 못했다. 그런데 예정이 자신도 모르게 손을 뻗어 다음 장으로 넘기다 그만 홍민과 손이 닿았다!

얼어붙은 홍민이 뜨거운 솥이라도 만진 듯 얼른 손을 피했다. 예정도 놀라 어색한 미소를 지었다.

귀가 뜨거워졌다. 뺨에도 소름이 돋았다. 심장이 미친 듯이 뛰었다. 쿵쾅쿵쾅쿵쾅. 예정에게도 들릴 것만 같았다.

"너 읽어."

홍민이 신문을 예정 쪽으로 밀었다. 그러자 예정이 신문을 가운데 두고 다음 장으로 넘겼다. 그리고 싱긋 웃어 보였다. 다시 또 홍민의 심장이 두근거렸다. 이러다 심장이 밖으로 튀어나올지도 모를 일이었다. 새빨갛게 달아오른 홍민의 귀를 보고 뒤에 있던 민수가 흐뭇한 미소를 지었다.

"…전단지 받아 가세요!"

어쩐지 어제보다 조금 더 커진 목소리로 전단지를 나눠주는 홍민이다. 들고 있는 풀파워 헬스장 전단지를 보고 있어도 예정의 미소가 떠올랐다. 그리고 다시금 귀가 뜨거워졌다. 종이 신문이란 정말 여러모로 쓸모가 있다.

하지만 전단지를 받아가는 사람은 여전히 드물었다. 날이 추워지자 사람들은 몸을 움츠리고 주머니에 넣은 손을 빼려 하지 않았다. 간혹 스마트폰을 보며 출구를 나오는 사람들이 운 좋게 받아주었다. 그러고 보니 오늘은 수요일이었다. 해영과 맛나 도시락 만찬을 하는 날! 새벽 신문 배달을 처음 시작했을 때는 졸려 죽을 맛이었는데, 그것도 며칠 지나자 괜찮아졌다. 오히려 밤에 잠을 일찍 자서 키가 더 큰 것 같기도 하고 컨디션이 좋았다. 그 핑계로 공부를 더 안 하고 있긴 하지만.

그 순간 혜화역 출구에서 나와 함박웃음을 지으며 걸어오던 해영이 보였다. 홍민에게 보여주듯 분홍색 임산부 배지를 허공에 들고 흔들었다.

"홍민 학생, 이거 봐요."

배를 쓰다듬으며 조심스럽게 걸어오는 해영의 얼굴이 꽃처럼 피었다.

"나 오늘부터 공식 임산부예요!"

"와!"

자기도 모르게 외마디 함성을 지른 홍민이 해영을 보고 밝게 웃었다. 그런데 불쑥 학교에서 예정과 손이 부딪힌 순간이 떠올랐다. 또 귀가 찌르르 울렸다. 그만, 손홍민 정신 차려라! 이제 그만! 안 돼!

"안 돼!"

홍민이 속으로 중얼거릴 때, 어디선가 '안 돼' 하는 소리가 크게 들려왔다. 곧 날카로운 비명도 들렸다.

"악! 안 돼!"

토끼 같은 눈을 이리저리 굴리며 상황 파악을 하는 해영을 사람들이 밀치고 지나갔다. 갑자기 출구에서 많은 인파가 쏟아져 나왔다. 여기저기 밀리며 넘어진 해영의 손에서 동그란 분홍색 임산부 배지가 떨어졌다. 넘어진 해영이 손을 뻗었다. 하지만 배지에 닿지 않았다. 부단히 어딘가로 도망치는 발들이 배지를 밟고 지나갔다.

사람들은 외마디 비명을 지르며 더 뛰어나오기 시작했다. 상황을 보고 있던 홍민이 전단지를 던져버리고 해영에게 달려갔다. 넘어져 있는 해영의 뒤로 눈이 반쯤 풀린 20대 남자가 군화 같은 신발을 신고 성큼성큼 걸어왔다. 몸에 딱 붙은 청바지에는 피가 묻어 있었다. 그리고 손에는 흉기도 들려 있었다. 홍민이 걸음을 멈췄다. 넘어진 해영이 고개를 돌려 뒤를 보았다.

"홍민 학생! 오지 마!"

해영이 있는 힘껏 소리쳤다. 그리고 몸을 웅크려 배를 감쌌다.

오도 가도 못하는 홍민의 두 발이 차마 떨어지지 않았다. 그 순간, 골대 앞에 결정적 기회가 왔을 때도 꼼짝 못 하던 별거 없는 손홍민이 된 것 같았다. 해영과 나눠 먹었던 도시락이 떠올랐고, 낙산공원을 보며 숟가락 하나와 젓가락 하나로 서로에게 반찬을 올려주던 그때도 기억났다. 트리를 병원에 데려다줄 때 지었던 해영의 미소도 생각났다. 숱한 기억들이 스쳐 가는 틈에도 사람들의 비명은 멈추지 않았다. 홍민이 짧은 머리를 손으로 쥐었다. 벅벅 문질렀다. 뇌 속에서 번개가 치는 것처럼 찌릿했다. 머리를 털었다. 탈탈. 그래, 손흥민. 여기서도 꼼짝 못하면, 넌 손흥민이 아니라 개똥이다 진짜!

저벅저벅.

풀린 눈으로 허공에 침을 뱉으며 해영에게 다가오는 남자를 향해 발을 뗐다. 홍민은 영화 속 주인공 블랙 팬서라도 된 것처럼 양 주먹을 엑스자로 만들고 몸을 웅크려 달렸다! 몸에 체중을 잔뜩 실어서, 이 간절한 마음이 저 날카로운 흉기를 이길 수 있는 무기가 되길 바라며. 열다섯치고도 작은 체구였지만 몸을 날리는 어깨에선 단단함이 보였다.

몇십 미터도 안 되는 짧은 거리였지만 아주 길게 느껴졌다. 문득 그 순간 입원장에 누워 있는 트리가 떠올랐고, 오늘 아침 손이 부딪혔던 예정도 떠올랐고, 몰래 가져온 형 향수를 뿌려주던 민수도 떠올랐고, 비록 고물상에서 받아왔지만 깨끗하니 몸을 녹이라며 전기장판을 켜주던 할아버지도 떠올랐고, 어제 '씨유 어게인이여' 하며 내일 또 보자고 했던 금남 할머니도 떠올랐다. 눈을 질끈 감았다. 온몸에 힘을 주며 더 빨리 달렸다. 그리고 소리쳤다. 세상에 처음 태어났을 때 목청이 터져라 울었던 때 다음으로 큰 소리였을 것이다.

"덤벼!"

쿵!

쨍그랑!

쿵 소리가 나고, 이어서 쨍그랑 소리가 났다. 넘어진 홍민이 눈을 떴다. 남자가 쓰러져 있었고 칼은 그 옆에 떨어져 있었다. 그사이 요구르트 아줌마가 잽싸게 와서 흉기를 먼저 치웠다. 그리고 누가 먼저라고 할 것 없이 사람들이 남자에게 몸을 날렸다. 누군가는 손을 잡고 누군가는 발을 잡고 또 누군가는 112에 신고를 했다. 남자는 도마 위에서 펄떡이는 생선처럼 힘을 줬지만, 더 많은 사람이 몰려와 꽉 누르자 포기한 듯 소리만 질렀다. 다 죽일 거라고.

홍민이 얼른 일어나 해영에게 갔다. 여전히 바르르 떨며 몸을 말아 배를 움켜쥐고 있었다. 앞에 떨어진 분홍색 배지를 주었다. 위에 묻은 먼지를 손으로 털었다. 그리고 옷에 슥슥 문질렀다. 발자국은 지워지고 금세 깨끗해졌다. 홍민이 해영에게 다시 배지를 건넸다.

"이제 괜찮아요."

그제야 해영이 눈을 떴다. 몸을 일으켜 배지를 받았다. 하지만 여전히 다리가 후들거렸다.

"위험했어요. 정말 위험했어요. 홍민 학생, 그러면 안 돼요!"

조금 정신이 든 해영이 홍민을 나무라자 홍민이 해영을 안심시키듯 말했다.

"저 손흥민이잖아요…!"

맛나 도시락 홀의 둥근 테이블에 두 사람이 앉았다. 왠지 의기양양해진 표정의 흥민이 햄이 듬뿍 든 김치볶음밥을 먹고 있었다. 앞에 앉은 해영도 맛있게 먹었다. 금남이 따듯하게 데운 식혜를 앞에 놔주며 말했다.

"그러다 큰일 날 뻔했지."

걱정스러운 얼굴로 금남이 말하자 해영이 맞장구쳤다.

"맞아요. 흥민 학생, 다음에는 그러면 안 돼요."

"이름값 못하면 개똥이라고 부른다면서요."

흥민이 걱정 섞인 잔소리가 싫지 않은 듯 툴툴거렸다.

"치. 개똥이는 죽어도 싫은가 보네. 그래도 그럴 땐…."

목소리가 커진 흥민이 말을 가로챘다.

"그럼 어떡해요. 해영 이모랑 함께했던 것들이 막 머릿속에 떠오르는데. 트리도 생각나고 할아버지도 생각나고 할머니도 생각나고. 제가 가만히 있을 수 있었겠어요? 간절한 마음이 모이면 마법도 일어난다니까…."

금남이 흥민의 옆자리에 앉았다. 들고 있던 주걱으로 흥민의 이마를 톡 쳤다.

"가장 큰 힘이 필요한 순간, 그러니까 가장 간절해지는 순간에는 말이야. 허무맹랑한 마법 같은 일은 잘 일어나지 않아. 그 순간에 널 일으키고 뛰게 하는 힘은 좋은 사람들과의 기억이고 추억이었을거여. 그럼… 어쩌면 또 그게 기적이고 마법일지도 모르지. 네 스스로가 만드는."

홍민이 금남의 말을 되뇌었다.

"기억, 추억…."

"담부턴 무턱대고 달려들지 말어. 그러다 초상나."

"할머니는. 저 손흥민이잖아요."

으유, 못난이. 피식 웃는 저 웃음이 왜 밉지 않은지. 그런 일이 있었다고 해서 얼마나 마음 졸였는지도 모르고 좋단다. 금남이 이번에는 주걱으로 홍민의 입을 톡 쳤다.

그날 저녁, 맛나 도시락에 취재진이 찾아왔다. 흉기 난동범을 제압한 중학생 영웅을 취재하러 왔다고 했다. 입가에 밥풀이 묻은 채로 홍민이 어색한 얼굴로 인터뷰를 했다. 추억이 시키는 대로 했다는 홍민의 말은 화제가 되었다. 그날 밤에는 트리가 드디어 몸을 일으켰다. 코에 삽관한 호스로 밥을 먹지 않고 스스로 사료 알을 씹어먹었다. 다음날에는 믿기지 않겠지만 홍민이 반 대항전 축구 시합에서 골을 넣었다. 그날 이후로 아무도 홍민이를 별거 없는 손흥민이라고 부르지 않았다.

그리고 아직 언 눈이 채 녹지 않은 이화동에 들어서는 홍민. 집으로 가려면 꼭 거쳐야 하는 관문처럼 지나칠 수 없는 계단 앞에 선다. 고개를 하늘로 젖혀야만 끝이 보인다. 백십 계단! 고개를 돌려 옆을 보면, 여전히 찰칵 세리머니를 하고 있는 축구선수 손흥민의 벽화가 있다. 흥민이 주머니에서 손을 빼고 한번 따라 해 본다. 양손 끝을 모아 네모를 만들어 찰칵. 곧 쑥스러운지 뒷목을 긁으며 멋쩍게 웃는다. 흥민이 힘차게 계단으로 올라간다.

3장

안녕, 미스터 달걀

파란 트럭 뒤에 달걀을 실었다. 혜화동, 이화동, 성북동까지
나갈 달걀이었다. 깨지지 않게 조심조심 쌓은 뒤 문을 잘 닫았다.
운전석 문 위에 설치된 확성기를 켰다. 녹음된 목소리가 흘러나
왔다. 달콤하고 다정한 은석의 목소리다.

"달걀이 왔어요. 싱싱하고 맛 좋은 달걀이 왔어요."

혜화동에서 가장 빨리 불이 켜지는 곳이 맛나 도시락이라면,
가장 먼저 소리가 나는 곳은 은석의 트럭이다. 가끔 금남과 미세
스 가래떡 여사는 은석의 트럭을 보고 새벽닭이라고 말하기도
했다. 보라색과 분홍색, 남색이 섞여 하늘이 막 밝아질까 말까
하는 그 시각. 파란 트럭은 성북동을, 이화동을, 혜화동을 부지런
히 다녔다. 뒤에는 귀여운 달걀을 가득 품고서.

운전석에 앉은 은석이 네모난 마이크를 손에 잡았다. 꿀꺽, 침을 한번 삼킨 뒤 입을 동그랗게 모았다. 그리고 휘파람을 불었다. 엘비스 프레슬리의 〈캔 헬프 폴링 인 러브Can't Help Falling In Love〉였다.

"휘~ 휘휘~ 휘휘휘휘~ 휘휘."

음표가 눈에 보일 만큼 정확한 음정과 박자였다. 사람들은 은석을 만날 때마다 휘파람 소리도 감미로울 수 있다는 걸 알았다고 했다. 정말 확성기에서만 흘러나오기엔 아까운 고퀄리티였다. 차 시동을 걸기 전에 전화기를 꺼내 문자를 입력했다. 자판은 손이 누르는데 입도 따라 움직였다.

오늘은 날이 많이 춥대요. 목도리도 잘 두르세요.

은석이 수줍은 미소를 지었다. 정이에게 메시지를 보낸 뒤, 다시 녹음된 테이프를 틀었다. 부드러운 중저음 보이스가 거리에 퍼졌다.

"달걀이 왔어요. 싱싱하고 맛 좋은 달걀이 왔어요."

처음 이 테이프를 녹음할 때는 얼마나 싫었던지. 그때를 생각하면 지금도 얼굴이 화끈거린다. 수치심이 들고 자존심도 상했다. 누가 시켜서 아버지 일을 돕겠다고 한 것도 아닌데, 당장 밤잠을 못 드는 불면증으로 병원에 가기 직전이었던 은석에게는 최고의 처방이었다. 이것 말고는 달리 할 일도 없었다. 은석은 사실 '파바로티'였다. 비록 성악과를 졸업하지 못했지만, 각종 콩쿠르에서 수상한 덕에 군 면제까지 받은 실력자였다. 하지만 성대 결절에 걸려 기업 후원까지 끊긴 성악가에게 달리 무슨 할 일이 있을까. 극적인 성공 이후 갑작스럽게 자신을 덮친 성대 결절, 그리고 냉정하게 끊겨버린 기업 후원은 충격이었다. 쉽게 잠들 수 없었다. 눈을 감으면 무대 위에서 자신을 비추던 스포트라이트에 여전히 눈이 부셨다. 그래서 눈을 뜰 수도 감을 수도 없었다. 그런데 해 뜨기 전부터 일어나 달걀을 싣고 담아 배달하고 내려주고, 그렇게 '빡세게' 몸을 굴리고 나면 잠이 쿨쿨 잘 왔다. 그래서 1년 넘게 새벽을 여는 중이다.

게다가 요즘은 이 일이 꽤 즐겁다. 자신을 덮친 성대 결절 사고 또한 누군가를 만나게 하려는 의도인 것 같아 감사했다. 그만큼 소중한 누군가가 생긴 것이다.

고요한 새벽, 맛나 도시락의 문을 열자 풍경 소리가 들렸다. 보랏빛 하늘로 올라가는 듯한 물고기 풍경은 볼 때마다 기분이 좋았다.

"미스터 달걀 왔슈?"

주방에서 하얀 면 위에 데이지꽃이 새겨진 두건을 두른 금남이 나왔다. 오늘도 귀에는 콩알만 한 진주 귀걸이가 있었다. 참한결같은 모습의 금남이다.

"안녕하세요! 다섯 판 맞죠?"

"오늘도 한꺼번에 가져왔지? 정이 있을 때는 하루에 세 번 나눠 오더만."

금남이 은석을 놀리듯 말했다.

"아, 그때는…."

"그때는 뭐! 정이를 하루에 세 번 보려고 한 거지 뭐야. 내 말이 틀렸슈?"

정이 이름만 나오면 금방 뺨이 붉어지는 은석을 보면, 꼭 요즘 첫사랑을 시작했다는 홍민이가 떠올랐다. 하여간 혜화동 남자들은 왜 이렇게 숫기가 없어. 죄다 숙맥만 살아!

"안에다 들여놓을게요."

은석이 달걀판을 들고 주방에 들어서려고 하자 금남이 앞장섰다.

"조심조심 들어와야 혀. 안에 삼각대 쓰러져."

"삼각대요?"

주방으로 들어선 은석이 싱크대에 설치된 삼각대를 보고 의아한 표정을 지었다. 삼각대 옆에는 인터넷 방송을 하는 사람들이 쓸 법한 작은 조명도 설치돼 있었다.

"내가 요즘. 고거 한 번 해볼라고 준비 중이여."

"고거요?"

"고거. 그랜플루언서. 저기 일본 사는 아흔셋 언니는 매일 브이로그를 찍는대. 먹는 것도 찍고 노는 것도 찍고. 세상 사람들허고 그렇게 소통한다고 하더라고? 근데 이 정금남이도 못 할 게 뭐가 있겠어. 안 그려? 나도 이번에 꼭 문정이가 사는 뉴욕에 갈 거여. 자유의 여신상 앞에서 브이로그도 찍고 유튜브에도 올릴 거여!"

"정말 멋지세요. 지금 연세에서도 계속 도전하시는 거. 저도 배우고 싶네요."

"그려? 그럼, 고거 한번 나가봐. 미스터 트롯인지, 팬텀 싱어인지. 있잖여."

씁쓸한 미소를 지으며 은석이 주방 냉장고 옆에 달걀을 내려 두었다.

"마이크 잡던 사람이 마이크를 잡고 살아야지. 언제까지 확성기만 잡고 살 거여?!"

"파바로티가 마이크를 막 잡고 부르고 그런 가수는 아니고요…."

찰싹!

금남이 은석의 등짝을 후려쳤다.

"그 말이 그 말이 아니잖여! 재능이 아깝다 이거여. 그 목소리 새벽마다 들어서 나는 좋지만, 국가 손해야 국가 손해. 노래 잘한다고 군대도 안 갔다며?"

은석이 멋쩍은 듯 뒷목을 긁었다. 금남은 회색 후드티에 청바지만 입어도 태가 나는 은석이 아까웠다. 그뿐인가? 지난번에도 말했다시피 정해인 저리 가라 하는 청순한 눈망울에 잘 빠진 콧대, 그리고 입꼬리가 쏙 올라간 게 참 예쁘장했다.

"TV 봐봐. 이번엔 1등 하면 3억 준대, 3억. 잘 생각혀봐. 내가 그 나이면 세 번은 나갔을 거여. 아니지, 이참에 나도 나가봐? 이 정금남이가 트롯도 도전해? 심수봉 노래 하나는 내가 또 기가 막히게 부르는데."

금남이 앞에 놓인 나무 주걱을 들고 목을 가다듬었다. 곧 〈백만 송이 장미〉의 한 소절을 불렀다. 실력이 어떠냐는 의기양양한 표정으로 은석을 보았을 때, 그는 정이에게 온 메시지를 읽고 입꼬리가 한껏 올라간 상태였다.

은석 씨도요. 장갑 꼭 끼세요. 손 트면 따가워요.

"정이여?"

"네. 네?!"

"얼굴이 말해주잖여, 큭큭. 이거 가져가. 마시면서 배달혀. 시원하게."

금남이 스테인리스 냄비에서 갓 담근 식혜를 떴다.

테이크아웃용 잔에 든 식혜를 가지고 은석이 가게를 나왔다. 트럭에 올라 운전석 창문을 열자 금남이 서 있었다. 많이 웃으면 팔자 주름이 생긴다며 안 웃기로 해놓고는, 또 입가에 한껏 주름이 잡히도록 환한 미소를 띠고 있다.

"들어가세요. 추워요. 잘 마실게요."

은석이 식혜가 든 컵을 들어 보였다.

"운전 조심혀고, 내가 한 말 꼭 생각해봐. 알았지? 그럼 씨 유 어게인이여! 가. 어여 가. 오라이~."

들꽃 무늬가 그려진 베이지색 앞치마를 두르고 손을 흔드는 금남을 뒤로하고 성북동으로 달렸다.

보통 점심시간 전이면 일이 끝난다. 새벽 일찍 맛나 도시락을 비롯한 식당가에 납품하고, 그다음에는 성북동과 평창동을 돌며 집에 엘리베이터를 두고 사는 으리으리한 주택들에 당일 가져온 청계 달걀을 공급한다. 그렇게 음식점과 가정집에 배달을 마치면 일이 끝난다.

이른 새벽에 일어나 오후까지 버티는 게 처음에는 벅찼지만, 이제는 몸이 적응했다. 마음만 먹으면 오후나 저녁에도 다른 일을 할 수 있을 것 같았지만, 거기까지는 생각하지 않기로 했다. 할 줄 아는 게 몸을 악기 삼아 먹고사는 성악밖에 없는데 무슨 일을 더 하겠나 싶었다. 물론 과거의 영광을 들먹이며 대학 입시생이나 일반인을 대상으로 고액 과외를 할 수도 있지만, 그러고 싶지 않았다. 일찌감치 중퇴한 학교에 돌아가고 싶은 마음도 없었다.

은석도 처음 몇 년은 성대 결절 치료에 집중했다. 하지만 중도에 포기했다. 의사는 슬럼프를 이겨내야 한다고 했지만, 이겨내도 노래를 다시 부르고 싶진 않았다. 콩쿠르를 놓친 그 순간은 마치 크리스마스트리에 불이 점등되는 그 순간 같다. 성탄절만 기다리며 나무에 종과 방울, 양말을 달아놓고 반짝반짝한 전구도 두르고 불을 점등하기 딱 그 직전, 이제 스위치만 켜면 멋진 트리가 완성되는데, 결국 스위치가 고장이 난 채 인생의 크리스마스가 지나가버린 것이다. 그날이 지나고 나면, 쓸모없어지고 자리만 차지하는 처치 곤란의 트리처럼. 지원해주던 기업은 은석을 성가시게 여겼고, 더는 치료 상황을 궁금해하지도 않았다. 그저 그 콩쿠르에서 상을 받은 다른 성악가를 지원하기 시작했다.

은석의 부모님은 적극 치료할 것을 권했지만 사실 부담스러웠다. 가뜩이나 없는 형편에 해외 콩쿠르에 갈 때마다 나오는 비행기 삯이며 경비가 달걀 몇십 몇백 판 팔아서 될 게 아니었다. 그렇다고 치료한 뒤 성악가로 성공하면? 음대 교수 자리라도 얻기 위해서는 있는 줄이며 '빽'이며 다 동원해야 하는 판에, 대대손손 양계장만 하던 은석으로선 쉽지 않다는 걸 알고 있었다. 이 사실을 뻔히 알고 있는 은석은 결국 언젠가부터 병원에 가지 않았다. 악보도 보지 않았다.

그런데 이제 와서 미스터 트롯? 팬텀 싱어? 그냥 확성기에 대고 부르는 휘파람 정도가 딱 적당했다.

조수석 위에 잘 포장된 청계 달걀 한 판을 보았다. 정이에게 가져다줄 하얗고 뽀얀 달걀이다. 이제 갓 이유식을 먹기 시작한 들이를 위해 최고로 싱싱한 것들로만 고르고 골라서 온 것이다. 은석이 흐뭇한 미소로 달걀을 보았다. 그리고 정이에게 메시지를 보냈다.

청계 배달 갑니다. 세 시쯤 도착할 것 같아요. 따뜻한 커피 어때요?

전송 버튼을 누르고 얼마 지나지 않아 금방 답장이 왔다.

**매번 고마워요. 할머니 도시락하고 식혜가 먹고 싶은데…. 이미 배달 마치
셨겠죠. 커피는 제가 살게요. 운전 조심하시고요.**

다정한 듯 어딘가 차가운 정이의 답장이었지만, 은석은 마냥
기뻤다. 맛나 도시락을 떠나기 전 정이가 말했다. 지금 내 모습이
마음에 들지 않아 누구에게 받는 마음이 사랑인지 동정인지 헷
갈린다고. 내가 나를 사랑할 수 있을 때, 그때 지금 보여준 마음
을 뒤돌아보고 싶다고. 그러자 은석이 말했다. 그럼 뒤돌아봤을
때 내가 항상 있겠다고. 선 지키며 그 자리에 잘 있겠다고. 그냥
있겠다고. 정이는 고개를 끄덕였다. 사실 그 순간 정이는 은석의
손을 잡고 싶었다. 하지만 아무 내색도 하지 않았다.

그나저나 은석은 정이의 메시지를 받고 아차 싶었다. 맛나 도
시락 식혜를 누구보다 좋아하는 사람인데, 나만 홀랑 마셔버리다
니, 모자란 놈. 맛나 사장님 말씀이 딱 맞아. 모자란 놈!

은석이 한껏 부푼 마음으로 차에 시동을 걸었다. 그때 화재경
보음과 비슷한 소리가 휴대전화에서 울렸다.

삐익! 삐익!

오후부터 대설주의보가 예상된다는 긴급재난문자였다. 은석

이 핸들을 잡고 몸을 앞으로 기울여 하늘을 보았다. 어둑해지긴 했지만 눈이 와도 문제없을 것 같았다. 대설주의보 따위가 은석의 마음을 막을 순 없다.

다시 맛나 도시락으로 핸들을 돌렸다. 제발, 도시락이 남아 있어야 할 텐데…. 은석이 시간을 확인했다. 지금은 브레이크타임이겠구나. 금남에게 전화를 걸었다.

"여보슈, 미스터 달걀 무슨 일이여?!"

"사장님, 저, 죄송한데. 도시락하고 식혜도 좀. 오늘 정이 씨한테 달걀 가져다주려 했거든요."

"아유. 그럼 미리 말을 하지 그랬어. 아까 왔을 때 챙겨주게. 이따 디너 도시락 만들 거 지금 좀 빨리 해볼게. 언능 오슈. 근데 곧 눈이 쌀가루 퍼붓듯 쏟아진다는데 갈 수 있겠어?"

"그럼요, 준비만 해주세요. 고맙습니다!"

금남이 부랴부랴 만들어준 불고기 볶음과 미역국, 식혜 그리고 들이를 위해 한우를 잘게 썰어 넣은 이유식까지 챙겼다. 또 마지막으로 금남이 새로운 간식을 만드는 중이라며 꽃 모양 약과도 챙겨주었다. 투명 비닐에 포장된 약과에서 달달한 냄새가 났다.

"꼭 꽃처럼 생겼네요."

"왜? 이것도 정이 갖다주려고?"

다 알면서 금남이 물었다.

"예쁜 건 다 정이 씨한테…"

금남이 은석의 등짝을 한 대 쳤다.

"으이그, 팔불출!"

꽃 모양 약과를 가지고 더 설레는 마음으로 트럭에 탈 수 있었다. 금남은 정이한테 다음 주에 반찬 가지러 또 오라는 말을 전해달라고 했다.

부푼 마음으로 운전대를 잡았다. 하늘이 점점 하얗게 바래고 있었지만 괜찮았다. 내비게이션에 정이가 일하고 있는 경기도 네일아트 샵 주소를 검색했다. 경로를 최단 시간으로 설정했다. 정이는 여섯 시면 어린이집에서 하원하는 들이를 데리러 가야 했다. 그래서 시간이 급했다. 1분 1초가 아까웠다. 조금이라도 빨리 도착해야 다섯 시에 퇴근하는 정이와 같이 있는 시간을 놓치지 않을 수 있다.

내비게이션에 도착 예정 시간이 다섯 시보다 조금 늦는다고 나왔다. 원래 차분한 성격대로 운전하는 은석이었지만, 오늘만큼은 액셀을 밟았다. 몇 분이라도 늦으면 혹시나 정이가 그 앞에서 기다릴 것 같아서 걱정됐다. 날이 추운데 손이라도 시려울까, 딱 맞춰 그 앞에 도착하고 싶었다. 물론 정이가 마시고 싶다고 한 식혜를 들고.

"차가 왜 이렇게 막히나."

괜히 혼잣말을 해보고 푸우우, 입도 풀어보고 룸미러로 얼굴

173

을 확인하고 앞머리도 정리했다. 신호에 걸릴 때마다 그렇게 산만하게 보냈다. 확실히 차분한 은석이 요즘 부쩍 산만해졌다. 누군가를 좋아하면 산만해지는 건가. 은석이 자기도 고개를 갸웃거렸다. 그런데 그 모습이 싫지 않았다. 오히려 좋았다. 배시시 웃음이 나왔다.

그때부터 갑자기 눈이 내리기 시작했다. 천천히 소복하게 내리는 게 아니었다. 눈 뭉치가 소나기 퍼붓듯 쏟아졌다. 눈이 바닥에 닿자 녹을 새도 없이, 그 위에 또 겹겹이 쌓였다. 불과 5분도 지나지 않아 온 세상이 하얗게 변해갔다. 차 바퀴가 밟고 가도 그 위에 그대로 쌓였다. 거뭇한 진흙처럼 질퍽한 눈길을 파란 트럭이 달렸다. 와이퍼를 가장 빠르게 켜도 앞은 온통 새하얘져만 갔다. 정이가 있는 곳까지는 이제 3킬로미터가 안 되게 남았다. 다행히 거의 다 왔다고 생각했지만 시간은 이미 다섯 시 정각이었다. 안절부절 은석이 혼잣말을 했다. 추우니까 안에서 기다리고 있으라고 말해야지.

뚜~ 뚜~.

정이가 전화를 받기 전 신호음이 울리는 이 순간이 요즘 들어 가장 떨렸다. 그리고 설렌다.

"여보세요?"

"미안해요. 좀 늦을 것 같아요. 지금 차가 좀 막혀요. 눈이 많이 와서. 안에서 기다릴래요? 손 시릴 것 같은데…"

"괜찮아요. 눈 구경하면서 있을게요. 조심히 오세요."

"그럼 금방 갈게요. 10분! 아니 5분이면 도착할 거예요. 제가 맛나 도시락 들러서 정이 씨 좋아하는 식혜도 가져왔어요."

건조한 것 같지만 사실은 모든 게 조심스러운 정이였다. 그 목소리를 듣고 나니 더 빨리 가고 싶어졌다. 하지만 길은 이미 온통 빙판길이었다. 마음은 액셀을 밟고 싶지만, 현실은 브레이크에 발을 올렸다 뗐다 하며 거북이처럼 기어가야 했다.

우여곡절 끝에 골목 사이에 있는 사거리에 접어들었을 때, 뒷바퀴가 휙 미끄러졌다. 순간 식은땀이 났다. 아직 제설 작업이 되지 않은 언덕길은 1.5톤 트럭의 바퀴도 헛돌기 십상이었다. 사거리 한복판을 빠져나가 보려고 했지만 뜻대로 되지 않았다. 여기만 지나면 바로 도착인데. 조금만 더 올라가면 되는데. 바퀴가 마음처럼 되지 않았다. 눈앞이 온통 하앴다. 1층에 작은 상가를 둔 낮은 건물들도 순식간에 흰 눈에 덮였다. 샵 앞에서 기다리고 있을 정이가 걱정됐다. 조수석에 곱게 자리하고 있는 청계 달걀 한 판과 맛나 도시락, 그리고 식혜를 보았다. 식으면 맛이 덜할 텐데….

은석이 액셀을 살살 밟다가 한번 꾹 힘을 주었지만, 뒷바퀴는 그대로 헛돌기만 했다. 눈을 파바박 튀기며 도는 소리가 운전석까지 들렸다. 아무래도 바퀴 앞에 달걀판이라도 깔아 미끄러지지 않게 가야 할 것 같았다. 사이드 브레이크까지 걸고 내리려는 순간, 차가 뒤로 굴렀다. 오른발에 힘을 주어 브레이크를 콱 밟았다. 하지만 들질 않았다. 트럭이 빠른 속도로 언덕길을 미끄러져 내려갔다. 엄청난 속도로 떨어지듯 내려가는 바람에 은석이 손을 쓸 틈이 없었다. 혹시 차 주위에 사람이 있을까 경적을 울렸다. 계속해서 경적만 주먹으로 내리쳤다. 그리고 굉음과 함께 벽에 쿵 부딪히면서 옆으로 쓰러졌다.

운전석 유리창이 바닥에 닿았다. 거기에 은석의 뺨이 닿아 있었다. 벨트도 풀었던 터라 온몸이 구겨진 모양이었다. 창문에 쩍쩍 금이 가는 소리가 나더니 터지듯 깨져버렸다. 날카로운 파편이 깨끗한 은석의 두 눈에 튀었다. 눈을 감았다. 눈을 감아도 보였다. 분명히 얇은 옷을 입고서 밖에서 자신을 기다리고 있을 정이가. 희미한 목소리만 남긴 채 은석이 의식을 잃었다.

"기다리는데…"

"무슨 소리지?"

시린 손을 후후 불며 은석을 기다리던 정이가 큰소리를 들었다. 발을 동동 굴렀다. 은석 씨는 아니겠지. 아닐 거야. 조금 더 기다려보자. 정이는 휴대전화를 들었지만 전화하지 않았다. 불안한 예감이 현실이 되는 순간. 늘 그런 상황을 맞으며 살아왔던 터라 본능적으로 피하고 싶었는지도 모른다. 그 자리에서 꼼짝하지 않고 서 있었다. 결국 은석에게 전화를 걸었지만 받지 않았다.

10분이면 도착한다고 한 은석. 더 기다리고 싶었지만 들이의 하원 시간이 가까웠다. 평범한 남녀 관계가 아니라 미안했다. 연락 없이 오지 않아도, 연락을 받지 않아도 무한히 기다려줄 수 있는, 그래서 사랑을 꽃피워갈 수가 없는 자신의 처지가 미안했다. 이렇게 작아지는 느낌도 싫었다. 이 착해 빠진 사람을 만나면, 살아온 시간에 죄책감이 느껴지기도 했다. 그런데 또 그 따스함이 너무 좋았다. 그런 나를 봄눈 녹듯이 바라봐주는 눈빛이.

들이가 있는 어린이집으로 갔을 때 연락을 받았다. 인근 병원 응급실이라고. 정은석이라는 남자가 네일 샵 바로 옆 골목 사거리에서 미끄러져 차량이 전복되는 사고를 당했다고.

젠장. 역시 나를 만나면 다 불행해져. 눈시울과 코끝이 뜨거워졌다. 정이는 들이를 안고 급하게 택시를 잡았다.

하얀 눈발이 얼마나 날리는지 일제히 비상등을 켜고 기어가는 차들 사이에서 택시를 잡기란 어려웠다. 들이를 안고 계속 손을 흔들었지만, 멈추는 택시는 없었다. 택시! 택시! 큰소리로 말했지만 아무도 자리를 내주지 않았다. 들이를 안고 병원까지 걸어갈 수 있을까. 없다. 없다. 없다! 며칠 전 어린이집에서 독감이 옮아온 뒤라, 또 아플 수 있었다. 그렇게 되면 정말 큰일이다. 이 순간이 미치게 싫었지만 하는 수 없었다. 아이가 있는 정이는 병원에 다시 전화를 걸었다. 최근 연락처가 아닌, 진짜 보호자에게 얼른 연락을 취해달라고 울부짖듯 말했다. 정이에게 안겨있던 들이도 놀라 같이 울었다. 껵껵 쏟아지는 울음을 삼키며 집을 향해 걸었다.

　당장이라도 은석의 수술실 앞까지 달려가고 싶었지만, 들이를 어디 부탁할 곳이 없었다. 금남에게도 차마 이 눈길을 헤치고 와달라고 할 수 없었다. 들이를 재워놓고 창문을 열었다. 여전히 눈이 쏟아지고 있었다. 세상은 하얗게 변했는데 눈앞은 캄캄했다. 어지러웠다. 이 하얀 세상이 무서웠다. 은석을 덮쳐버릴 것 같았다. 그깟 달걀이, 그깟 식혜가 뭐라고. 고작 내가 뭐라고…. 마음이 시렸다. 하얀 눈밭을 옷가지 없이 구르는 것만 같았다. 너무 추웠다.

　창문을 보면서 달을 보면서 밤을 지새웠다. 기도했다. 은석 씨가 무사하게 해달라고. 수술이 잘 되었는지 어떤 상황인지 궁금했지만, 은석의 보호자 연락처를 몰랐기에 어디 전화할 곳도 없었다. 그렇다고 밤잠에 든 들이를 두고 병원에 다녀올 수도 없었다. 야속하게도 눈은 그치지 않았다. 정이는 하는 수 없이 열두 시가 조금 넘은 시간에 금남에게 전화를 걸었다.

　"데이트는 잘했슈?!"

　오드리 헵번의 〈문 리버〉가 통화연결음으로 흘렀다. 이윽고 경쾌한 금남의 목소리가 들렸다.

　"할머니."

　"유어가 좋아하는 불고기 볶음에 갓 만든 식혜까지 가지고 이 눈길을 헤치며 달려갔는데, 목소리가 왜 그려? 싸웠어? 파이트라도 한 거여?"

"할머니…."

금남의 목소리를 듣자 긴장이 풀린 듯 눈물이 났다. 서러움이
북받쳤다. 정이의 이야기를 들은 금남이 바로 택시를 타겠다고
했다. 정이는 무섭다고 했다. 이 눈길에 움직이지 말라고. 사랑하
는 사람을 잃을까 봐 무섭다고. 그래도 금남은 기어코 택시를 타
고 정이의 집에 왔다. 새벽 두 시가 안 된 시간이었다. 검정 줄무
늬가 있는 단가라 티셔츠에 청바지. 그 위에 남색 코트를 걸치고
왔다. 택시에서 내려 빌라 입구까지 들어오는 잠깐 사이에 눈을
맞아 머리가 촉촉이 젖어 있었다.

정이는 양말도 챙겨 신지 않은 채 집을 뛰쳐나왔다. 여전히
눈이 휘날리고 있었다. 이렇게 많은 눈을 뿌리고도 남은 양이 또
있는 건지 굵게 뭉친 눈들이 머리 위로 툭툭 쏟아졌다. 도로 위
를 달리는 차들도 여전히 서행 운전 중이었다. 비상등을 켜고 양
쪽 라이트에서 나오는 깜빡거리는 노란 불빛들은 정이를 더 불안
하게 만들었다. 손을 들고 택시를 잡았다. 아까보다 더 절박했다.
하지만 아무리 손을 흔들어도, 서는 차가 없었다. 휴대전화로 택
시를 불러도 배차가 되는 차 한 대가 없었다. 뛰었다. 복숭아뼈가
훤히 보이는 스니커즈를 신고, 정이는 달렸다. 은석이 있는 병원
까지.

숨이 턱까지 차올랐을 때, 마침내 병원 입구가 보였다. 응급실

을 통해 들어가 은석의 이름을 말했다. 무화과 마트 사거리에서 사고가 난 환자가 어디 있느냐고 물었고, 아직도 수술 중이라는 답을 들었다. 벌써 아홉 시간째 수술대에 누워 있는 은석이었다.

수술실 앞으로 갔다. 대기 의자에 은석의 아버지와 어머니로 보이는 중년 부부가 앉아 있었다. 가꾸지 않은 듯한 머리를 질끈 묶고 있었다. 둘 다 같은 양계장 이름이 적힌 검정 누빔 조끼를 입고 있었다. 두 사람은 두 손을 맞잡고서 하나뿐인 아들을 먼저 보낼 수 없다며 온 마음 다해 기도하고 있었다. 달려온 정이를 보고 얼핏 눈치를 챈 은석의 어머니가 일어났다. 이미 많이 울어 통통 부은 얼굴을 하고 정이 앞으로 걸어왔다. 하얗게 질린 얼굴이었다. 종잇장보다도 창백해 보였다.

정이가 직감적으로 눈을 질끈 감았다. 뺨이라도 한 대 맞겠거니. 너 같은 걸 만나 우리 아들 인생이 꼬였다 소리 정도는 당연히 들어도 마땅하다고 생각했다. 그런데, 그런데. 은석 어머니는 정이를 꼭 안아주었다. 그 따뜻함에 코끝이 찡해왔다. 자식이 저 안에서 수술하고 있는데, 이 모든 게 나 때문인데. 안아주었다. 나를.

"정이 씨 맞죠? 매주 잘 나온 청계 달걀만 고르게 만드는 사람. 우리 아들⋯. 우리 아들, 우리 은석이. 수술실 들어갈 때도 그 이름을 말했어요. 기다리고 있을 거라고. 잠깐 의식이 들었을 때도 말하더라고요. 추운데 기다리고 있을 거라고요."

쿵.

무언가 무너졌다. 아니, 마음속에 있는 모든 것들이 녹아내렸다고 말해야 맞았다. 모든 것이 녹아내리는 중이었다. 이 대책 없는 따뜻함에.

"죄송합니다. 정말 죄송해요. 정말 잘못했어요. 잘못했어요. 제가 욕심이 났나 봐요. 주제도 모르고, 분수도 모르고. 그래서 이렇게 은석 씨가…."

은석 어머니가 눈물을 떨어트리는 정이의 등을 쓸었다.

"죄송은요. 잘못은요. 잘못한 사람이 비는 거잖아요. 정이 씨가 뭘 잘못했어요. 다 내 잘못이에요. 돈이 없어서 유학 못 보내준 내 잘못. 트럭 타게 한 내 잘못. 내 죄예요. 언제까지 트럭 타려나. 달걀 배달만 하고 있을 애는 아닌데. 다른 능력이 있는 앤데 하면서도 속으로는 다행이다 싶었어요. 그 돈 드는 거 안 해서. 능력 없는 부모가 받아야 할 벌을 우리 은석이가 받는 거예요."

정이를 안고 있는 은석 어머니가 흐느꼈다. 그 진동이 정이에게도 고스란히 전해졌다. 정이는 결심했다. 다시는, 두 번 다시는 은석에게 얼씬도 하지 않기로. 여기 이렇게 따뜻한 곳은 내가 발을 뻗을 자리가 아니라는 것을. 그 순간 머릿속에 금남도 떠올랐다. 여태껏 새끼발가락에 정이 네가 그려준 달걀꽃이 지워지지 않아 기쁘다며 해맑은 웃음을 하고서 자신을 바라보던.

금남 할머니마저도 불행해지면 어쩌지…. 나쁜 건 그게 뭐든 본인 탓만 하는 건 고질적인 습관이었다. 어쩌면 뼛속까지 새겨진 외로움이 만든 버릇이었다.

수술 중이라고 쓰인 전광판이 무서웠다. 영영 저 글자가 꺼지지 않을 것만 같았다. 밤새 그 전구는 꺼질 줄 몰랐다. 눈은 계속 내렸다. 다음 날이 밝아올 때까지. 뿌연 하늘이 해를 가려 아침 해가 뜨는지도 모를 정도였다.

창밖을 보며 생각에 잠겨 있는 정이 곁에 은석의 아버지가 다가왔다. 위에만 까맣게 테가 있는 안경을 쓰고 있었는데, 안경 너머로 초조함이 느껴졌다. 눈동자에서 새어 나오는 숨길 수 없는 슬픔도 함께 느껴졌다.

"들어가봐요. 날이 밝았어요. 우리 집사람하고 나하고 여기 있을 테니까…. 아가씨 얼굴이 안 좋아요."

다정한 목소리였다. 부드럽고 온화한 은석의 목소리는 아버지를 닮은 것이었다.

"…더 있고 싶은데요."

정이가 혼잣말로 중얼거렸다. 은석 아버지는 듣지 못했다.

"얼른요. 눈이 멈출 기세가 안 보이네."

허망한 얼굴로 창밖을 보던 은석 아버지가 말했다. 정이는 손이 샛노랗게 질리도록 꼭 잡고 기도하고 있는 은석 어머니에게 가볍게 인사를 한 뒤 병원을 나왔다. 발걸음이 떨어지지 않았다. 병원 엘리베이터에 탔을 때도, 로비에 내려왔을 때도, 병원 문을 나설 때도, 계속 뒤를 돌아보았다. 한 번만이라도 얼굴을 보고 왔으면 좋았을 텐데. 여전히 내리는 눈이 시리지도 않았다. 목이 짧은 단화를 신은 탓에 흠뻑 젖었지만 차갑지 않았다. 그런 추위조차 느낄 새가 없었다. 저벅저벅 집으로 걸어갔다. 오늘도 야속할 만큼 택시는 잡히지 않았다. 꼭 종잡을 수 없는 내 마음 같기도 했다. 돌아가기도, 머물러 있기도 모두 쉽지 않은.

어릴 적 주인 없이 동네 여기저기서 밥을 얻어먹던 강아지가 있었다. 하얗고 작은 강아지였다. 진돗개라고 하기엔 그렇게 크지 않았고 귀도 쫑긋하지 않고 쳐져 있었다. 요즘은 그런 종을 '시고르 자브종'이라고 귀엽게 부르던데. 시골 잡종. 그 강아지와 동네 여기저기를 뛰어놀다가 꿈에서 깼다. 그런데 눈을 떴는데도 캄캄했다. 앞이 캄캄했다. 어머니의 목소리가 들렸다. 불을 좀 켜달라고 했지만 이내 서럽게 흐느끼는 소리만 들려왔다. 몇 번이나 켜달라고 말했지만, 불은 켜지지 않았다. 이미 불이 켜져 있던 것이다.

은석이 몇 번 눈에 힘을 주어 움직였다. 아직 꿈에서 깨지 않은 것 같았다. 강아지와 놀던 꿈에 이어 아주 불안하고 무서운 악몽을 계속 꾸고 있는 것 같았다. 하지만 주먹을 불끈 쥐고 허벅지를 때려봐도 꿈은 깨지 않았다. 현실이었다.

"파편이 눈을 긁고 갔어요. 쉽게 말하면 각막 위에 상처가 생긴 거죠. 수술은 잘 됐지만, 이제는 기적이 필요한 순간입니다."

아버지 냄새가 났다. 어머니가 섬유 유연제를 듬뿍 넣어도 희미하게 섞여 나는 담배 냄새. 어머니가 그렇게 끊으라고 끊으라고 해도, 끊었다면서 양계장 뒤에서 몰래 피우던 냄새. 바로 그 아버지 냄새였다. 눈을 못 써서 그런지 다른 감각이 예민해졌다. 냄새로 사람이 그려졌다.

어머니는 냄새보다 소리로 알아차릴 수 있었다. 분명 나를 보고 울고 있는 것 같은 서러운 숨소리. 하지만 그걸 꾹 참고 있는 그런 목소리. 그 목멘 소리로 기적도 있다고 하잖아, 하는 말만 연신 뱉는 음성. 볼 수 있다면 그 눈물을 닦아줄 텐데. 손을 잡아드릴 텐데. 은석은 속으로 생각했다.

평생 양계장에서 알을 품는 닭에게 모이를 주고 그 알을 건져내던 엄마에게서는 나지 않는 냄새가 느껴진다. 진득한 물감 냄새 같은 그런 향. 언젠가 정이의 네일 샵에 들어가 커피를 건넸던 날 맡았던 그 냄새다. 거기에 달큰하게 풍기는 연한 분유향까지. 이건 정이 씨다.

은석이 잠깐 잠든 사이 눈앞에 와있던 정이가 말했다.

"…이게 뭐예요. 왜 이렇게 망가졌어요. 왜요. 아니다. 뭘 왜요야. 나 때문인데."

조용하게 말하다가 아무 표정 없이 혼잣말하는 정이에게 대답하고 싶었다. 하지만 은석은 아무 말 하지 않았다. 가만히 눈을 감고 자는 척했다. 어차피 붕대에 가려 보이지 않았지만.

"이제부터 내가 은석 씨 눈이 되어줄게요. 가진 건 없는데 시력은 좋아. 안경 낀 적도 없고 렌즈도 껴본 적 없어요. 가끔 눈에 뵈는 게 없어 그렇지, 나 잘 봐요."

훌쩍거리며 정이가 말을 이어갔다.

"봐요. 저기 멀리 간판에 요양원 전화번호까지 보여요. 앞으로 살면서 어떤 글자든 내가. 토씨 하나 안 틀리고 내가 읽어줄게요. 이제 내가 좀 욕심내도 되잖아요."

"진짜죠?"

"네. 네?!"

정이가 놀라 되물었다.

"자고 있었잖아요?"

"깨어 있었는데요?"

붕대를 감고 있어 눈을 뜬 건지 감고 있는지 모를 터였지만, 혹여나 정이가 죄책감에 빠질까 계속 눈을 감고 있긴 했다.

"그럼 전 오늘부터 앞을 못 보는 사람이 아니에요. 같이 보는 사람이지. 같이 봐요."

붕대로 눈을 가려 정말 뵈는 게 없는지 소극적이던 은석이 달라졌다. 물론 환자복을 입고 있어도 순수한 모습이 가려지지는 않았다. 은석이 잘 덮여 있던 이불에서 손을 빼서 주머니를 더듬거렸다. 그리고 바스락 소리가 나는 무언가를 꺼냈다. 정이가 보지 못하게 손으로 꽉 쥐었다. 다른 한 손으로 정이의 손을 찾았다. 떨고 있는 정이의 손을 가만히 잡았다. 그리고 그 위에 올려놓고 손가락을 조심스럽게 접었다.

"그날 주고 싶었는데."

정이가 천천히 손을 폈다. 손 위에 약과가 있었다. 활짝 핀 꽃 모양의 약과가. 아세톤이 많이 닿아 습진이 생겨 불긋한 정이의 손 위에 꽃이 핀 것 같았다. 정이의 얼굴이 구겨졌다. 울었다. 꾸역꾸역 삼키며 안 우는 척했지만, 눈물 흘리지 않는 척했지만, 코막힌 소리에 들켜버렸다.

"울지 마요. 난 기뻐요."

"미쳤어…. 그런데 기뻐요. 나도…."

"울어요? 지금 울어요?"

"울면서 웃어요. 됐죠?"

은석의 입꼬리가 올라갔다. 그리고 떨렸다. 사실은 은석도 이 어둠은 무서웠다. 한 번도 겪어보지 못한 깜깜함. 끝이 없는 밤에 빠진 것 같은 두려움을 애써 감췄다.

◇

은석이 병원에 입원한 지 열흘이 지났다. 속도가 더디긴 했지만, 다행히 회복이 되고 있다고 했다. 그동안 정이와 은석은 부쩍 더 가까워졌다. 아니 솔직해졌다. 솔직한 마음으로 치면 이미 사고 나기 전부터 둘은 서로 한 이불 덮는 사이였다. 금남이 다녀간 뒤로 은석은 더욱 씩씩해졌고, 정이도 용기를 얻었다. 은석이 퇴원하기 전까지 밤에 들이의 곁에 있겠다는 금남 덕분에 둘은 비록 병원에서였지만 데이트도 즐겼다. 그래서 은석이 더 씩씩해졌는지도 모른다.

오늘은 크리스마스이브였다. 병원 로비에도 전구를 두른 트리가 서 있었다. 환자복을 입은 사람들은 앞을 지나면서 저마다 행복했던 기억을 떠올리고 있는 것 같았다. 누구나 하나쯤은 가지고 있는 크리스마스의 추억. 하지만 정이는 딱히 떠올릴 기억이 없었다. 그래서 들이를 생각했다. 생애 첫 크리스마스를 맞는데 특별한 기억을 선물해주고 싶었다. 내일은 들이와 함께 둘이 오롯이 크리스마스를 보내야겠다고 생각했다. 요 며칠 금남이 들이를 밤마다 봐주고 있지만, 잠든 들이를 두고 나오는 게 미안했다. 금남은 그런 정이를 보고 엄마 다 됐다며 기특해했다. 따뜻한 온기로 자장자장 하며 들이 옆에 누워 같이 잠을 자는 금남이 고마우면서도 미안했다.

엄마인 정이가 여자의 감정을 갖는다는 건 정말 사치스럽게 느껴졌다. 무리한 할부로 끊어 사야 하는 턱없이 비싼 겨울 외투 같았다. 어차피 옷이 그게 그거지. 제아무리 따뜻하다고 해봤자 추울 테지. 낡을 테지. 해질 테지. 어차피 사랑도 그럴 테지. 다 알면서. 사랑이 어떤 모양으로 닳고 해지는지 다 알면서 지금 내가 연애할 땐가. 그런 처지가 맞나. 스스로에게 하루에도 몇 번씩 묻기도 했다. 그리고 정말 사람이란 게 간사한 게 이제는 앞을 볼 수 없을지도 모르는 은석이 우리 들이의 아빠가 되어줄 수 있는지에 대한 걱정이 불현듯 들기도 했다. 어처구니가 없었다. 치사한 년. 거울을 보고 욕을 해줬다.

크리스마스트리 하나를 보고도 이렇게 많은 생각에 빠져 있을 때쯤, 손에 도시락과 식혜 그리고 아이패드를 빌려주며, 들이는 걱정 말라던 금남에게 메시지가 왔다.

혹시 갑자기 들이가 열이라도 올랐나 싶어 얼른 확인했다.

내일은 나도 크리스마스를 즐겨야 하니 일찍 오슈. 파티가 있다구. 우쿨렐레 연주회도 하고 와인도 마시기로 했지. 마이 프렌즈들과. 그렇다고 또 새벽 댓바람에 오진 말고. 오케이?

피식 웃음이 났다. 메시지가 또 도착했다.

아, 그리고 내 아이패드 소중히 다루슈. 우리 문정이랑 페이스타임 해야 되니깐. 고걸로 요즘 미꽃체 쓰는 법도 배우고 있지.

불안한 정이 마음을 어떻게 아는지, 늘 다독여주듯 정확한 타이밍에 말을 걸어주는 금남이었다. 손에는 퍽퍽한 병원 밥 말고 몰래 나눠 먹으라고 준 금남표 도시락이 들려 있었다. 오늘은 무엇이 들어 있을지 정말 궁금했다.

정이가 저번 주에 일자로 다듬은 앞머리를 잘 정리하고 입원실에 들어갔다. 청바지에 꽈배기 모양 붉은 니트를 입고 있었다. 나름 크리스마스라고 기분을 내봤다. 비록 은석은 볼 수 없을지라도.

네 명이 입원할 수 있는 입원실 창가에 누워 있는 은석은 아직 정이가 온 지 몰랐다. 눈가에 아이보리색 붕대를 세 바퀴 감고 있었다. 작은 세균 바이러스도 경계해야 했기에 드레싱을 할 때를 제외하고는 푼 적이 없었다. 눈에 있지만 자기 눈으로는 볼 수 없는 각막을 긁고 간 파편들. 날카로운 유리 조각이 지나간 자리 위에 새로운 세포가 자라나길 간절히 바랐다.

아무도 은석의 눈을 볼 수 없어 어떤 표정을 지었는지 가늠하지 못했지만, 잔인하고 두려운 그림자가 잔뜩 끼었다. 은석은 붕대를 하고 있어 차라리 다행이라고 생각했다. 부모님에게도 금남에게도 정이에게도, 이 눈을 보여주지 않을 수가 있어서.

"무슨 냄새 안 나요?"

정이가 장난기를 섞어 물었다.

정이의 기척을 들은 은석이 몸을 일으켰다. 움직임이 예전 같지 않아 근육도 빠지고 몸도 말라 환자복이 조금 헐렁해졌다.

"설마…. 타는 냄새? 내 마음이 타고 있잖아요, 이런 말할 건 아니죠?"

놀리듯 말하는 은석 앞에 앉아 어깨로 툭 쳤다.

"내가 무슨 구닥다린줄 알아요. 다시 맡아봐요. 무슨 냄새 안 나나."

정이가 맛나 도시락의 둥근 스티커가 붙어 있는 투명 비닐을 바스락거렸다.

"어! 맛나 도시락?"

"쉿! 들키면 못 먹어요. 할머니가 크리스마스이브 특식이라고 하셨어요."

"와. 식혜도 있어요?"

"그럼요. 은석 씨도 얼식혜죠? 할머니가 그러셨는데. 얼식혜라고."

"얼식혜요?"

"아이 정말. 척하면 척이지. 얼어 죽어도 아이스 식혜요. 이렇게 손발이 안 맞아서 원."

다시 정이가 어깨로 은석의 어깨를 툭 쳤다.

왜인지 그 느낌이 싫지 않은 은석이 웃었다. 모든 게 괜찮은 척 웃었다.

여섯 시가 되자 배식 카트가 돌돌돌 바퀴를 구르는 소리를 냈다. 맛이 없진 않았지만, 그간 금남의 손맛에 길든 두 사람에게는 심심하기 짝이 없었다. 육수로 간을 내면 훨씬 더 맛이 깊은데, 무조건 싱겁게 하기보다는 채소나 고기 본연의 맛을 내 정성을 들이면 충분히 더 맛있을 텐데, 항상 아쉬움에 입을 삐죽거렸던 은석이다. 어쩌면 정이가 받아주니까 응석받이가 된 것 같기도 했다. 둘은 약속이나 한 듯 한 숟갈만 휘적거리고 다시 배식 반환 카트에 가져다 놓았다. 그리고 소등이 되길 기다렸다.

두 시간만 있으면 병원 소등이 시작된다. 입원실은 물론이고 복도 병동, 샤워실, 로비도 형광등 한두 개만 남겨놓고 캄캄해진다. 둘은 소란한 마음을 달래며 어둠을 기다렸다. 그리고 마침내 여덟 시가 되었다. 병원 밖 사람들은 크리스마스이브라고 모두 올나이트를 외칠 테지만 병원은 예외가 없었다. 바로 불이 꺼졌다.

은석이 스멀스멀 행동을 개시했다. 사실 개시라 할 것도 없었다. 정이가 은석의 무릎에 병원 이름이 적힌 하늘색 담요를 덮어주었다. 그리고 은석 어머니가 가져다놓은 짙은 회색 스웨터를 입혔다. 정이가 은석의 귓가에 대고 조용히 속삭였다.

"이렇게만 입고 밖에 나가면 추울 텐데…. 괜찮겠어요?"

"안 괜찮으면 안아줘요?"

사고 이후 부쩍 대범해진 은석의 입에서 이런 말이 불쑥불쑥 나와 놀랐지만, 싫지 않은 정이가 더 세게 받아쳤다.

"안아주기만 하게요?"

"헉!"

은석이 말이 없어졌다. 혼자 얼굴이 시뻘겋게 달아올라 헛기침을 했다.

"쫄보. 까불기는."

정이가 몇 마디 남기자 은석이 다시 정신을 차렸다. 정이 씨는 역시 나보다 세다. 멋지다.

은석이 손을 더듬거려 휠체어 손잡이를 잡았다. 정이에게 부축만 받기 싫어서 미리부터 연습해 익혀놓았던 터라 자연스럽게 앉을 수 있었다. 아무것도 보이지 않는 깜깜함 속에서는 코 옆에 의자가 있다고 해도 엉덩이를 털썩 앉기가 쉽지 않았다. 그렇지만 정이를 힘들게만 할 수는 없기에, 두려워하지 않기로 한 은석이었다.

병원 출입이 끝난 시간에 나가기란 쉽지 않았다. 작전까지는 아니더라도 나름 치밀한 시나리오를 준비해야 했다. 먼저 스테이션에 있는 남자 간호사가 요주 인물이다. 면회 시간이 정해진 건 맞지만 다들 병원 출입은 알음알음 눈감아주는데, 꼭 그 남자 간호사는 트집을 잡았다. 그야말로 에프엠인간 그 자체였다!

정이가 가방에 영화를 보기 위한 아이패드를 챙겼다. 목도리도 넣었다. 그다음 휠체어 손잡이에 금남이 준 도시락이 든 비닐을 걸었다. 다행히 다른 입원 환자들 모두 커튼을 치고 있었다. 떨리는 마음으로 조용히 미닫이문을 열었다.

드르르륵.

복도에 나와 조용히 휠체어를 밀었다. 굴렁쇠 굴러가는 소리가 났다. 은석과 정이의 심장이 두근두근 뛰었다.

복도 벽에 숨듯이 멈춰 섰다. 스테이션에 앉아 키보드를 두드리며 차트를 정리하던 남자 간호사를 살폈다. 간호사가 잠깐 등을 돌려 약품 관리실로 들어갔다. 기회였다.

"아무 소리도 내지 말아요. 이제 빠르게 갈 거예요."

정이가 은석의 귀에 속삭였다. 은석이 고개를 끄덕였다.

"뛰어!"

작지만 단호한 목소리로 정이가 뛰기 시작했다. 휠체어를 빠르게 밀었다. 은석은 휠체어 바퀴 위를 꾹 잡았다. 그리고 두 다리에 힘을 주었다. 마치 같이 뛰는 것처럼. 정이는 쉬지 않고 달렸고, 단번에 복도 끝을 지나 엘리베이터를 타고 로비 문을 나왔다. 드디어 두 사람이 크리스마스이브의 밤공기를 처음 맞는 순간이었다.

다행히 사고가 있던 날부터 한 주 동안 눈이 많이 내리고 간 덕분에 겨울밤인데도 꽤 포근했다. 밖에 나와서도 정이는 부지런히 달렸다. 키가 180센티미터가 넘는 은석이 앉은 휠체어를 빼빼마른 정이가 밀기란 벅찼지만, 그래도 열심히 달렸다. 뛰고 나면 조금은 후련해지는 마음을 은석도 느꼈으면 좋겠어서.

불어오는 바람에 정이가 만든 바람까지 맞으니 숨통이 좀 트이는 것 같았다. 감은 눈 사이로 음계 같은 것들이 보이는 것도 같았다. 순간 당황스러웠다. 지독히도 보기 싫었던 악보가 지금은 보고 싶다니.

거친 숨을 내쉬는 정이가 대학 병원 정문이 보이는 언덕까지 올랐다. 그리고 전나무 옆에 휠체어를 세웠다. 벤치에 도시락 봉지를 내려놓고 가방에서 목도리를 꺼내 은석의 목에 연한 분홍색 울 목도리를 둘러주었다.

정이 냄새가 났다. 연하고 은은한 향이 배어 있는.

"아끼는 거예요. 먹다가 흘리지 말아요."

무심한 듯 말했지만, 금남이 선물해준 목도리라 정말 아끼는 것이었다.

"무슨 색인지 알아요. 분홍색. 맞죠?"

"기억력 좋네요."

정이가 뚜껑까지 밥알이 진득하게 눌러 붙은 도시락 용기를
열며 대답했다.

"그럼 이건 무슨 냄새게요. 맞춰봐요. 맞추면 상 준다."

"음…."

그때 가방에 있는 아이패드에서 벨 소리가 울렸다. 뉴욕에 있
는 문정에게 페이스타임이 왔다. 정이가 얼른 통화버튼을 눌렀다.
그런데 화면이 잘 보이지 않았다. 정전과 불빛 사이를 왔다 갔다
하더니 전화가 뚝 끊겼다. 물건이 떨어지는 소리도 들린 것 같았
다. 그리고 다시 전화가 울렸다. 바로 녹색 버튼을 눌러 받았지
만, 또 정전과 불빛 사이를 돌더니 꺼졌다. 그리고 다시 울리지
않았다.

의아한 정이가 전화를 걸었지만 받지 않았다. 잘못 건 건가.
금남에게 메시지를 보냈다. 문정에게 전화가 두 번 왔었는데, 말
을 하지 않았다고. 다시 걸었지만 받지 않는다고. 금남에게 답장
이 왔다. 집에서 키우는 고양이가 가끔 잘못 누른다고. 신기하게
고양이 발바닥이 사람 지문처럼 인식되더라고. 걱정하지 말라고.
메리 크리스마스라고.

금남의 문자에 안심한 정이가 입김을 불며 언 손을 녹였다.
그리고 젓가락을 들었다.

"손 시리죠? 춥게 입었어요?"

"따뜻하게 입었어요. 음식 못 맞춘 거죠? 상은 없어요."

"지금 말하려고 했는데!"

"잡채예요. 메롱. 목이버섯도 들어가고 고기도 들어가고 채 썬 당근도 들어가고 녹색 시금치도 들어갔어요. 위에 참깨도 솔 솔 뿌려져 있어요."

억울하다는 듯 은석이 시무룩한 얼굴을 지었다. 정이가 피식 웃었다. 나보다 나이는 많아도 귀여운 구석이 있단 말이야. 소년 미 넘치는 은석을 놀릴 때가 제일 재미있었다.

정이가 입술 앞에 음식을 가져다줄 때마다 은석이 입을 벌렸 다. 그렇게 둘이 도시락을 거의 다 비웠다.

"쪽지 궁금하죠?"

정이가 말했다.

"네. 무슨 말이 쓰여 있을까요. 정이 씨가 읽어주세요."

"그럼 남은 한 숟갈 마저 먹어요."

밥을 한 숟갈 크게 떠서 은석의 입에 넣어주었다. 오늘도 어 김없이 밥 밑에 반짝거리는 은박쪽지가 접혀 있었다. 정이가 조 심스럽게 은박지를 펼쳤다. 금남의 글씨가 쓰여 있는 흰 종이가 보였다.

가장 소중한 건 눈에 보이지 않는다고 허지? 왜 그 어린 프린스가
그랬잖여. 그럼 오늘 둘이 같은 걸 봐봐. 눈에 보이지 않는 가장 소

중한 걸 말야. 오케이?

정이의 목소리였지만, 왜인지 금남 할머니가 바로 옆에 있는 것 같았다. 그만큼 음성 지원이 되는 말투였고, 온기가 느껴지는 위로였다. 바로 금남식 위로.

은석이 금남에게 받았던 많은 위로들을 떠올렸다. 성대를 다쳤을 때. 더 이상 노래를 부를 수 없게 되었을 때. 어쩌면 미스터 달걀, 달걀, 하며 말을 붙여주고 내일 또 씨 유 어게인 하자며 매일 정을 붙여준 금남 덕분에 다시 일어섰는지도 모른다. 비록 지금은 앞을 볼 수 없게 됐지만 잠시라고 생각하기로 했다. 아주 잠시라고. 눈에 보이지 않는 가장 소중한 걸 깨닫기 위해.

은석의 목이 멘 소리로 입을 열었다. 작은 떨림이 느껴졌다.

"지금 우리 앞에 뭐가 보여요?"

정이도 은석에게 고요하게 치는 파동을 느꼈다. 정이 눈 앞에 펼쳐진 풍경을 말해주었다.

"그림자요. 우리 그림자요."

"우리요?"

"은석 씨랑 내 그림자요."

"그럼 우리 그림자 맞네요."

"뭐 하고 있어요? 우리 그림자요."

"여자 그림자는 앞을 보고 있고 남자 그림자는…."

은석이 정이가 있는 쪽으로 고개를 돌렸다.

"남자는 그런 여자를 바라보고 있어요."

"어떻게요?"

"그윽한 눈빛으로요. 그윽하고 다정한 눈으로요."

"여자는 어떤 얼굴이에요?"

"한 번도 못 느껴본 이 대책 없는 따뜻함에 녹고 있어요. 그래서 점점 작아지고 있어요."

은석이 몸을 정이에게 더 기울였다. 얼굴이 점점 더 가까이 서로에게 다가갔다. 그리고 마침내 두 사람의 입술이 닿았다.

점등의 순간을 앞두고 고장 났던 마음속 트리가 켜졌다. 한 번도 빛을 내지 못했던 마음속 트리에 불빛이 점등되듯 깜깜했던 앞이 밝혀졌다. 곧게 잘 자란 전나무 위에 달린 종이 흔들리며 울렸고 둘러놓은 알알이 색을 내는 전구에 불빛이 들어왔다. 반짝반짝. 생애 단 한 번 켜지는 불빛 같았다.

정이가 움찔했다. 가슴에서 뛰고 있는 심장의 파동이 느껴진다. 온몸이 떨린다. 미세한 떨림마저 서로에게 느껴졌다. 은석과 정이가 눈을 감았다.

눈을 감으니 잘 보였다. 서로가 보였다. 아무것도 보이지 않는 깜깜한 속에서 선명하게 보였다. 파르르 떨리는 정이의 속눈썹이 보이고 바람에 흔들거리는 머리카락 한 올 한 올 모두 보였다. 미친 듯이 뛰고 있는 은석의 심장이 보이고 주먹을 쥐고 있는 손이 보였다. 그리고 가장 소중한 것이 보였다.

크리스마스의 기적인지 은석의 회복세가 심상치 않았다. 처음엔 시렸던 두 눈이 간질거렸다. 눈물이 나는 것처럼 진물이 나 끈적이는 느낌도 든다고 했다. 의사는 긍정적인 신호라고 말했다. 정말 기적이 일어날지도 모른다고. 은석은 정이에게 이 사실을 숨겼다. 차도가 없으면 실망할까 봐. 그럼 하루아침에 앞을 못 보게 된 자신을 더 실감할까 봐. 그래서 떠날까 봐.

이런 시간을 보내는 동안 정이는 보육원에서 살아온 이야기를 은석에게 털어놓았다. 그리고 들이를 맞나 도시락에 놓고 갔던 일을 말할 만큼 가까워졌다. 속 이야기를 잘 하지 않는 정이가 엄마가 남긴 금목걸이가 가짜였다는 것까지 말했다는 건 둘이 정말 친해진 것이라고 금남이 응원했다. 은석은 힘이 났다. 정이와 들이를 생각하면 금방 앞을 볼 수 있을 것 같았다. 신께 기도했다. 처음이었다. 목소리가 안 나올 때도 해본 적 없었다. 그런데 지금은 그때보다 간절했다. 왜 이 사람이어야 되는지 모르겠지만, 꼭 이 사람이었으면 했다. 행복한 순간 옆에 있었으면 하는 사람. 처음 만났을 때 트럭 앞에 넘어져 울고 있던, 세상에 버림받은 것처럼 엉엉 울고 있던 정이를 보고 한눈에 알아버렸다.

새해를 맞아 병원에선 자원봉사자들이 모여 작은 음악회를 열었다. 입원 환자들은 음악회에 참석해 달라는 안내 방송이 나왔다. 들이를 금남에게 맡기고 막 입원실에 들어온 정이가 말했다.

"갈래요?"

창밖에 시선을 두고 있던 은석이 반가운 표정을 지었다.

"왔어요? 오는 길 안 추웠어요?"

"춥긴요. 이 정도쯤이야."

"내려갈까요?"

"노래 듣고 싶어요?"

어쩐지 음악이 있는 곳에는 가고 싶지 않은 은석이 말했다.

"별로. 클래식엔 취미도 없고."

마음을 눈치챈 정이가 시큰둥하게 답했다.

자신 때문에 정이가 일부러 그렇게 말한 것 같아 미안한 은석이 머리를 긁적였다.

"가요. 음악회 말고 샴푸실!"

정이가 은석의 옆에 있는 휠체어 자리를 툭툭 쳤다.

은석이 민망하다는 듯 또 억울하다는 듯 손사래를 쳤다.

"아, 아니에요! 가려워서 긁은 거 아니에요. 진짜 아니에요. 나 혼자 할 수 있어요."

"뻥! 앉아요. 얼른. 혼자 하긴 뭘 혼자 해요."

"아, 괜찮아요. 진짜! 정말로 괜찮아요."

휠체어에 앉은 채 끌려가는 은석의 음성이 입원실 복도를 울렸다.

복도 끝 보호자 휴게실 옆에 있는 샴푸실에 도착했다. 방금 전 누군가 씻고 갔는지 수증기가 서려 훈훈했다. 옅은 비누 냄새도 났다.

은석은 몸을 파르르 떨었다. 정이에게 이런 고생을 시키고 싶지 않았을뿐더러, 혹여나 머리에서 비듬 같은 게 나오면 어쩌나 전전긍긍했다. 왜 하필 그 순간 머리는 긁어선!

정이가 미닫이문을 스르륵 열고 휠체어를 밀었다. 혼자 머리를 감거나 세안이 어려운 환자들을 위해 세면대와 샤워기가 휠체어 높이에 맞게 설치되어 있었다. 하얀 세면대에 은석의 머리가 향하도록 휠체어를 고정했다. 은석은 정이가 물을 틀어 온도를 맞추는 순간에도 손사래를 치고 있었다. 제발! 제발! 정말 정이 씨를 수발들게 하는 이 기분이 싫어서 그래요!

속으로 외친 아우성은 당연히 정이에게 들리지 않았다. 매일 저녁 들이를 목욕시키며 어르고 달랜 것처럼 은석을 달랬다.

"괜찮아요. 괜찮아요. 알았죠? 우쭈쭈도 해줄까요?"

세면대에 머리를 기댄 은석이 자포자기하는 심정으로 한숨을 푹 쉬었다. 그리고 말했다.

"수발들게 하는 게 싫어서 그래요. 머리도 혼자 못 감는 남자인 거 상기시키는 것 같아서요."

"…이렇게 만든 게 누군데."

정이가 내뱉은 혼잣말에 은석의 마음이 굳었다. 내가 앞을 보지 못한다면 정이 씨는 평생 이 마음으로 살겠구나 싶었다. 더 간절했다. 반드시 나아져야 했다. 좋아져야 했다.

정이가 물이 나오는 샤워기를 머리에 댔다. 미지근한 정도에서 조금 더 따뜻한 물이었다. 입원한 한 달 동안 단정했던 머리가 덥수룩하게 자랐다. 앞머리도 옆머리도.

얼굴에 물이 닿지 않게 조심스럽게 오른손으로 샤워기를 움직이고 왼손으로는 이마를 가렸다. 또 살살 귀를 접어 뒷머리를 적셨다. 그리고 휠체어 손잡이에 걸어두었던 에코백에서 지퍼백을 꺼냈다. 안에 샴푸, 면도기, 면도 크림이 있었다. 정이가 챙겨온 것들이었다. 먼저 샴푸를 꺼냈다. 하얀 뚜껑을 열고 손에 힘을 주자 부드러운 샴푸가 흘러나왔다. 손으로 거품을 만들었다. 은은한 라벤더향이 났다. 물기가 촉촉한 은석의 머리 위에 거품을 올렸다. 그리고 부드럽게 문질렀다. 쓰다듬듯 다정하게 따뜻하게. 머리를 잘 헹구고 수건으로 탁탁 물기를 털었다. 은석이 몸을 일으켰다.

"아직 안 끝났어요."

정이가 말했다. 몸을 숙여 휠체어에 앉은 은석의 얼굴 가까이에 갔다. 가방에서 면도 크림을 꺼내 손가락으로 얼굴에 부드럽게 펴 발랐다. 하얗고 진득한 크림을 바르자 둘 사이에 진한 버터향과 감미로운 우드향이 번졌다. 칼날이 잘 다듬어진 면도기를 들었다. 조심스럽게 은석의 턱을 잡고 면도기로 살살 다듬어주었다. 은석의 심장이 두근거렸다. 정이의 심장도 마찬가지였다.

"떨지 말아요."

면도기를 든 정이가 손을 떨며 말했다.

"제가 떠는 거 맞아요?"

부드러운 목소리로 은석이 되물었다.

"까딱하면 피 봐요."

그러자 정이가 떨리는 목소리로 답했다.

두 사람의 두근거리는 심장 소리만 들려왔다. 이제 면도기가 손에 익었는지 여유를 찾은 정이가 말했다.

"지금도 음악이 싫어요? 원래 가장 약할 때는 가장 좋아하는 걸 떠올리기 마련이잖아요. 여지껏 은석 씨한테는 성악이 그랬을 거고요."

"음악은 저한테 여전히 무섭죠. 한 번도 좋아한 적 없어요."

"근데 그거 알아요? 너무 좋아하면 무서워지는 거요. 저는 본 적도 없는. 그래서 한 번도 혼나본 적도 없는 엄마가 무서웠어요. 나를 보고 실망하면 어떡하지. 또 나를 버리면 어떡하지. 그래서 진짜 엄마를 만날 수 있다고 해도 보기 싫었어요. 무섭더라고요. 근데 막상 엄마를 만날 수도 있다는 희망 때문에 그렇게 질질 끌려다녔죠. 돈 주고 이름 주고 명의도 내주면서. 참 등신같이. 근데 요즘은 집에 가면 금남 할머니랑 또 옆에서 잘 자고 있는 들이를 볼 때 가끔 무서워요. 나한테 다정하게 말해주는 은석 씨를 떠올려도 무섭고요."

은석이 대답 대신 작은 미소를 지었다. 그 웃음에 마음이 놓인 정이가 면수건으로 크림을 닦아냈다. 베인 곳 없이 말끔하게 면도가 잘 되었다. 입원 기간 동안 수척해져 헐렁해진 환자복 위에 하얀 수건을 걸어주었다.

"그만큼 제가 많이 좋아하나 봐요. 은석 씨를."

작은 목소리로 말을 이었다.

정이의 고백이 못 견디게 너무 좋았다. 그래서 보고 싶었다. 이렇게 말할 때 정이 씨는 어떤 눈동자를 하고 있는지. 어떤 표정을 짓고 있는지. 차분하고 단단한 음성으로 내뱉듯 말하는 정이의 목소리로만 이 분위기를 느꼈다. 이 순간이 얼굴에서 옅게 퍼지는 진한 버터향으로 기억될 것 같았다.

눈이 부셨다. 드레싱을 하려고 붕대를 풀었는데 눈이 부셨다. 주황빛이 보였다. 간호사에게 상태를 말하자 의사를 불러왔다. 의사가 조심스럽게 눈을 떠봐도 된다고 했다. 옆에 있던 은석의 부모 모두 마른침을 삼켰다. 은석 어머니는 또 손이 샛노랗게 질리도록 깍지를 끼고 기도드렸다. 의사가 다시 한번 말했다. 천천히 눈을 떠보라고. 질끈 감았던 은석의 눈꺼풀이 움직였다. 속눈썹이 파르르 떨리다가 조금씩 문이 열리듯 눈을 떴다. 마침내 눈이 떠졌다. 잠시 초점이 잡히질 않아 희미하게 보였지만, 곧 자기 얼굴 가까이에 있는 의사의 진갈색 동공이 보였다.

"보여요…!"

은석 어머니가 탄식했다.

"은석아! 은석아!"

은석 아버지가 은석의 어깨를 잡았다. 힘있게 잡았다가 은석을 안아주었다.

"우리 아들, 잘했다! 아이구 착하다. 잘했다!"

은석 어머니가 은석의 손을 잡았다.

"고마워. 엄마가 정말 고마워…."

옆에 있던 의사와 간호사도 가족처럼 기뻐했다. 기적이 찾아왔다고 말하면서.

은석이 손을 뻗어 어머니 눈가에 눈물을 닦아주었다. 그리고 정이를 떠올렸다. 평일인 오늘은 들이를 재우고 금남 할머니가 오는 시간까지 하면 병원에는 여덟 시가 돼야 도착할 것이다. 어떻게 알려주지. 내가 다시 정이 씨 얼굴을 볼 수 있다고 어떻게 알려주지? 마음이 부풀었다. 앞을 볼 수 있는 나를, 이제 다시 눈을 맞출 수 있는 나를 보고 정이 씨가 어떤 표정을 지을지 기대됐다. 너무 좋아서 주저앉을지, 아니면 너무 놀라서 소리를 지를지. 또 어떤 예쁜 얼굴을 하고 웃을지. 은석의 머릿속에 여러 모습이 그려졌다. 보고 싶다, 얼른!

여덟 시가 되기 전부터 은석은 분주했다. 입원실 문 옆에 있는 거울을 보고 혼자 중얼거렸다. 정이 씨 기적이 일어났어요. 정이 씨가 제 삶에 기적이에요. 아, 이건 너무 올드한데. 은석 혼자 정이에게 어떤 말을 할지 생각 중이었다.

드르륵.

그때 문이 열렸다. 검정 봉지에 귤을 사 들고 온 정이와 눈이 딱 마주쳤다.

"은석 씨?"

정이가 봉지를 떨어트렸다. 작은 주황색 귤이 입원실 복도까지 굴러갔다. 당황한 은석이 입을 열었다.

"삶이 일어났어요, 기적이. 아니. 정이가 일어났어요. 아, 뭐래! 기적이… 기적이 일어났어요. 보여요. 정이 씨가요."

은석이 그냥 가만히 보았다. 아주 가만히 조용히. 병실 문이 열고 닫히는 그 선을 두고 정이를 바라보았다. 정이도 은석을 보았다. 서로 조용히 눈맞춤을 했다. 그런데 곧 정이의 눈에 눈물이 차올랐다.

"울지 말아요. 나 보여요 이제."

목이 멘 소리로 은석이 말했다. 정이가 코를 훌쩍였다.

"보여요? 이제 정말 보여요? 나 보여요? 진짜로 보이는 거예요?"

"네…!"

참으려고 애쓰지만, 부르르 떨리는 어깨 고개를 푹 숙이는 정이가 다시 물었다.

"진짜로 기적이 일어났다고요?"

"네!"

고개를 떨어트리고 우는 정이의 등을 은석이 쓸어주었다. 바닥에 빗물처럼 후두둑 떨어지는 눈물방울이 정이가 그동안 가지고 있던 죄책감의 무게를 말해줬다.

"진짜 보이는 거죠? 이제 계속 보는 거죠? 오늘만 볼 수 있는 거 아니죠?"

은석이 따뜻한 두 손으로 정이의 얼굴을 들어 올렸다. 그리고 눈을 마주쳤다.

"볼 수 있어요. 오래오래. 정이 씨 얼굴 오래도록 볼 거예요."

얼굴을 찡그리고 우는 모습마저 예뻤다.

눈물을 삼킨 정이가 힘겹게 입을 열었다. 그리고 말했다.

"…귤 주워 와요. 한 봉지에 5천 원인데 저 끝까지 굴러갔어요."

방금 전까지 실컷 울고서는 귤을 주워오라는 이 여자가 난 정말 몸서리치게 좋다! 은석이 성큼성큼 걸어 복도 끝까지 갔다.

정이가 입원실에 들어서자 각자 침대에 앉아 있던 환자들이 영화 한 편 다 찍었어? 하는 표정으로 바라보았다. 순간 얼굴이 화끈거렸다. 쑥스럽고 부끄러웠다. 하지만 좋았다. 정말 좋았다.

입원실에 짙은 밤이 찾아왔다. 정이와 밤 산책을 다녀온 은석이 모처럼 편안하게 잠들었다. 정이가 은석의 감은 눈을 들여다보았다. 오랫동안 붕대를 감은 모습만 보다가 맨얼굴을 보니 더 반가웠다. 옅은 속쌍꺼풀이 보였고 속눈썹도 짙고 길었다. 그 밑으로 매끈하게 뻗은 콧대도, 다정한 말만 내뱉는 입술도 모두 좋았다. 정말 다행이다. 그런데, 그냥 은석의 얼굴을 보고 있었을 뿐인데 불안함이 스쳤다. 또 내가 옆에 있으면 불행한 일이 생기지는 않을지…. 은석이 사고를 당하던 날, 자신을 따뜻하게 안아주던 은석 어머니의 손길도 떠올랐다. 이렇게 좋은 사람 곁에 내가 있겠다는 건 이기적인 욕심은 아닌지.

그런 생각이 머릿속을 휘감자 아주 오래전 기억들이 떠올랐다. 잔상만 흐릿하던 그런 기억들이. 보육원에 버려지기 전, 앞에서 싸우던 사람들이 쏟아붓던 말들이. 저런 거 달고 살면 평생 팔자 꼬여. 살아봐라, 쟤 얼굴 보면 그 새끼 얼굴 계속 생각난다. 누굴 닮아 저렇게 그늘이 졌어? 애 같은 맛이 없잖아. 재수 없는 애야. 같이 있으면 분명 뭔 사달 난다. 두고 봐라. 정이가 고개를 숙였다. 낳아준 사람이 말했는지 낳아준 사람을 낳은 사람이 그랬는지 생각은 잘 나지 않았다. 네 살쯤부터 이곳저곳 떠돌며 자리를 잡지 못했었기에 기억이 흐렸다. 하지만 단어 하나하나는 선명했다. 몸 어디 구석구석 새겨진 것처럼.

떼쓸까 봐. 울고불고 안 떨어진다고 달라붙을까 봐. 안심시키듯 다시 데리러 올 것처럼 빼빼 마른 네 살짜리 목에 가짜 금목걸이를 목에 걸어주고 보육원에 밀어 넣던 사람. 엄마라는 사람. 신이 모든 곳에 있을 수 없어서 엄마라는 존재를 만들었다는데, 그때부터 정이는 신이 없다고 믿었다. 정이가 갑자기 숨을 몰아쉬었다. 신물이 올라오고 구역질이 났다. 입원실을 나와 긴 복도를 따라 화장실로 뛰어갔다.

　방금 청소를 했는지 락스 냄새가 나는 변기를 붙잡고 게워냈다. 시큼한 굴이 덩어리째 나왔다. 역겹고 더러운 이 기분도 다 토해내고 싶었다. 정이가 입에 손가락을 넣고 식도를 긁었다. 더 이상 나올 것이 없자 연한 녹색 담즙이 위액에 섞여 나왔다.
　세면대에 서서 수돗물을 틀었다. 두 손으로 물을 받아 입안을 헹궜다. 쓴 약을 먹은 것처럼 어지러웠다. 병원 밖으로 나와 공기를 들이마셨다. 무작정 걷다가 보니, 대학 병원 정문이 보이는 언덕까지 올라왔다. 은석과 처음 입맞춤을 했던, 전나무가 있는 벤치에 앉았다. 그래도 자꾸만 귓가에 목소리들이 울렸다. 아주 작은 정이를 놓고 쏟아붓던 목소리들이. 벤치에 무릎을 안고 몸을 웅크렸다. 귀를 막았다. 잔뜩 찡그린 미간 밑으로 눈이 파르르 떨렸다. 재수 없는 애야. 같이 있으면 분명 뭔 사달 난다. 두고 봐라. 자꾸만 들리는 목소리가 싫었다. 그리고 정말 그래서 은석에게 무슨 일이 생긴 것 같은 마음이 드는 것도 두려웠다. 자기 존재 자체가 무서웠다. 들이와 금남 할머니가 보고 싶어졌다. 그 순간 누군가 어깨를 잡았다. 진회색 스웨터를 입고 있는 은석이었다. 놀란 얼굴로 정이를 보고 있었다.
　"무슨 일이에요? 어디 아파요? 얼굴이…."
　"…."
　"괜찮아요. 다 괜찮아요. 내가 여기 있어요."

은석이 조용히 등을 쓸어주었다.

정이는 아무 말도 하지 않았다. 다만 자리에서 일어나 은석을 안았다. 마지막으로 꼭 안아보았다. 진한 버터향이 섞인 나무 냄새가 은은하게 났다.

회복됐다고 벌써 파란 트럭에 몸을 싣는 은석이 못마땅했지만, 좀이 쑤신다며 싱긋 웃는 아들의 말에 부모는 두 손을 들었다. 그래도 걱정이 되어서 틈틈이 전화했다. 교통사고는 후유증이라는데 잔상이 보이거나 사고 날 때가 떠오르면 꼭 차를 어디 세우라고 신신당부했다. 은석이 알겠다고 답한 뒤, 차 시동을 걸었다. 맛나 도시락을 향했다. 퇴원한 지 2주가 지났고 새해가 밝았다. 그동안 한 번도 정이를 만나지 못했다. 퇴원하는 날에도 모습을 보이지 않았다. 연락해도 답장은 시큰둥하게 왔다. 분명히 무슨 일이 있는 것 같았다. 하지만 입을 꾹 닫은 그녀는 아무 말도 하지 않았다. 어느 순간부터 시큰둥한 답장도 오지 않았다. 분명 무슨 일이 있는 게 분명했다. 하지만 은석은 정이의 집을 알고 있지만 한 번도 찾아가지 않았다. 그것 또한 정이가 불편할까 봐. 이런 상황에 작은 어떤 부분이 거슬려 나를 싫어하게 될까 봐. 참 치사하지만 더 사랑하면 을이 된다. 이렇게 하면 싫어할까 겁나고 저렇게 하면 부담스러울까 눈치가 보인다. 치사하지만 어쩔 것인가 내가 더 좋아하는데. 신호에 걸려 정차 한 은석이 전화기를 만지작거렸다.

혜화동을 향해 가는 파란 트럭의 확성기가 켜졌다. 운전대를 잡은 은석은 새벽달을 보았다. 다신 못 볼 줄 알았던 그림 같은 순간이었다. 하늘이 남색이고 보랏빛이고 분홍빛이고…. 소나무길을 지나 맛나 도시락에 가까워질수록 짙은 노란빛이 돌았다. 간판이 환하게 켜져 있었다. 트럭의 창문 틈으로 밥 짓는 냄새가 들어왔다. 금남이 틀어놓은 스피커에서 〈문 리버〉도 들려왔다. 참 여전한 금남이었다. 그래서 더 좋았다.

앞으로는 마음속으로만 그릴 줄 알았던 풍경을 마주하자 코끝이 시큰거렸다. 은석이 답가를 부르듯 확성기 마이크에 대고 노래를 휘파람으로 따라 불렀다. 그리고 그 앞에서 정이를 처음 만났을 때가 떠올랐다. 보고 싶었다. 퇴원한 뒤부터 연락이 없는 야속한 정이 씨가.

"어이, 미스터 달걀! 우리 은석 군 왔슈?"

은발 머리를 곱게 올린 금남이 환하게 미소 지으며 문을 열어주었다.

"안녕하세요!"

"그 휘파람 소리 들으니까 살 것 같네. 아주 굿굿 모닝이여!"

"고맙습니다. 여러모로요."

은석이 달걀 다섯 판을 가지고 주방으로 들어갔다. 금남은 어딘가 입원했을 때보다 더 수척해진 은석을 보고 심란해졌다. 달 걀을 놓고 홀에 나온 은석에게 물었다.

"요즘은 통 정이가 들이 봐달라고를 안 햐. 무슨 일 있는 거 지? 파이트했어?"

"아니요. 싸운 적은 없는데…. 정이 씨가 연락이 안 돼요. 무 슨 일 있는 건 아닌 것 같은데, 저를 피하는 것 같아요."

은석이 세상을 잃은 얼굴로 대답했다.

"그럴 줄 알았지. 정이가 또 한 건 할 줄 알았어. 행복해지는 법을 몰라. 아니, 세상에 자기 행복은 없는 거라고 믿고 살아. 방 구석에서 또 울고 있겠구면, 잔뜩 쪼그라들어서. 그런데 있잖여, 미스터 달걀. 사람이 그래. 그렇더라고. 한번 앓으면 그 앓은 자리 가 잘 안 가셔. 정이는 지 엄마한테도 버림받았잖여. 우리는 그 심정을 모르잖아. 얼마나 지독하게 외로우며 살았을지. 겁쟁이여. 말만 쎄지. 아주 순 겁쟁이여 정이는. 아주 보면 짠해 죽겠어!"

금남이 은석의 손을 잡고 말했다. 조금 전에 쌀을 씻어 밥을 앉혔는지 손에 물기가 남아 있었다.

"그냥 기다리려고요. 이렇게 기다리려고요…."

"치, 둘 다 웃기고 있네. 사랑하면 만나야지! 안아야지! 지지 고 볶아야지! 사랑만 해도 부족한 시간에 기다리고 자시고 할 게 뭐가 있남? 내가 정이 한번 혼내줄까? 우리 정이는 내 말이라 면 껌뻑 죽어!"

둘이 안타까워 코끝이 찡해진 금남이 괜히 큰소리쳤다. 갑자기 또 울컥해진 은석이 목멘 소리로 답했다.

"혼내지 마세요. 여려요, 정이 씨. 지금 정이 씨가 기댈 사람은 금남 할머니 한 분뿐인 걸요. 아무 말도 하지 말아주세요."

금남이 은석의 어깨를 툭 쳤다. 그리고 유리창 너머로 보이는 가로수에 걸린 플래카드를 가리켰다.

"보여?"

"소상공인 노래자랑…? 제가 무슨."

은석이 고개를 가로저었다.

"잠깐 기다리슈. 오랜만에 왔는데 도시락 하나 얼른 싸줄게. 식혜도 차갑게 살얼음 동동!"

오늘은 하얀 프릴이 달린 앞치마를 한 금남이 주방으로 들어갔다.

탁탁탁탁.

나무 도마 위에서 칼질하는 소리가 들렸다. 곧 맛있는 냄새가 났다. 어떤 음식인지 단번에 맞힐 수 없었지만 그냥 맛있는 냄새였다. 프라이팬 위에 음식이 지글거리는 소리가 들렸고 냄비에 가스불 올리는 소리도 들렸다. 금남의 도시락이 만들어지는 소리였다. 정이 씨도 참 좋아하는데…. 또 정이 생각이 들었다.

도시락을 기다리는 동안 창밖에 걸린 플래카드를 얼핏 보았다. 노래자랑 접수는 오늘까지고 대회는 이틀 뒤였다. 무대에 서 본지가 언제인지도 까마득했다. 아니 무대는 고사하고 목소리가 나올지도 미지수였다. 의기소침해진 은석이 도시락을 받아 맛나 도시락을 나왔다. 금남이 트럭 앞까지 와서 운전 조심하라고 한 번 더 신신당부했다.

배달을 마치고 답답한 마음에 한강 공원에 들어섰다. 트럭에 브레이크를 걸고 핸들 위로 몸을 엎드렸다. 유리 밖으로 보이는 한강 표면이 얼어붙어 있었다. 마치 은석의 마음 같았다.

금남이 싸준 도시락을 열었다. 따끈하면서 달콤한 냄새가 났다. 잘 구워진 떡갈비와 간장과 고춧가루를 섞은 양념으로 만든 감자조림, 호박전, 장조림이 있었다. 여전히 밥은 뚜껑에 눌어붙을 정도로 양이 많았다. 하얀 쌀밥을 한술 떴다. 도시락을 먹을수록 정이 생각이 났다. 지금쯤 어린이집에 들이를 데리러 갔을 시간이네. 혼잣말을 하고 또 밥을 한술 떴다.

밥을 다 먹자 금남이 숨겨놓은 쪽지가 보였다. 은박지에 잘 싸여 있는 쪽지를 펼쳤다.

한번 온몸이 터지도록 불러보슈. 보고 싶은 이름을. 그럼 들릴지도 모르잖여? 유어 목소리도 마음도. 그럼 운전 조심혀고, 씨 유 어게 인이여!

온몸이 터지도록…. 은석의 눈빛이 흔들렸다. 온몸이 터지도록 부르고 싶었다. 그 이름을.

마로니에 공원 옆 작은 광장에 제3회 소상공인 노래자랑 플래카드가 걸렸다. 그리고 빨간색, 노란색, 파란색으로 다소 촌스러운 조명들이 설치됐다. 노래방 사이키 조명 같기도 했다. 두근거리는 마음으로 무대를 보고 있는 은석이 한숨을 후 짧게 뱉었다. 목에는 참가자 목걸이가 걸려 있었다. 그렇다. 은석은 오늘 온몸이 터지도록 노래를 불러볼 생각이다.

점점 저녁 시간이 가까워지자 사람들이 몰렸다. 회색 플라스틱 의자에 앉아 휴대전화를 꺼냈다. 지방 행사를 자주 본다는 사회자가 분위기도 띄우고 바람도 잡았다. 중간중간 경품 추첨을 하며 관객들의 흥을 돋웠다. 노래자랑이 시작됐다. 우승 상품은 75인치 TV였고 참가상은 매운 라면 한 박스였다. 과연 은석의 손에는 무엇이 들려 있을까.

잠시 후, 은석의 차례가 되어 무대에 올랐다. 사회자가 혜화동 미스터 달걀이라고 소개했다. 사람들은 그 닉네임을 듣고 풉 웃었다. 은석이 무대에서 관객석을 바라봤다. 금남이 보이지 않았다. 하얀 은발을 곱게 올린 금남은 언제나 한눈에 찾을 수 있었는데 보이지 않았다. 역시 정이 씨는 오지 않은 건가. 마음이 조급해졌다.

사회자가 물었다.

"어떻게 여기에 오르게 되었나요? 미스터 달걀 씨."

"저는 정은석이고요. 미스터 달걀로 불리고 있습니다. 이 동네 달걀은 제가 책임지고 있거든요. 그런데 이제는. 이제는 한 사람을 책임지고 싶어서 마이크를 잡았습니다."

은석의 로맨틱한 멘트에 사람들이 오, 하며 술렁거렸다.

"한 사람을요?"

그때 금남의 성화에 못 이겨 들이를 안고 온 정이가 플라스틱 의자에 앉았다. 크리스마스이브에 입었던 붉은색 꽈배기 니트를 입고 있었다. 카키색 항공 점퍼에 통이 큰 청바지를 입고 있는, 뒷모습만 보면 엠지 세대 같은 금남이 정이를 툭 쳤다.

정이가 모른 척 안고 있는 들이에게만 시선을 주었다. 두리번거리던 은석이 정이를 발견했다. 그리고 말했다.

"아니, 두 사람이요."

"아? 두 사람이요? 두 사람을…. 공개 양다리 선언도 아니고? 큭큭."

사회자가 재미있다는 듯 웃었다.

"사랑하는 사람과 사랑하는 사람의 딸이요. 제가 책임지고 싶은 두 사람이요."

또 관객석이 술렁거렸다. 들이를 안고 있는 정이가 자리에서 일어났다. 부담스러웠다. 여기 있으면 또 저 사랑에 녹아버릴 게 틀림없다. 금남이 팔을 끌어당겼다. 그때 은석이 마이크에 대고 바로 노래를 시작했다.

"오 쏠레 오 쏠레 미오~."

반주도 없이 시작된 노래에 곧 엠알 시디가 재생됐다. 성악가로 한창 활동할 때는 상상도 못 했던 무대였다. 지지직거리는 싸구려 스피커를 뚫고 나오는 은석의 목소리에는 힘이 있었다. 낭만적이었다. 일어섰던 정이를 다시 자리에 앉혔다.

온몸이 터질 것처럼 불렀다. 눈을 질끈 감고 어느 부분에선 목이 잠겨 쉿소리가 나기도 했지만, 과거의 영광은 없었지만, 정말 온몸이 터지도록 불렀다. 나의 태양. 나의 태양. 눈이 부셔 눈을 뜰 수 없어요. 외쳤다. 그리고 닿았다…! 정이가 박수를 쳤다.

금남이 흐뭇한 미소로 바라보았다. 미스터 달걀, 잘 했슈! 속으로 응원을 보냈다.

상을 받은 은석이 부랴부랴 정이의 집 앞에 도착했다. 들이 때문에 먼저 간 정이에게 제일 먼저 달려오고 싶었다. 숨을 고르고 초인종을 눌렀다. 새소리가 나고 얼굴을 비추는 카메라 위에서 하얀 플래시가 비쳤다. 은석이 어색하게 씨익 웃었다. 들이를 재운 정이가 문을 살짝 열었다. 매운 라면 한 박스를 들고 있는 은석이 해맑게 웃었다.

"이거, 정이 씨 가져요."

은석이 라면 박스를 정이에게 건넸다.

"명색이 파바로티였다는 사람이 참가상은 쫌…."

정이가 의심의 눈초리로 은석을 스윽 훑었다.

"패널티죠. 저는 전문가니까. 하하."

216

"고마워요. 조심히 가요. 운전 조심해요."

정이가 라면 박스를 받고 문을 닫았다.

아쉬운 마음에 은석이 떠나지 못하고 앞에 서 있다. 그러자 다시 문이 살짝 열렸다.

"저기, 은석 씨."

"네?!"

반가운 얼굴을 한 은석에게 수줍은 얼굴을 한 정이가 말했다.

"라면 먹고 갈래요…?"

은석이 고개를 끄덕였다.

한 번도 넘지 못 한 문턱을 넘는 날이었다. 온몸이 터지도록 마음을 부른 오늘. 금남의 말이 맞았다. 사랑하기만 해도 부족한 시간. 그저 사랑만 하기로 했다. 사랑만. 보이지 않는 것을 열렬하게.

4장

안녕, 문정아

먼지 한 점 앉지 않은 턴테이블 위에 엘피판을 올린다. 꺾여 있는 나뭇가지 같은 톤암을 나이테 비슷한 모양의 엘피판 가운데 맞추자 기타 선율이 흘러나왔다. 그리고 곧 오드리 헵번의 목소리가 그 위에 얹어졌다. 만족한 듯 두 손을 가지런히 모은 금남이 음악을 따라 흥얼거렸다. 큰맘 먹고 장만한 턴테이블이다. 톤암에 따라서도 음감이 다르다기에, 유튜브를 보고 새로운 톤암까지 갈아 끼웠다. 그 덕분인지 더 멋진 음질을 즐길 수 있었다. 장작불 타는 소리처럼 지직거리는 낡은 음질이, 마치 금남을 티파니 보석 가게가 있는 뉴욕으로 데려다주는 것 같았다. 비록 혜화동과 뉴욕은 아주아주 멀지만. 그런데 진짜 뉴욕에 사는 우리 딸은 뭐하고 있나. 전화 안 오는걸 보니, 또 쉬지도 않고 그림 그리고 있구만!

　니트 재질의 아이보리색 조거 팬츠, 위에는 연한 민트색 스웨터를 입은 금남이 거실 창문으로 다가갔다. 주름이 잘 잡힌 스커트 커튼을 활짝 열어젖혔다. 개구리가 깨어난다는 경칩. 봄 기운이 금남의 얼굴 위로 쏟아졌다. 눈을 감고 햇살을 만끽했다. 따사로웠다.

　오드리 헵번의 목소리를 따라 허밍을 하다가 오른발을 구르며 박자도 맞춘다. 새끼발가락에는 여전히 정이가 그려준 달걀꽃이 피어 있다. 금남이 발을 보고 흐뭇한 웃음을 짓는다. 그리고 은석과 알콩달콩 사랑을 시작한 정이를 떠올렸다. 기특했다. 이제야 스스로를 좀 사랑할 줄 아는 것 같아서. 돌밭 같은 인생에 꽃이 좀 피는 것 같아서.

　창문에 프릴 커튼이 달린 주방으로 갔다. 문화센터에서 함께 서예 수업을 듣는 황 여사가 베트남 여행을 다녀오며 사다준 콘삭 커피를 꺼냈다. 페이퍼 필터를 머그 위에 올리고 뜨거운 물을 붓기만 하면 됐다. 오늘 아침엔 헤이즐넛 향으로 기분을 내보자! 군더더기 없이 하얀 머그컵 위에 다람쥐가 그려진 페이퍼 필터를 올리고 점선을 따라 종이를 오려내자 진한 갈색의 커피가루가 보였다. 똑 소리를 내며 꺼진 커피 포트의 손잡이를 잡고, 그 위에 물을 살살 부어주었다. 빵처럼 둥근 모양으로 부풀어 오르다가, 금방 한 방울 두 방울 잔으로 떨어졌다. 향만 맡아도 좋았다.

　"어쩌면 이 커피 냄새를 맡고 개구리가 깨어날지도 몰라!"

금남이 픽 웃음 지었다.

띵!

웃음소리와 동시에 토스트기에서 노릇하고 바삭하게 잘 구워진 식빵 두 장이 올라왔다. 냉장고에서 직접 만든 딸기잼을 꺼냈다. 창문 앞에 두어 말랑하게 잘 익은 아보카도를 손에 잡고 칼로 반을 썰었다. 알맞게 잘 익어 손으로 씨앗을 움직이자 쏙하고 잘 빠졌다. 노란색부터 연두색으로 그라데이션이 잘 된 아보카도를 썰었다. 그 위에 올리브유를 뿌리고 소금과 후추를 톡톡 뿌려 주었다.

"보자. 어느 그릇에 먹어야 멋지게 잘 차려 먹었다고 소문이 날까나."

금남이 주방에 있는 진열장으로 가 유리문 앞에 섰다. 정리대에 칸칸이 잘 서 있는 접시들은 가장 예쁜 순으로 줄을 세워놓은 것들이었다. 무엇을 고를까 손잡이를 만지작하다가 아프로디테 여신이 그려진 것 같은 분홍색 접시를 들었다. 칼을 옆으로 눕혀 아보카도를 쓱 올려 잘 옮겼다. 옆자리에는 식빵 두 장을 두었다. 서랍에서 분홍색 손잡이의 잼 나이프와 포크를 꺼냈다. 식탁 위에 올려놓고 보니 더 만족스러웠다.

"오늘 아침은 핑크빛으로!"

금남이 의자에 앉아 식탁에 둔 아이패드를 켰다. 얼굴 인식을 하고 페이스타임을 눌러 문정에게 전화를 걸었다. 뉴욕 시간으로 저녁 여섯 시가 다 된 시간이다. 아무리 바빠도 밥은 먹으면서 그

223

리겠지. 자신이 못 이룬 화가의 꿈을 이뤄준다고 미국으로 간 문정이 기특하기도 했지만, 가끔은 가여웠다. 엄마 꿈이 자기 꿈이라고 말하는 딸이.

달콤한 딸기잼을 발라 한 입 먹었을 때 문득 생각이 났다. 아차, 사진을 안 찍었네! 이놈의 정신머리 봐라. 그랜플루언서가 되기 위해 브이로그를 찍겠다고 다짐해놓고 매번 이렇게 사진 찍는 것을 깜빡한다.

"에이, 빵 부스러기까지 다 떨어졌는데. 이따 저녁 때나 찍어야지. 에잇."

아쉬움에 커피를 한 모금 마셨을 때 문정이 전화를 받았다. 몰라보게 핼쑥해진 얼굴이었다. 전시 준비한다고 며칠 동안 연락을 안 받더니 이렇게 말랐을 줄이야!

"아이고, 우리 도터 얼굴 까먹을 뻔했네. 매번 전화 안 받더니. 오늘은 받네?!"

"어, 바빴어. 정신이 없네."

"근데 우리 도터 맞아? 누가 가둬놓고 굶긴 겨? 어떻게 이렇게 말랐어!"

짙은 쌍꺼풀에 하얗고 마른 얼굴. 뺨 옆으로 볼이 패일 정도로 야윈 모습이었다. 눈썹 밑으로 내려온 시스루 앞머리가 얼굴을 더 창백해 보이게 만들었다.

"전시 준비할 때 예민해지잖아. 위염도 달고 살고. 전시만 끝나면 또 금방 살 오를 거야."

"잡겠네. 우리 딸 잡겠어. 세끼는 다 챙겨먹는 거지? 아침도 꼭 밥으로 먹어. 빵 부스러기 같은 거 먹지 말고. 김 서방은?"

"치. 엄마는 빵 먹으면서 왜 나는 밥 먹으래."

실소를 터트리며 말하는 문정을 보고 덩달아 실소를 터트렸다. 금남이 아차 싶은 얼굴로 웃었다.

"마이 미스테이크. 다 먹고 전화할걸. 김 서방은?"

카메라에 얼굴을 바짝 댄 문정이 옆으로 눈을 돌렸다.

"아직 퇴근 전. 엄마 나 배터리가 없네. 다음에 다시 걸게."

"어, 그래. 그래도 꼭 머스트 해브! 먹어. 먹으면서 해. 병 나."

"응, 엄마 다시 전화할게요."

"우리 딸 해브 어 나이스 데이 혀고."

뚝.

전화가 끊겼다. 못 본 사이에 너무 야위어버린 문정이 걱정됐다. 미술을 한다고 할 때 속으로 내심 기뻤지만, 혹시 나 때문에 하는 건가 싶어서 마음이 더 쓰였다.

"너무 말랐네. 우리 딸 얼굴이 가래떡처럼 쭈욱 늘어졌잖여. 아차, 가래떡 여사한테 홍성에서 보낸 고춧가루 팔아주기로 했는데! 내 정신 좀 봐라."

요즘 따라 '내 정신 좀 봐라' 하는 일이 많아진 금남이었다. 최근에는 20년 가까이 맛나 도시락을 운영하면서 처음으로 컴플레인을 받았다. 무나물에 소금을 쳤는데 또 쳐서, 아주 바닷물처럼 짜게 만들어버린 것이다. 그날 점심 도시락이 100개 가까이

나갔는데 컴플레인을 넣은 사람은 딱 한 사람이었다. 맛나 도시락에 처음 온 사람. 그간 이곳을 다녀간 사람들은 금남의 실수나 장난쯤으로 여긴 것 같았다. 그때를 생각하면 식은땀이 절로 났다. 또 그 짠 것을 아무 불평 않고 먹었을 손님들을 생각하면, 맛나 도시락을 오래오래 지키고 싶다는 마음이 더 굳건해졌다.

현관에 곱게 놓인 털이 복슬복슬한 갈색 어그부츠에 발을 넣었다. 20년 전에 유행하던 투박한 곰발 같은 이 부츠가 다시 유행하기 시작한단다. 역시 유행은 돌고 돈다는 말을 실감하며, 금남이 어깨를 으쓱하고 현관을 나섰다. 너무 딱 달라붙지 않는 적당한 스키니핏 청바지, 연한 베이지색 캐시미어 코트. 자칫 밋밋할 수 있는 패션에 생기를 불어넣는 코발트블루 비니를 쓴 금남이 혜화동 골목길을 걸었다. 물론, 잊지 않고 콩알만 한 진주 귀걸이도 귀에 장착했다. 염색하지 않은 은발 머리를 로우번으로 잘 묶고 파란색 비니까지 쓰니 뒷모습만 보면 일부러 은발을 한 20대 같기도 했다. 붓과 화선지가 든 백팩까지 메니, 뒷모습은 정말 학생 같았다. 아니나 다를까, 누군가가 걸어가던 금남의 어깨를 툭툭 쳤다.

"저기요. 저, 너무 제 스타일이셔서…."
뒤돌아보는 금남을 보고 화들짝 놀란 신풍이 손으로 입을 막았다.

"엇, 여사님?"

"신풍이여?"

"아, 여사님이셨구나! 아!"

게슴츠레 뜬 눈으로 금남이 웃으며 물었다.

"너무 제 스타일이셔서 뭐? 끝까지 말해보슈. 큭큭."

"여사님! 이건 반칙이에요. 뒷모습이 완전 엠지잖아요."

"뭐! 칠순이면 비니 못 써? 스키니 못 입어? 어그부츠 못 신어?"

"그건 아니지만…."

그간 요가며 필라테스며 리본 발레까지 섭렵해 바디라인을 가꿔온 금남이다. 평소에도 늘 20대 못지않은 꼿꼿한 자세를 유지하고 있었다. 신풍이 깜빡 속을 만도 했다는 말이다.

"연극 티켓 팔러가? 밥은 먹었고?"

"안 먹었죠. 오늘 맛나 도시락 쉬는 날이잖아요. 그날은 굶어요. 다른 데서는 못 먹어요. 여사님이 제 입맛만 높여놓으셔서. 책임지세요!"

어느 집 아들인지 참 살갑다. 금남이 주먹으로 신풍의 어깨를 툭 쳤다.

"실없기는! 어여 가서 드슈. 배가 든든해야 뭐든 혀지."

"여사님은요?"

"응. 난 압구정 가. 오늘 문화센터 가는 날이거든. 서울대 병원 앞에서 301번 타고 가려고."

"그럼 잘 다녀오세요!"

"그려. 신풍도 해브 어 나이스 데이 보내슈."

유쾌한 신풍을 만나서인지 하루가 더 즐거울 것 같다. 가벼운 발걸음으로 버스정류장으로 향했다.

토요일의 대학로는 많은 사람으로 북적였다. 점심 때가 다 되어서 그런지 식당 앞에 줄을 선 사람들도 있었고 카페 창가에도 사람들이 앉아 있었다. 젊음이 느껴졌다. 하지만 부럽진 않았다. 금남의 하얗게 센 머리가 증명하듯 지금껏 살아온 하루하루에 최선을 다했기에 돌아가고 싶은 마음도 없다. 나이만 먹은 노인이 아니라 어른이 된다는 자부심으로 오늘 하루도 살리라. 암!

금남이 노란 파라솔을 쳐놓은 달고나 가게 앞에서 걸음을 멈췄다. 〈오징어 게임〉 덕분인지 시들했던 달고나 집 앞에도 사람들이 길게 줄 서 있었다. 우산, 하트, 사람, 별 모양이 찍힌 연갈색 달고나가 투명 비닐에 줄지어 담겨 있다. 설탕을 녹이는 달콤한 냄새가 금남의 코끝을 스쳤다.

"헤이, 신 사장. 오늘 사람 많네. 핫플레이스여 아주."

파란 불꽃이 튀는 불 위에 국자를 올려 나무젓가락으로 설탕이 타지 않게 휘휘 젓고 있던 신 씨가 고개를 들었다. 금남을 보고 반갑게 인사했다.

"금남 여사님! 안녕하세요. 왜 이렇게 오랜만이에요?"

"평일에는 내내 가게 있고, 또 밤에는 정이네 갔었지. 우리 정이 알지? 근데 거기도 잘 풀려서 이제 안 가도 돼."

신 씨가 국자 위 설탕이 진득하게 녹자 젓가락으로 흰 소다를 묻혀 톡 털어 넣었다. 그리고 빠르게 저었다. 그러자 커피 필터에 뜨거운 물을 부었을 때처럼 부풀어 올랐다. 곧 설탕이 뿌려진 판에 국자를 털어냈다. 누르개로 살살 밀어 평편하게 만들고 우산 모양을 찍는다. 곧 작은 의자에 앉아 나무 이쑤시개를 들고 있던 커플이 기대감을 드러냈다.

"잘 찍혔네."

금남이 혼잣말로 작게 말했다. 신 씨가 국자에 하얀 설탕을 세 스푼 넣었다.

"금남 여사님 만나면 다 잘 풀리죠. 여기 혜화동에 여사님 도시락 안 먹어본 사람 있나요?"

"에이. 다 잘 풀리긴. 나중에 나도 이 달고나 만드는 것 좀 알려줘. 유튜브에 올리게. 케이 간식으로!"

"맞다. 저 구독도 했어요. 채널 이름 '다시만나금남' 맞죠?"

"홍보도 해주면 더 좋고. 그럼 장사 잘 하슈."

"예. 들어가세요!"

줄 서 있는 사람들을 보며 흐뭇해하는 금남이 다시 길을 걷는다. 참 열심히 살던 청년이라 파리 날릴 땐 걱정이었는데, 오징어 게임인지 문어 게임인지 뽑기 맞추는 드라마가 잘 돼서 참 다행이다. 잘 만든 드라마 한 편이 몇 명을 먹여 살리는지. 미디어의 힘이란! 금남도 오늘은 꼭 브이로그를 찍을 참이었다.

복슬복슬한 어그부츠가 버스 정류장을 앞에 두고 또 멈추었다. 이번엔 빨간 천막을 막 내리고 있는 타로카드 집이었다.

"여사님, 외출하세요?"

천막을 내리던 타로카드 김 씨가 말했다. 빨간 안경테를 쓴 40대 초반 여자였다. 문정과 비슷한 또래라 몇 번 식혜를 가져다 주기도 했었다.

"응. 문센 가는 중. 이제 간판 올렸슈?"

"네. 주말이 제일 장사가 잘 되니까요. 좀 일찍 나왔어요. 안 바쁘시면 여사님도 한 번 봐드릴까요? 신년 운수라도…. 한 번도 본 적 없으시잖아요."

"나?"

"네. 맨날 공짜 식혜도 주시는데. 앉으세요. 타로카드는 금방 끝나요."

김 씨가 한손에 안 잡힐 양의 카드를 섞는다. 바로크풍 문양이 화려하게 새겨진 카드가 쫙 펼쳐진다. 빨간 안경테 가운데를 꼿꼿하게 올리며, 김씨가 말했다.

"자, 신년 운수입니다. 왼손으로 세 장 뽑으세요."

"왼손으로 말여?"

"예. 집중해서요."

금남이 생전 처음 뽑아 보는 타로카드에 살짝 긴장한 듯 카드를 왼쪽과 가운데 그리고 제일 끝에 있는 것을 뽑았다.

김 씨가 숨을 고르고 휙휙휙 뒤집었다. 목이 꺾인 듯 웅크리고 있는 사자, 휘황찬란한 의자에 앉아 저울을 들고 있는 황제, 다 된 모래시계가 해변에 떨어진 카드가 펼쳐진다.

미간을 찌푸린 김 씨를 보자 금남이 괜히 긴장이 되었다.

"이제…. 시간이 다 됐어요. 쓸 수 있는 시간이요."

"뭔 소리를 하슈? 시간이 다 됐다니?"

"카드가 그래요. 모래시계에 모래가… 한 톨도 없네요. 왜 이런 카드를 뽑으신 거지…."

김 씨가 눈을 굴리면서도 조심스럽게 말했다. 금남은 화가 불쑥 치솟았다. 나이든 어른을 앞에 앉혀두고 시간이 다 됐다니. 쓸 수 있는 시간이 없다니.

"그게 무슨 개똥같은 소리냐고 글쎄! 길 잘 가는 사람 붙잡아서 신수 봐준다고 혀고 할 말이여? 시간이 다 됐으면 죽는단 소리냐고 글쎄! 나 죽는다고 하는 거여 지금? 이 정금남이가! 엊그제 건강검진 했을 때 내 신체 나이가 몇 살이 나온 줄 알고 하는 소리야?! 60대로 나왔다고, 60대로!"

평소의 금남답지 않게 잔뜩 흥분한 모습이었다. 얼굴에 열이 올라 붉은 얼굴로 금남이 몰아 붙였지만 김 씨는 굴하지 않았다. 홍민이나 신풍이 있었다면 제발 그만 말하라고 눈이라도 깜빡이며 신호를 보냈을 것이다. 하지만 김 씨는 눈치도 없이 또 빨간 안경을 올리며 말했다.

"여사님도 보이시잖아요. 모래시계에 모래가 없는 거요. 다 떨어진 거요. 그게…."

척.

금남이 모래시계 카드를 뒤집었다.

"어때? 이렇게 하면 모래시계에 모래가 많지? 이렇게도 볼 수 있잖여."

"그럼 해변도 뒤집히고 세상의 이치에 맞지 않아…."

말을 가로챈 금남이 큰소리로 외쳤다.

"이치? 부지런히 가는 사람의 모래는 마르질 않아. 그게 이치야. 그게 내가 일흔 넘게 살아온 삶의 이치라고. 어디 나이 많은 어른을 가르치려고…!"

파란 플라스틱 의자를 박차고 일어나 빨간 천막을 손으로 척 밀어냈다. 씩씩거리며 걸음을 걸었다. 울화가 치밀었다. 잘 가는 사람 잡아놓고 신년 운수 봐준다더니 악담은! 근데 또 그냥 그러려니 넘기면 될 걸 왜 이렇게 화가 나는지. 이미 갱년기는 졸업한 지가 한참 지났는데, 요즘은 불쑥불쑥 화가 나고 슬퍼지는 게 금남도 종잡을 수가 없다. '칠춘기'가 오는지도 모르겠다고 생각했다. 얼른 검정 벼루나 갈며 마음을 다스려야지.

"금남아!"

분을 삭이며 정류장으로 가는데 미세스 가래떡 여사가 금남을 불러 세웠다.

"어. 미세스 가래떡 여사."

"고춧가루 가져왔어?"

"아, 맞다. 내 정신 봐라."

금남이 검정 백팩에서 지퍼백에 든 고춧가루를 꺼내주었다.

"돈은 카카오페이로 보내슈."

"그거 할 줄 모르는디?"

"내가 몇 번을 알려줬잖여! 카카오페이도 쓸 줄 알아야 가래떡 한 줄 더 판다고. 요즘 현금 들고 다니는 사람이 어디 있어? 저번에 계좌로 보내준다고 하고 돈 안 부친 사람도 있다며. 가래떡 여사 네가 모바일 뱅킹 못 하는 거 눈치 까고!"

"떡 떼인 사람은 난데 왜 그 짝이 그렇게 승질이여?"

"아휴. 다 승질 나. 다 못마땅혀! 고춧가루 값은 다음에 줘. 나 갈게. 늦었슈."

가래떡 여사가 고개를 갸웃거렸다. 저렇게까지 발끈하는 모습은 또 처음이다.

301번 버스에 몸을 실었다. 노란색으로 된 노약자석밖에 자리가 없었지만, 앉기가 싫었다. 시간이 얼마 안 남았다는 말까지 들은 마당에 진짜로 늙은 노인네 취급을 받기는 싫었다. 동그란 손잡이를 잡고 몇 정거장 지나 동대문역사문화공원에 가까워질 무렵에서야 빈자리가 났다. 오른쪽 창가 자리에 앉았다. 한강이 흘러가는 동호대교에 들어서자 마음이 조금 안정된 것 같았다. 그런데 또 오렌지색 동호대교 사이로 빠르게 지나치는 전철을 보니 다시 울적해졌다. 멈추지 않고 흘러가는 시간 같기도 하고, 야속하게도 70대에 접어들면서는 더욱 빨리 흐르는 세월 같기도 했다.

압구정 현대백화점 앞에서 내렸다. 별관에 위치한 문화센터를 가기 위해 두 번의 횡단보도를 부랴부랴 건너갔다. 그런데 강의 시간이 되어도 아무도 오지 않았다. 김 여사, 박 여사, 송 여사가 보통 미리 와서 이야기를 나누는데…. 오늘은 왜 다 안 보이지? 강의 시간이 5분 정도 지났을 때 금남이 정 여사에게 연락했다.

-**김 여사, 오늘 안 오슈? 서예교실 말이여.**

-**정 여사야 말로. 우린 다 강의실에 있는데. 오늘 안 오는 거야?**

무슨 소리를 하는 거지? 금남이 강의실을 둘러보았다. 그런데 천천히 살펴보니 매주 오던 곳이 아니었다. 문 앞에 'I 강의실'이라고 적혀있었다!

"H랑 I를 헷갈린 거야? 이 정금남이가?! 오늘 무슨 날이야. 날!"

금남이 얼른 깔아놓은 화선지와 벼루, 먹, 붓을 챙겨 H 강의실 문을 열었다. 식은땀이 났다. 이미 벼루에 먹을 갈기 시작한 김 여사, 박 여사, 송 여사가 반가운 얼굴로 금남에게 손 인사를 건넸다. 크리스마스 와인 파티를 함께한 장 영감과 이 영감도 눈으로 인사를 했다.

실버 세대를 위한 클래스였지만, 젊은 사람도 종종 끼어 있었다. 종일 큰소리를 빽빽 내는 아이들을 키우는 육아 맘들이었다.

일주일에 하루 두 시간 정도 조용히 벼루에 먹을 갈면 그 사각거리는 소리가 마음을 진정시켜준다고 했다. 크리스마스 파티에 함께 하진 못했지만, 금남이 칠레산 와인을 끓여 만든 뱅쇼를 한 병씩 선물하기도 했었다.

칠판에는 '마음을 울리는 사자성어를 써보세요'라고 적혀 있었다. 금남이 검은 먹을 잡고 벼루 위에서 살살 돌렸다. 눈을 지그시 감았다. 벼루에 긁혀 서걱서걱 소리를 내는 먹이 점점 작아질 때쯤 사자성어가 떠올랐다.

천생배필.

하늘 천. 날 생. 짝 배. 짝 필. 하늘에서 미리 정해준 짝이란 뜻이다.

금남은 흰 수염 같은 붓을 먹물에 적셨다. 붓 끝을 얇고 뾰족하게 말아 얇고 하얀 화선지 위에 올려 획을 그었다. 손맛이 좋은 금남의 서예 솜씨도 수준급이다. 정갈하게 뻗어 나가면서도 힘이 있었다. 마음에 들어. 멋진 액자에 넣어 거실에 걸어야지. 헵번 언니 사진 옆에 말이여!

클래스가 끝나고 김 여사, 박 여사, 송 여사와 백화점 본관으로 향했다. 장 영감과 이 영감은 스크린 골프를 치러 간다고 브런치를 함께하지 못해 아쉽다고 말했다. 에스컬레이터를 타고 오층에 오르자 한식, 일식, 브런치 레스토랑이 원형으로 줄지어 있었다. 네 사람은 항상 가던 단골 브런치 카페로 향했다. 폭신한 일자형 소파석에 금남과 김 여사가 나란히 가방을 내려놓았다. 맞은편에 기댈 수 있는 등받이가 있는 의자에 송 여사와 박 여사가 앉았다. 매니저에게 석류 리코타치즈 샐러드와 로스트치킨 샐러드, 리코타 샐러드 피자를 주문했다.

"어떻게 메뉴가 올 샐러드야?"

오늘의 서예 수업이 꽤나 마음에 든 금남이 기분 좋게 말을 꺼냈다.

"나잇살 쪄. 운동해도 안 빠져. 고기는 질리게 먹는데 채소는 잘 안 먹어. 씻기가 귀찮거든."

송 여사가 검정색 플리츠 스커트를 매만지며 말했다. 김 여사, 박 여사도 동감한다는 듯 맞장구를 쳤다.

"웬만한 과일이나 채소는 식초물에 담가야지. 베이킹 소다로 닦아야지. 손이 많이 가. 대신 몸에 아주 굿이잖여?"

금남도 송 여사에게 대답했다.

"아유. 그건 그렇고 우리 손주들이 주말에 놀러오면 딸기 한 팩이 뭐야. 한 놈이 딸기 한 팩씩 먹는다니까! 그래도 안 먹는 것보다 잘 먹는 게 효자라던데?"

송 여사가 은근히 손주 이야기를 꺼내자 금남이 손바닥으로 테이블을 툭툭 쳤다.

"자, 손주 자랑 하려면 돈 꺼내놓고 하슈!"

"맞아. 애들 얘기는 그만하자고. 정 여사는 손주도 한번 못 안아봤는데…"

박 여사가 금남의 눈치를 살피며 소심하게 말끝을 흐렸다.

"그래. 부러워. 부러우면 지는 거라는데 부러워. 우리 문정이 닮은 베이비 있으면 얼마나 예쁠까 그 생각 한 10년은 했어. 그런데 워째? 우리 딸이 딩크족으로 살고 싶다는데. 난 그 선택도 존중해. 그 손주 한번 안아보겠다는 욕심 때문에 내가 대신 살아줄 것도 아닌 인생 낳아라 낳아라 말할 순 없지!"

"지금 문정이가 마흔둘인가? 낳을 수 있잖아. 설득해봐. 그래도 우리가 살아봐서 알잖아. 애 없으면 얼마나 적적한지. 그리고 내가 그만큼 키워줬으면 보답으로 손주 안겨주는게 당연하지. 안 그래, 김 여사?"

송 여사가 맞불을 놓듯 대답했다.

"자식 인생은 자식 거야. 내 것처럼 말하지 말어. 송 여사 어디 조선시대 살다 왔어? 아예 똥도 매화틀에 가서 누지 그래?"

"아니, 무슨 말을 그렇게 해. 내가 무슨 꽉 막힌 사람처럼 나는…. 얼마나 신식 시어머니인데. 겨울에 김장 때도 내가 다 해놓고 불렀어. 소만 무치라고!"

"신식 시어머니였으면 김장하는 날을 톡방에 올리면 안 되지! 무슨 김치 못 먹어 죽은 귀신 붙었나. 김장 때만 되면 며느리들을 그렇게 불러. 김 여사도 그래. 며느리 데리고 여주 친정까지 가서 김장 100포기씩 한다며."

갑자기 불똥을 얻어맞은 김 여사가 헛기침을 했다. 박 여사가 부지런히 눈을 굴리며 세 사람의 불안한 신경전을 지켜볼 때 음식이 나왔다. 그때 송 여사가 회심의 일격을 하듯 금남에게 어퍼 컷을 날렸다!

"금남 여사. 혹시 영감 없이 혼자 살아 갱년기가 도진 거야?"

아주 조곤조곤 '교양미'가 넘치는 말이었지만, 아주 뾰족한 말이기도 했다.

"헹?"

금남이 어처구니없다는 듯 콧방귀를 뀌었다.

"그러고 보니 남편 얘기 한 번도 한 적 없잖아. 먼저 보낸 거야? 갈라선 거야?"

굴하지 않고 송 여사가 조곤조곤 또 쏘아붙였다.

"지금 이 정금남이하고 한 판 해보자는 겨?"

금남이 팔을 걷어붙였다.

"아니. 난 그냥 궁금해서…."

우아하게 물을 한 모금 마시며 말을 하는 송 여사 입가에 미소가 서렸다. 이번 라운드는 송 여사의 승리로 보였다. 금남은 속에서 천불이 일었다. 오늘 타로카드 볼 때부터 일진이 안 좋더니. 서예로 간신히 마음을 가라앉혔는데, 또 열불이 터졌다. 몇 시간째 기분이 널뛰듯 오락가락했다.

금남이 내려놓았던 검정색 나일론 백팩을 챙겼다. 김 여사와 박 여사가 음식은 먹고 가라고 했지만, 카카오페이로 엔 분의 일 정산하겠다는 말만 남기고 레스토랑을 나왔다.

저 불여시 같은 송 여사. 아휴, 꼴 보기 싫어. 장 영감하고 이 영감 있을 땐 말도 들리지도 않게 속닥속닥. 하하 호호. 한 입 먹고 입 닦고. 그렇게 고상한 척 우아한 척은 다 하면서, 우리끼리 있을 때는 남의 아픈 구석이나 쿡쿡 찌르고. 아주 그냥 어글리 노인네여!

301번 버스를 타러 가는 내내 화가 가라앉지 않아 씩씩거렸다. 혼잣말로 욕을 하며 걸으니 기분이 조금 나아지는 것도 같았다. 스스로 생각해도 요즘 좀 이상했다. 가시 돋친 고슴도치가 된 기분이었다. 진짜 갱년기가 도진 건가. 갱년기가 두 번 올 수도 있는 건가. 하도 힘을 주어 걸었더니 다리도 후들거렸다.

봄이 오는 것처럼 포근한 날씨였다. 2월 첫 주라는 게 믿기지 않을 만큼 따뜻했다. 개구리가 깨어난다는 경칩이 지나자, 어그부츠는 신발장에 넣어도 될 만한 날이 이어졌다. 금남이 정이와 같은 색으로 맞춰 산 분홍색 캐시미어 머플러를 둘둘 두르고 집을 나섰다. 혜화역 4번 출구 뒤로 이어지는 소나무 길을 따라 걸었다. 겨울인데도 날씨가 따뜻하니 제법 해가 일찍 뜨는 것처럼 느껴졌다. 보랏빛으로 물들었다가 점점 분홍빛과 하늘색이 섞인 새벽이 일렁였다. 맛나 도시락으로 향하는 새벽 공기는 언제나 상쾌했다. 가보자, 가보자. 오늘 도시락도 맛있게 만들어보자.

며칠 동안 송 여사가 있는 단톡방에서 한마디도 하지 않은 금남이다. 그런데 문득 그런 생각이 들었다. 요 며칠 내가 참 낯설다. 나답지 않다. 아주 소갈딱지가 밴댕이만 하다. 이런 생각이 머릿속에 요동쳤다. 송 여사에게 전화를 걸었다. 무 자르듯 나쁜 마음을 싹둑 썰어낼 수 있다면 좋겠지만, 그러지 못한다면 어른답게 풀자고 말했다. 송 여사도 그날 자신이 지나쳤던 것 같다며 사과했다. 다음 클래스에서 보자는 이야기를 끝으로 서로 앙금을 풀어냈다.

방 탈출 카페와 즉석 사진 기계가 늘어진 상점가를 걷다가, 내내 목구멍에 걸린 생선 가시 같았던 타로카드 김 씨 생각이 났다. 에휴. 오늘 식혜 담그는 날이니까 한 통 갖다줘야지. 금남이 걸음을 재촉했다.

늘 그렇듯 금남이 제일 먼저 맛나 도시락의 문을 열고 들어왔다. 청아한 풍경 소리가 맑게 들렸다. 문 바로 옆에 있는 거울 앞에 서서, 늘 그렇듯 거울에 대고 말을 건넸다. 아주 다정하게.

"오늘도 해브 어 나이스 데이여!"

하루를 여는 금남의 구호다. 오늘도 귓볼엔 영롱한 진주 귀걸이가 돋보였다. 코트와 목도리를 벗어 장에 넣어두고 불을 켰다. 노란 불빛이 맛나 도시락을 채웠다. 제일 먼저 프리지아꽃이 그려진 노란 앞치마를 허리에 두르고 흰 두건을 썼다. 그리고 밥을 안쳤다. 큰 솥에 이천에서 온 특등급 쌀을 가득 붓고 물을 틀어 쌀을 씻었다. 손을 휘휘 저으며 알알이 손가락에 끼도록 깨끗하게 씻었다. 물을 적정하게 맞춘 뒤 솥에 안쳤고 식용유를 한 바퀴 획 둘러주었다. 다음엔 맛나 도시락 문 앞에 배달된 채소 상자를 가지고 왔다. 시금치와 애호박, 당근이 들어 있었다.

"시금치 상태 굿. 애호박 당근도 엑설런트!"

무르거나 변질된 곳 하나 없이 아주 싱싱한 채소가 담긴 박스를 들고 주방으로 향했다. 그러다가 홀 앞에서 박스를 툭 떨어트렸다.

"웁스! 한동안 필라테스를 못 했더니 바로 표시가 나네. 다리 근육이 못 버텨주나. 이 참에 홍민이가 전단지 나눠주는 풀 파워에 등록해버려?"

금남이 바닥에 뒹구는 애호박을 주웠다.

딸랑.

문이 열렸다. 달걀판을 들고 은석이 들어왔다.

"여사님, 안녕하세요!"

"응. 미스터 달걀 왔수?"

자리에서 일어나 반가운 얼굴로 은석을 맞이했다.

"예. 안쪽에 놔드릴게요!"

"어제 정이랑 들이는 잘 만났고?"

다정한 웃음으로 묻자 은석의 얼굴이 또 빨갛게 달아올랐다.

"네. 저 이번에 TV에서 하는 가수 오디션에도 신청서 냈어요."

금남이 은석의 어깨를 탁 쳤다.

"어메이징! 아휴. 잘했다. 잘 생각했어. 아주 굿 초이스여! 진짜로!"

수줍은 미소를 지은 은석이 탄 트럭이 점점 멀어져갔다.

시금치를 다듬고 애호박을 채썰고 당근을 깍둑썰기 하는데 문이 열렸다. 혜화역에서 1년을 떠돌던 40대 노숙자 새말이다. 헌 옷 수거함을 뒤져 꺼내 입은 낡은 카키색 파카에 벙거지 모자를 눌러쓰고 우물쭈물 말을 더듬거렸다.

"저, 여사님. 어제 팔고 남은 도시락 좀."

수전에 손을 씻고 물기를 털며 주방을 나왔다. 금남이 새말을 나무랐다.

"우리 집이 이 동네 핫플레이스인데. 남은 게 있겠어? 그리고 남은 밥 말고 새 밥을 먹을 생각을 해야지. 일을 해서! 그렇게 사지가 멀쩡한데."

"일을 할 곳이 있어야…"

말을 뚝 자른 금남이 미간을 찌푸리며 잔소리를 날렸다.

"일할 곳은 차고 넘쳐! 어디 가서 벽돌이라도 쌓고 시멘트 바르는 거라도 배우면서 살 생각을 좀 하슈!"

"제가 노숙하는 동안 허리가 안 좋아져서 무거운 건…"

"거지가 따지기는!"

새말이 잔뜩 서운한 얼굴을 했다.

"듣는 거지 기분도 좀 생각해주세요."

"빌어먹지 말고 벌어먹을 생각을 해. 내가 처음 만났을 때도 말했지?! 자네한테는 내가 딱 5백 원만 받을게. 한 끼에 5백 원. 알았어? 나가서 벌어 와. 나 이제 식혜 만들어야 돼."

식혜라는 말에 새말이 군침을 삼켰다. 달콤하고 시원한 식혜를 딱 한 잔만 마시고 싶었다.

"그럼 식혜라도."

"에휴, 거기 있어보슈!"

새말만 보면 안타까웠다. 사지육신 멀쩡해 뭐가 모자라 저러고 다니는지. 여기저기 밥집에 들어가 이것저것 남은 것들 얻어먹으며 사는 모습을 보면 속이 터지기도 했다. 자기 앞가림은 하고 살아야지. 그의 과거가 궁금한 적도 있었지만 사연 없는 사람 있을까 싶어 물어보는 것도 관두기로 했다.

주방에서 투명 테이크아웃 컵에 식혜를 가득 채워온 금남이 새말에게 내밀었다.

"감사합니다!"

"5백 원! 딱 5백 원이여. 오케이?"

"노력은 해볼게요."

두 손으로 고이 식혜를 든 새말이 나갔다. 뒷모습을 보니 또 한숨만 나왔다. 그래도 그 등 뒤에 대고 말했다.

"그럼, 새말도 해브 어 나이스 데이 혀고, 씨 유 어게인이여!"

주방에 들어가 나머지 정리를 하다가, 문득 식혜만 주고 보낸 새말 생각이 들었다.

"아휴. 그냥 밥 먹여 보낼걸 그랬나. 아니야. 그럼 안 돼. 다시 일어서게 해야지. 암. 그게 맞지."

도시락 용기에 시금치무침과 애호박전, 백김치를 넣고 메인으로 닭가슴살을 얇게 찢어서 넣은 카레를 넉넉하게 넣었다. 마지막으로 밥을 담기 전에 카운터 서랍에서 미리 오려놓은 긴 종이를 꺼냈다. 오늘의 쪽지는 특별히 요즘 연습한 미꽃체로 써볼 참이다.

귀한 사람들을 위해 오늘도 내가 솜씨 발휘를 했어. 둘이 먹다가 하나 죽어도 몰러! 큭큭. 그럼 해브 어 나이스 데이 혀고, 씨 유 어게인이여.

진열장 안에 도시락을 넣었다. 일곱 시 반이 넘어갈 즈음 문이 열렸다. 그리고 은색 여행용 캐리어를 밀며 여자가 들어왔다. 어깨까지 오는 부드러운 커피색 머리를 풀고 진한 남색 코트를 입은 문정이었다!

"맛나 도시락입니다. 웰컴이여…?!"

고개를 들며 인사를 하던 금남이 박수를 치며 놀랐다.

"어머? 문정이! 우리 딸! 어머머, 정말 너 맞아?"

"우리 엄마 좀 안아보자. 2년 만이네."

문정이 캐리어를 놓고 카운터로 가 금남을 안았다. 금남이 문정의 등을 문질렀다.

"어떻게 된 거야? 말도 없이!"

"전시 끝나고 바로 왔어. 한국 너무 오고 싶어서. 향수병 제대로 터졌나봐."

맛나 도시락 홀에 있는 원형 테이블에 코트를 벗어 걸치며 문정이 말했다.

스트라이프 셔츠의 단추가 두어 개 풀려 있었다. 그 틈으로 움푹 파인 쇄골과 얇은 목이 보였다.

"근데 왜 이렇게 마른 거여 진짜! 너무 스키니하잖여! 괜찮은 겨? 어디 수수깡 같구만."

"말했잖아. 요즘 통 못 먹었어. 작업할 때 종일 앉아 있어야 되는데, 배부르게 먹고 앉으면 더부룩해. 그럼 왔다 갔다 하면서 작업 끊기고."

그래도 너무 마른 문정을 보며 금남이 얼굴을 쓰다듬었다.

"오늘 첫 손님이 우리 딸이라. 아엠 쏘 해피! 도시락 줄게. 밥부터 먹어. 기내식 쪼끔씩 나오는 거 먹고 배고프지?"

"아, 아니. 괜찮아. 몇 번이나 더 달라고 했어. 엄마 얼굴 봤으니까, 먼저 집으로 가 있을게."

문정이 금남의 눈을 피하며 말을 얼버무렸다.

"그치. 너무 피곤하니까 그렇게 해. 시차적응도 해야지. 나 꼭 선물 받은 것 같애. 요즘 통 힘들었거든."

"누가 우리 엄마를 힘들게 했을까? 내가 다 혼내줄게!"

"치. 너다 너. 이 정문정이!"

문정이 손 드는 시늉을 했다.

"예. 대역죄인 손 들고 반성하겠습니다."

"한국에 있는 동안 살 좀 팍팍 찌워줘야지."

"집에 가 있다가 브레이크 타임에 와서 좀 도와드릴게."

"전복도 무섭다고 못 만지면서. 네 손에는 그 여리여리한 붓이 딱 어울려. 집에서 쉬고 있어, 우리 도터. 조심히 가고. 비밀번호 까먹지 않았지?"

지친 표정의 문정이 캐리어를 끌고 문을 나섰다.

신이 났다. 2년 만에 본 문정의 얼굴이 너무 야위어 있었지만 그래도 딸을 보니 좋았다. 그때 다시 문이 열렸다. 문정이 캐리어 지퍼를 주욱 열어 조말론 핸드크림을 꺼내 금남에게 건네줬다.

"엄마, 면세점에서 샀는데. 깜빡할 뻔했다."

"집에서 주면 되지. 다시 돌아오고 그래."

"빨리 주고 싶어서. 나 진짜 가요."

금남이 무릎까지 오는 검정 스웨이드 부츠를 신고 캐리어를 밀고 가는 문정의 뒷모습을 보았다. 언제 저렇게 컸지…. 세월 참 빠르다. 아, 슬퍼!

◇

오랜만에 혜화동 집 문을 열었다. 신발장에 놓인 금남의 귀여운 어그부츠를 지나쳐 바로 화장실로 달려갔다. 변기 앞에 무릎을 긇고 속에 있는 것들을 게워냈다. 열네 시간 동안 비행기에서 먹은 것도 없는데. 땅콩 몇 알과 맥주 두 캔이 고작이었는데, 그것마저 비워냈다. 쓴물이 속을 타고 흘렀다. 하, 지겹다. 문정이 깊은 한숨을 쉬었다.

기어가듯 거실로 나와 캐리어를 열었다. 그리고 하늘하늘한 블라우스 사이에 돌돌 말아놓은 플라스틱 약통을 꺼냈다. 하얀 알약 다섯 알을 입에 털어 넣었다. 물도 마시지 않았다. 액체가 들어가면 또 속이 한바탕 뒤집어질 것 같았다. 약통을 다시 블라우스에 말아놓고 거실 중앙에 그대로 누웠다. 부츠를 신은 채로 천장을 보았다. 금남의 취향이 고스란히 담긴 오렌지 빛이 반짝이는 샹들리에가 빙빙 도는 것 같았다.

2년 전에 왔을 때와 똑같은 모습이다. 영화 〈로마의 휴일〉에 나올 법한 고풍스러운 액자. 그리고 그 속에 우아한 미소를 띠고 있는 오드리 헵번. 하나 달라진 게 있다면 짙은 오크색 프레임 액자에 '천생배필'이라는 붓글씨가 추가된 것이다.

"천생배필⋯."

문정이 말을 곱씹었다. 천천히 눈을 감았다. 선명하지 않지만 흐릿한 몇 개의 장면이 필름처럼 스쳐갔다. 그리고 스르륵 잠이 들었다.

가게를 정리하고 집에 온 금남은 화들짝 놀랐다. 얼마나 피곤했으면 신발도 안 벗고 거실에서 잠이 들었을꼬⋯. 그런데 잠든 거 맞지? 문 여는 소리에도 미동이 없는 문정이 걱정이 되어 어깨를 흔들었다.

"어… 엄마?"

"비행이 고단했나봐. 몸도 말라가지고. 얼른 들어가서 제대로 자. 시차 적응할 때까지 자는 수밖에 없잖여."

문정이 몸을 일으켰다. 발에 그대로 신고 있는 스웨이드 부츠를 보고 픽 웃음이 났다.

"나 이렇게 하고 잔 거야?"

"그려. 얼른 들어가서 옷 갈아입고 따뜻한 물로 샤워 싹 하고 제대로 자. 푹!"

"저쪽 방에 짐 풀면 되나?"

문정이 결혼하기 전까지 쓰던 방을 가리켰다.

캐리어를 가지고 방에 들어갔다. 지금은 금남의 취미 생활로 가득한 공간이었다. 테이블 위에 캘리그래피 노트와 서예 책, 우쿨렐레 악보, 서양 요리책 등이 쌓여 있었다.

"우리 엄마 이거 다 마스터 하려면 진짜 백 살도 모자라겠네!"

"문정아, 바닥 한 번 닦아줄게."

등 뒤로 금남의 목소리가 들려왔다.

"괜찮아요. 깨끗한데 뭘."

캐리어를 바닥에 펼쳐놓고 옷을 골랐다. 집에서 입을 만한 옷. 그중에서도 가장 몸이 드러나지 않는 펑펑한 옷. 2년 사이에 17

킬로그램 가까이 살이 빠진 문정이었다. 키가 170센티미터가 넘는데 몸무게는 고작 40킬로그램이 조금 넘는다는 사실을 알면 금남은 기함할 것이다. 얼굴만 야위고 수척해진 게 아니라 온몸 곳곳이 마르고 비틀어졌다. 2년 동안 문정에게 무슨 일이 있던 걸까.

통자로 떨어지는 벙벙한 흰색 티셔츠에 추리닝 바지를 입은 문정이 거실로 나왔다. 금남이 주방에 들어가 도마에서 칼질을 하고 있었다. 문정이 자기도 모르게 미간을 찌푸렸다.

"비행기 오래 타면 메슥거리잖아. 생태탕 끓이려고. 고춧가루 넣고. 아니면 라면 끓여줄까?"

금남이 검정 비닐에서 생태를 꺼내며 말했다.

"아니야, 엄마. 나 진짜 괜찮아. 종일 음식하다 왔는데 좀 쉬어. 내일 아침에 먹을게."

"그래도 먹고 자야지. 든든하게. 아까 안아보니까 너 진짜 앙상해. 살 찌워 가야지."

"정말 괜찮아. 내일 먹을게. 아침에 해줘요."

금남이 생태에 굵은 소금을 몇 번 치고 냉동실에 넣었다. 그리고 소파에 있는 문정 옆에 앉았다.

"근데 정말 이렇게 갑자기 어떻게 온 겨? 말도 없이! 아까 진짜 깜짝 놀랐잖여. 혹시 싸웠어?"

"싸우긴. 우리가 싸우는 거 봤어?"

"그러니까. 갑자기 저렇게 짐 싸들고 온 게 불안하잖여. 김 서방한테 전화해보려다가 안 했어."

"이번 전시 준비하다가 향수병 세게 왔지 뭐. 참을 수가 있어야지. 이 그리움을 왜 참고 살아야 되나 싶고. 그래서 비행기부터 끊었어."

"…잘혔어. 그리우면 와야지. 달려와야지. 뭘 참아. 그치? 우리 딸 역시 멋지다."

금남이 아픈 강아지 쳐다보듯 야윈 문정을 바라보았다.

"요즘 한국은 무슨 드라마가 재미있어?"

리모컨 전원 버튼을 누르며 문정이 말했다.

"응. 막장은 다 재밌지 뭐. 큭큭. 좀 이따 케이비에스에서 하는 것도 재밌고."

"막장?"

"응. 있어. 새로운 장르여. 멜로, 휴먼, 이런 것처럼. 막장! 큭큭."

문정도 금남을 따라 웃었다.

문정이 채널을 돌리는 사이 주방에 들어간 금남이 뚝뚝뚝 오이를 썰었다. 얇게 썬 오이를 가운데가 움푹한 흰 접시에 담아 소파 옆에 앉았다. 그리고 문정의 얼굴에 한 점씩 떼어 붙여줬다. 아주 얇아 투명하게 비치는 오이는 피부에 잘 붙었다.

"밥 안 먹을 거면 피부에라도 영양공급! 비행기 오래 타서 그런가 엄청 푸석해."

문정은 코 바로 밑에서 올라오는 오이향이 메슥거렸지만 금남을 보며 꾹 참았다.

"그래? 그럼 좀 많이 붙여줘요."

"안 그래도 넉넉히 썰어왔슈! 선생님."

모녀 사이는 참 신기했다. 2년 만에 만났는데도, 살을 부대끼고 있어도 하나도 어렵지 않았다. 어제 본 친한 친구를 만난 것처럼 할 말이 많았다.

TV에서 일일 연속극이 나왔다. 금남이 문정에게 쟤가 바람 피운 놈이고, 저 년이 친구 남편 꼬신 년이고, 오늘은 아내가 알게 된다고 인물 관계를 설명해줬다.

오드리 헵번, 메릴 스트립, 윤여정을 닮고 싶다고 말해도 막장 드라마를 볼 때는 싸움 응원하듯 쌍놈, 개놈, 나쁜 년 입에 올리는 금남을 보자 픽 웃음이 났다. 그럼 불륜은 공자님이 와도 못 참지!

한창 재미있게 보고 있던 드라마가 클라이맥스에서 끝이 났다. 한창 빠져들어 보고 있던 금남은 예고편까지 집중해서 봤다. 문정은 어깨가 결린 듯 자리에서 일어나 기지개를 켰다. 그리고 거실 벽 가까이에 갔다.

"엄마, 근데 이 붓글씨. 뭐야? 천생배필? 문화센터에서 엄마가 썼다는 그거야?"

"응. 천생배필. 하늘에서 미리 정해준 인연."

"하늘에서 미리 정해준 인연…?"

"응."

"치. 그런 게 어디 있어."

"있어. 모녀 사이. 너랑 나."

갑자기 문정이 가슴이 꽉 막힌 듯 울컥했다. 콧등이 시큰거리다가 뜨거운 눈물이 차올랐다.

"너랑 나, 문정아. 우리가 꼭 하늘에서 미리 정해준 인연 같지 않아? 엄마는 그렇던데…. 아니면 어떻게 이렇게 평생을 애틋하겠니."

금남이 문정의 뒷모습을 지그시 쳐다보았다.

그대로 멈춰 금남의 글자를 보고 있는 문정은 돌아보지 못했다. 어떤 눈물이든 흘리면 엄마가 슬퍼할 것이기에. 얼굴에서 애꿎은 오이만 떼어냈다. 그러자 금남이 나무라듯 말했다.

"아잇! 10분은 더 하고 있어야지!"

그제야 문정이 지그시 웃었다.

맛나 도시락에 출근하기 전 주차장에만 서 있던 자동차에 시동을 걸었다. 빨간색 소형 에스유브이 벤츠였다. 휴대전화를 연결해 카플레이를 시작했다. 한참 음악을 선곡하던 금남이 옆자리에 앉은 문정에게 말했다.

"내 패스워드가 뭐였지? 유어 벌스데인데. 그게…."

금남은 문정의 생일을 한 번도 잊어본 적이 없었다. 의아한 눈으로 금남을 쳐다보았다.

"기억이 안 나?"

"아, 6월! 6월 30일! 요즘 패스워드는 대문자 하나, 특수기호 뭐 하나 넣으라고 하니깐 헷갈린다니깐."

안심한 듯 문정이 말을 이었다.

"나도 그래. 그래서 한 가지로 다 통일해놨어!"

"그러다 피싱 당하면 어쩌려고?"

"가져갈 돈도 없어. 가난한 그림쟁이한테 무슨. 큭큭."

"그래도. 숫자 하나씩은 꼭 다르게 해놔! 자, 보자. 경기도…."

입으로 중얼거리며 문정이 내비게이션을 찍었다. 트렁크에 넣어놓은 멸치볶음으로 시작한 밑반찬들과 양념에 재워놓은 고추장불고기를 가지고 정이에게 가는 길이었다.

"도시락집 문 열기 전부터 반찬 배달을 간다니. 정이 씨가 엄마한테 진짜 잘 보였구나."

"잘 보이긴. 밉보였지. 픽. 얼마나 어여쁜지 몰러. 둘 다."

금남처럼 통통 튀는 빨간 자동차가 바퀴를 굴렸다. 차가 없어 뻥뻥 뚫린 길을 타고 와 30분 밖에 걸리지 않았다. 정이가 살고 있는 빌라 앞에 차를 세워놓고 트렁크를 열었다. 문정이 올라오는 음식 냄새에 손으로 입을 막고 고개를 옆으로 돌렸다. 그 모습을 수상하게 본 금남이 의미심장한 눈을 떴다.

"너…."

"아직도 메슥거려. 비행기도 이제 못 타나봐. 나도 늙었나봐."

눈빛을 피하며 문정이 말했다.

"너 혹시…."

"혹시?"

"임신 아니여? 해브 어 베이비?"

"풉!"

문정이 침을 튀기며 웃음을 터트렸다.

"나는 있잖여. 네가 딩크를 하든 애를 열을 낳든. 아무 말 안 할겨. 네 삶은 네 초이스 대로 흘러가니까!"

"사람들이 나 애 없다고 뭐라고 해?"

"불임이니 뭐니 떠들지 뭐. 딩크라고 알려줘도. 땡크? 이러고 있어요. 특히 그 가래떡 여사가 그래!"

"그럼, 그냥 불임이라고 해. 그럼 편하던데? 그럼 안쓰러운 눈 빛 몇 번 보내고 마는데 딩크라고 하면 앉혀놓고 한 시간은 일장연설을 해. 나중을 생각해라. 늙어서 어떡하니."

"네 삶이 제일 중요해. 세상에 네 선택보다 중요한 건 없어."

자기가 먼저 하늘나라에 가면, 문정 곁에 남편 하나 두고 간다는 게 내내 마음에 걸렸던 금남이 말을 보태고 싶었지만 참았다. 그래도 피붙이 하나는 있으면 좋은데. 이 말이 목구멍까지 나왔지만 꾹 참았다.

현관문이 열리자 노란 수면 잠옷을 위아래로 입고 있는 정이가 서 있었다. 들이가 방에서 자고 있어 목소리는 작았지만 누구보다 반가운 눈빛이었다. 쭈뼛거리며 문정에게는 낯을 가리긴 했지만.

정이가 문정에게 인사를 건넸다. 그리고 자신도 모르게 천천히 그녀를 훑었다. 하얗고 가늘고 긴 손가락에서 시선이 멈췄다. 저 손으로 그림을 그리시는구나. 할머니가 무척 자랑스러워하시는데….

금남이 아기방 문을 열어 곤히 자고 있는 들이 모습을 보았다. 배냇머리가 다 빠지고 제법 머리숱이 복슬복슬하게 올라와 있었다. 몇 달만 있으면 벌써 돌잡이를 하겠구만! 뭘 잡으려나, 우리 들이는. 금남이 상상만 해도 귀엽다는 듯 어깨를 으쓱했다. 그리고 살금살금 주방으로 갔다.

"유자차예요."

정이가 식탁 위에 머그컵 두 개를 놓았다.

금남의 입에 미소가 걸린 채로 정이를 보았다.

"지난번까지만 해도 컵이 하나였는데. 이제 두 개네? 미스터 달걀 꺼?! 큭큭."

은석처럼 볼이 빨갛게 달아오른 정이가 동공지진을 일으켰다.

문정이 팔로 금남의 어깨를 살짝 밀쳤다.

"엄마는…!"

"왜 너도 알잖여."

"알지 그럼. 엄마가 매일 페이스타임으로 실시간 중계를 해줬는데. 오 솔레 미오 노래까지 부르면서!"

"큭."

둘을 보고 있던 정이가 웃었다.

그러자 세 사람이 동시에 웃었다.

예전에는 보지 못했던 문정이 부러웠다면, 오늘 보고 나니 더 부러웠다. 그냥 부러웠다. 정이가 들이가 자고 있는 방문을 한번 보았다.

차에 올랐다. 운전대는 문정이 잡았다. 새벽 시간이라 이리저리 차선을 바꾸며 '칼치기'를 하는 차는 없었지만 내비게이션을 보며 집중했더니 피곤이 몰려왔다. 금남이 문정에게 새벽시장 이름을 알려주고 시트에 머리를 기댔다.

"엄마, 도시락집 너무 고되지 않아? 며칠 같이 있었는데 손도 많이 가고. 오픈 시간에만 일하는 것도 아니고 새벽부터 다듬고 뭐 하고. 엄마 나이 생각해서 쉬엄쉬엄 하는 것도 좋을 텐데…"

한국에 있는 며칠 동안 금남을 본 문정이 조심스럽게 입을 뗐다. 머리를 기대고 눈을 감은 금남이 작은 목소리로 답했다.

"집이 문 닫는 거 봤어? 너도 도시락집이라고 하네."

핸들로 골목을 빠져나가던 문정이 옅은 미소를 지었다.

"그러게. 이상하게 도시락집, 떡볶이집, 김밥집 이렇게 집 자가 붙어도 전혀 이상하지 않은 가게들이 있어."

"문 열 수 있을 때까진 아주 활짝 열어둘 거야. 언제든 웰컴이고 씨 유 어게인 허자고. 그게 내 밥 먹는 사람들에 대한 의리여."

"하여간 우리 엄마 의리는 알아줘야 돼. 근데 어젯밤에 어디 다녀왔어?"

"다녀오긴?"

"문소리 분명히 들었는데."

"꿈에서 들었나보지. 아유. 잠 온다. 눈 좀 붙일게. 안전운전 하슈."

하품을 하며 눈을 감는 금남을 보고 문정이 음악 소리를 낮췄다.

재래시장에 도착했다. 문정이 트렁크에서 손수레를 꺼내 손잡이를 밀며 금남의 뒤를 따랐다. 콩과 호박고지를 넣은 달콤한 설기를 만들어 간식으로 내볼 참이었다. 단골집에 들러 검정콩, 완두콩, 강낭콩을 샀다. 호박고지는 크고 줄이 많이 간 늙은 호박으로 구했다. 금남의 발걸음이 어찌나 빠른지 문정이 따라잡기 힘들었다. 손수레에 쌓인 재료들을 가지고 떡 방앗간으로 따라 들어갔다.

금남을 반갑게 맞이하는 떡 방앗간 주인아주머니와 아들이 믹스커피를 권했지만 금남은 아메리카노만 마신다며 번거롭게 하지 않았다. 다행이다. 시장을 누비는 동안 여러 음식 냄새를 맡아서인지 가뜩이나 메슥거렸던 속에 쌀가루 냄새가 나는 방앗간은 화룡점정이었다. 금남이 호박설기를 주문 넣는 잠깐 동안도 몇 번 구역질이 날 뻔했지만 꾹 참았다. 날린 쌀가루가 뽀얗게 앉은 형광등을 보고 다른 생각을 했다. 그런데 막 완성된 따끈따끈한 백설기의 찜기를 여는 순간 밀려오는 쌀 냄새에 문정이 구역질을 시작했다. 그리고 급히 화장실을 찾았다.

손으로 입을 틀어막았다. 시멘트가 갈라진 것처럼 금이 간 길을 빠르게 달렸다. 떡 방앗간 주인이 알려준 대로 계단 세 칸을 오르자 화장실 표시가 나왔다. 오래된 곳이라 그런지 변기에도 물때가 잔뜩 끼어 있었다. 하지만 그런 걸 가릴 틈이 없었다. 막 았던 손을 내리자 위액이 쏟아져나왔다. 메고 있던 생로랑 크로스백에서 약을 꺼냈다. 입에 알약을 털어놓고 목구멍에 힘을 주어 꿀꺽 삼켰다. 그리고 숨을 몰아쉬었다.

계단 앞에 손수레를 끌고 와 기다리던 금남의 얼굴이 어두웠다. 그리고 보니 문정이 제대로 먹는 걸 본 적이 없다. 그 전에는 죽고 못 사는 엄마표 김밥을 말아달라며 아침부터 귀찮게 굴었었는데. 이번에는 김밥이며 김치찌개며 불고기며 비빔밥이며 좋아하는 것들을 한 번도 말한 적 없었다. 시차적응 하느라 잠을 못자고 속이 부대낀다는 말에 달달하고 짭조름한 김자반을 줬지만 그것도 거부했고, 얼큰한 라면도 국물 한 번 마시고 젓가락을 들지 않았다.

"등이라도 두들겨줄라고 올라가던 참인데…!"

"아니야, 괜찮아졌어. 시차 적응 진짜 오래간다."

태연한 척 금남의 눈을 피하는 문정을 놓치지 않았다. 손수레를 잡으려는 문정의 손을 잡은 금남이 물었다.

"왜 그러는 겨. 솔직히 말해봐."

"말했잖아. 시차적응 안 돼서 그렇다니깐?"

"김밥 귀신이 김밥도 안 찾고, 제대로 밥 한 술도 안 떴잖아…!"

"적응 되면 엄청 먹을 거야. 괜히 이럴 때 먹으면 얹혀. 체하고. 얼른 도시락집으로 가자. 늦겠어!"

문정이 여전히 걱정이 서린 표정을 한 금남의 손을 끌었다.

맛나 도시락 문을 열고 금남과 문정이 함께 들어왔다. 오늘도 금남이 거울 앞에 서서 주문을 외우듯 말했다.

"해브 어 나이스 데이여."

재미있다는 듯 문정이 금남에게 물었다.

"엄마한테 말 하는 거야?"

"예스. 내가 나한테. 오늘 하루 좋은 하루 되자고 말해주는 거야."

"참. 우리 엄마답다! 굿이여!"

금남이 자신을 흉내내듯 말하는 문정을 보고 그제야 피식 웃음을 지었다. 그래도 여전히 문정에게 무슨 일이 생겼다는 불안감이 피부로 느껴졌다.

금남이 카운터 옆에서 붉은 장미 자수가 새겨진 흰 앞치마를 둘렀다. 데이지꽃 자수가 그려진 두건도 썼다. 스피커에 블루투스를 연결하여 아이폰으로 음악도 틀었다. 〈뉴욕, 뉴욕 New York, New York〉이라는 올드팝이었다. 색소폰 반주에 맞추어 신이 나는 리듬이었다.

"요즘 이 노래가 그렇게 좋더라고. 아주 굿이여!"

문정이 그 모습을 보고 옅은 미소를 지었다. 금남이 프리지아 그려진 베이지색 앞치마를 문정의 허리께에 둘러주었다.

"나물 다듬는 건 괜찮지?"

금남이 씨익 웃자, 문정도 씨익 웃었다. 시금치에서 올라오는 흙냄새가 역하게 느껴졌지만 이 정도는 참을 수 있다. 문정은 주방에서 시금치를 다듬기 시작했다. 식혜를 담그는 큰 스테인리스 냄비에 엿기름을 넣던 금남이 노래를 따라 불렀다. 중간 중간 문정이 틀린 영어 발음을 고쳐주었다. 금남은 최대한 혀를 말고 구부려 기름지게 발음을 했다. 문정은 그 모습이 우스워 또 웃었다. 아직도 시금치를 손에 들고 있는 문정을 확인한 뒤, 금남이 한 소리 하듯 호통을 쳤다.

"근데 넌 아직도 시금치여? 얼른 콩나물로 넘어가야지. 원 평생 손에 물감만 쥐고 살아 그런가 칼질은 영…. 진도가 안 나가네 진도가!"

"얼른 할게. 앗!"

문정이 칼로 시금치 밑동을 자르다가 손을 베었다. 지문 사이에 금방 빨간 피가 맺혔다.

"옵스! 어쩌면 좋아. 어떻게. 기다려봐. 밴드 줄게."

"엄마, 괜찮아. 꾹 누르면 이제 피도 안 날거야."

금남이 카운터 밑에 수납장을 열어 반창고를 가져왔다. 그리고 손에 붙여주었다.

"아유. 이 고운 손을! 그림 그리는데 쓰는 고운 손이 다쳤네. 아휴, 속상해."

금남의 입에서 나온 '그림'이라는 단어에 다시 속이 울렁거렸다. 어딘가 덜컹 내려앉은 기분이었다. 사실 요즘 문정은 지나가다 아무 그림만 보아도 급브레이크 걸린 듯 경직됐고, 몸이 땅속 깊이 꺼져버리는 것 같았다. 현기증이 일었다. 눈을 질끈 감았다. 금남에게 들키지 않으려면 참자. 참자. 참자. 머릿속을 '참자'라는 단어로 꽉 채울 무렵, 맛나 도시락 문이 열렸다. 새말이었다. 문정은 노숙자 새말의 행색을 보고 흠칫 놀랐다. 그러자 금남이 문정의 어깨를 잡았다.

"5백 원 벌어 왔슈?"

금남은 알고 있었다. 혹 손님이 있을 시간에 노숙자인 자신이 오면 불쾌할까 봐 사람 없는 새벽 시간대나 아주 끝날 무렵만 골라 새말이 찾아온다는 것을. 새말이 낡은 카키색 패딩 점퍼 주머니에서 동전을 꺼냈다. 5백 원이었다.

"와우! 드디어 벌었슈? 진짜 번 거야?"

금남이 기대에 찬 눈빛으로 새말을 보았다. 까슬한 수염 밑으

261

로 입이 열리며 누런 이가 드러났다.

"…주웠어요."

새말이 금남에게 동전을 건넸다. 받아든 5백 원이 얼마나 뜨끈하던지. 금남은 새말에게 가여운 마음이 들기도 했다. 누가 훔쳐갈까 봐 주머니에 손 넣고 아주 쥐 주물렀구먼!

"에휴. 그래 그것도 재주다. 기다려, 얼른 하나 만들어줄게! 아, 여긴 우리 딸이여. 뉴욕에서 그림 그리는 우리 화가 딸내미."

"네. 안녕하세요."

새말이 쭈뼛 인사를 했다. 문정도 가볍게 목례를 했다.

금남이 주방으로 들어갔다. 엄지에 붙인 반창고를 만지작거리는 문정과 멋쩍게 서 있는 새말만 홀에 남았다. 문정이 먼저 입을 열었다.

"빅이슈라고 아세요?"

"빅… 뭐요?"

"잡지인데요. 그러니까 공익 잡지에요. 홈리스를 위한. 정확하게는 자립할 수 있게 빅이슈 잡지 판매 권한을 주는 거죠. 제가 이번에 그곳에서 재능기부 제안을 받았거든요. 잡지 표지를 그리기로 했는데…. 그래서 생각났어요. 거기에 도전해보시는 거 어때요?"

"도전이요…?"

"네. 한 권만 팔아도 5백 원은 더 남을 거예요."

수납장에서 오려둔 긴 종이와 호일을 챙겨 주방으로 들어간 금남의 귀도 솔깃했다. 왜 내가 저 생각을 못했지? 역시 우리 딸이여!

"그래도 저 같은 사람이…."

"왜요. 꼭 도전해보세요."

마침 도시락을 가지고 나온 금남이 새말에 손에 쥐여주며 말했다.

"도전해봐. 돈도 안 드는 거. 그게 뭐 별거라고. 한번 해보슈. 도전!"

도시락 반찬이 무엇인지는 모르겠지만 새말이 들고 있는 봉지에서 밥 냄새가 심하게 올라왔다. 문정의 속이 또 미식거렸다. 좀 전에 새벽시장에서도 한바탕 했는데…. 또 구역질을 하면 엄마가 진짜 의심할 텐데. 문정의 머릿속이 어지러웠다. 그사이 새말이 도시락 봉지를 가지고 나갔다. 입으로 빅. 이. 슈 작게 말하면서.

식혜 마무리를 하기 위해 주방으로 들어간 금남이 또 웁스를 외쳤다. 새말에게 서비스 식혜를 주지 않은 것이다. 문정이 식혜를 손에 들고 문을 나섰다.

일단 소나무 길 끝에 가서 속을 게워냈다. 더 이상 맛나 도시락에 있는 건 무리다. 틈만 나면 음식 냄새와 밥 냄새가 진동을 했다. 속이 메슥거리고 울렁거렸다. 계속 거기 있다가는 지금 있는 약으로 버틸 수가 없었다.

그때 누군가 문정의 등을 두드려주었다. 고개를 돌렸다. 새말이었다.

"술 많이 드세요? 제가 아는데…. 그렇게 초록색 물이 나오는 건 술 많이 먹었을 때 위가 망가지면…."

"엄마한테는 비밀로 해주세요. 부탁드립니다. 그리고 이거요. 식혜. 엄마가 깜빡하셨대요. 그리고 꼭 한번 도전해보세요."

문정이 소매로 입가를 닦으며 일어났다. 그리고 맛나 도시락을 향해갔다. 새말이 걱정스러운 듯 문정을 보았다. 그리고 다시 한번 혼잣말을 해보았다. 도. 전.

문정이 제안 받은 표지를 구상해야 한다는 핑계를 대고 집으로 먼저 돌아왔다. 좀 살 것 같았다. 내내 음식 냄새를 맡다가 집 창문을 양쪽으로 다 열어놓으니 추운 바람이 들었지만 그래도 속이 좀 뚫리는 기분이었다. 거실 바닥에 누웠다. 한국에 온 첫날 본 샹들리에가 또 빙빙 도는 것 같았다. 눈을 감자, 그때 머릿속을 스쳐갔던 기억들이 뭉쳐졌다가, 또 흩어졌다. 엄마…. 엄마…! 문정이 무서운 꿈을 꾼 듯 흐느끼며 입으로 말했다. 눈에서 눈물이 톡 흘러 관자놀이를 타고 귀로 들어갔다. 축축했다. 등에 식은 땀도 느껴졌다. 창밖이 깜깜했다. 벌써 해가 진 것이다.

도어락 소리가 들리고 문이 열렸다. 금남이었다. 손에는 치킨이 들려 있었다. 또 다시 닭 냄새와 기름 냄새를 참아내야 했다.

"아임 컴백 홈이여! 뭐여? 여기서 또 잠든 겨? 우리 딸 진짜 체력이 많이 떨어졌나 봐. 삼계탕은 닝닝하다고 안 먹을 게 뻔해서 치킨 사왔슈. 닭이라도 먹어야 힘나지."

금남이 곧장 웃방으로 향했다. 정리가 잘 된 웃방에 들어가 입고 있던 항공점퍼를 벗어 스타일러에 넣고 시동 버튼을 눌렀다. 니트 조거 팬츠와 하얀 면티 그 위에 잔꽃 무늬가 그려진 수면 조끼를 입고서 거실로 나왔다.

문정이 피신하듯 화장실로 들어갔다. 숨을 몰아쉬었다. 문 밖에서 금남의 목소리가 들렸다.

"세상에, 창문을 다 열어놓고 잔 겨? 얼마나 딥 슬립을 했으면. 추웠을 텐데, 감기 걸리면 어쩌려고. 그건 그렇고 이번 달 가스비는 너가 다 내! 보일러도 틀어놨구만 계속 돌았을 거 아니여!"

변기에 침을 주욱 뱉었다. 물을 내렸다. 콸콸콸 요동치듯 변기 속으로 물이 빨려 들어갔다가 다시 스멀스멀 나왔다. 내 속도 누가 이렇게 흡입해줬으면. 문정이 지끈거리는 머리를 잡았다. 밖이 잠잠했다. 치킨 비닐을 부스럭거리는 소리가 들렸는데, 그 후 조용해졌다. 몇 번 발자국 소리가 들렸다. 그러고 나서 잠잠해졌다. 문정이 의아한 듯 조심스럽게 문을 열었다.

화장실 문을 열었을 때 문정의 약통을 들고 서 있는 금남이 보였다. 파랗게 질린 얼굴로 알약이 잔뜩 든 통을 들고 있었다.

"이게 뭐여?"

심상치 않은 표정을 짓는 금남의 손이 떨렸다.

"그게, 아무것도 아닌데…."

265

"아무것도 아니긴! 약이 이렇게 많은데!"

"정말 아무것도 아니래도!"

금남이 문정의 떨리는 눈빛을 보고 다시 물었다.

"엄마한테 말해봐. 세상에 엄마한테 말 못할 게 어디 있어."

"…녹았대. 내 신장이고 간이고. 둘 다. 술은 많이 마시고 밥은 못 챙겨 먹으니 섭식장애가 왔대. 왜 자꾸 전화 안 받았냐고 했지? 그때마다 난 취해서 비틀거리고 있었겠지. 또 전화를 받지 않은 다른 날엔 토하고 있었겠지 이렇게 변기통을 붙잡고!"

하필이면 그때 또 코로 들어오는 닭 냄새에 윗배에 움찔 힘이 들어갔다. 속이 쓰렸다. 참을 수 없었다. 그 자리에서 참지 못하는 재채기를 하듯 구역질을 뱉어냈다.

"문정아!"

덩어리진 녹색 위액이 나온 걸 보고 놀란 금남이 문정에게 다가갔다.

"오지 마!"

문정이 소리쳤다. 계속 욱욱, 오바이트를 쏟아냈다. 종일 먹은 것이 없어 새벽에 정이의 집에서 먹은 유자의 신 냄새까지 났다.

"정문정!"

"제발 오지 마!"

그 자리에 주저앉은 문정이 손으로 오바이트를 닦듯 모았다. 금남이 얼른 수건을 가져와 문정의 손을 닦았다. 문정이 꾸억 소리를 내며 또 게워냈다. 금남의 옷에 투명하고 끈적한 위액이 묻었다. 금남이 아랑곳하지 않고 수건으로 문정의 손만 깨끗하게 닦아주었다. 문정은 계속 금남을 밀어냈다. 오지 말라고 소리치면서. 금남이 문정을 꼭 끌어안았다.

"왜 그래, 왜 그래. 우리 아가. 어디가 아파. 엄마한테 말해봐."

"엄마. 나… 나 엄마가 너무 보고 싶어…."

깡마른 몸으로 금남에게 안긴 문정이 꾸역꾸역 눈물을 흘리며 말했다. 엄마가 보고 싶다고.

"엄마 여기 있어. 괜찮아. 우리 딸. 괜찮아. 다 고칠 수 있어. 엄마 손이 약손이야. 어떤 병이든. 다 고쳐보자."

위궤양, 위암, 간암… 여러 가지 무서운 병이 금남의 머릿속을 스쳐갔다. 그런데 문정이 고개를 저었다.

"엄마가 너무 보고 싶어. 나 너무 못된 거 아는데. 지금 와서 이렇게 말하면 엄마가 정말 서운할 거 아는데. 진짜 엄마가 너무 보고 싶어. 우리 엄마가…. 그림도 그리기 싫어. 붓도 잡기 싫고. 물감 냄새만 맡아도 구역질 나!"

쿵, 심장이 발밑으로 떨어진 것 같았다. 진짜 엄마라니. 우리 엄마라니. 그 말이 너무 마음 아프고 서운하기도 했지만 내색을 할 수 없었다. 문정은 금남에게 열 달 배 아파 낳은 자식이 아니었기에. 진짜 엄마가 아니었기에. 열세 살에 처음 금남의 딸이 된 문정이었기에.

"언니는 좋겠다. 딸이 이쁘고 공부도 잘하고 착하고. 문정이 같은 애 또 없잖여."

젊은 금남이 백화점 식품코너 유니폼을 입고 반찬을 무치며 말했다.

"좋지. 뒷바라지하려면 부지런히 벌어야 돼. 대학도 갈 거래."

금남과 같은 옷을 입고 있는 문정의 친모 순영이 흐뭇한 미소를 지으며 대답했다.

"그럼 보내야지. 공부한다고 할 때 부지런히 보내야지. 나는 초등학교만 나와서 얼마나 서러웠는데. 물론 검정고시 봐서 졸업장 땄지만. 그게 같어? 학교 다니는 맛이 있지. 나도 그때 그 온도계 공장에서 일만 안 했어도 문정이 같은 애도 낳는 건데…."

"그래서 우리 문정이를 딸처럼 생각해주고. 맨날 고마워. 저번에도 용돈 쥐여줬다며. 책 사라고. 그러지 말라니깐!"

"그럼 워쪄! 마이 조카. 조카가 영어로 뭐였더라. 암튼 백화점 횡단보도 앞에서도 영어 단어를 외우고 있더라니까. 엄마 마중 오면서. 그게 얼마나 이뻐."

"우리 문정이…. 우리 문정이는 꼭 꽃처럼 살았으면 좋겠어. 나 같은 잡초 말고."

순영이 창난젓을 용기에 담으며 말했다.

"아, 내일모레 문정이 수학여행 간다고 하지 않았어? 배웅이라도 해줘야지. 며칠 못 볼 텐데."

"어. 근데 그날 오전부터 출근이라…."

금남이 어깨로 살짝 밀며 말했다.

"뭐가 문제여! 나랑 바꾸면 되지! 나 그날 휴무니까. 나랑 바꿔."

"정말? 그럼 내가 내일 나올게. 내 휴무날인데 금남이 네가 쉬어."

"그래. 그럼 오랜만에 미술관 구경 가야겠어. 덕수궁 옆으로. 신나는구먼!"

그리고 다음 날인 1995년 6월 29일, 삼풍백화점이 무너졌다. 순영과 유난히 사이가 좋아 아내를 데리러 왔던 남편까지 모두 건물더미에 깔렸다. 삼풍백화점이 무너지고 2주일이 지난 시점에야 시체를 찾을 수 있었다. 문정은 고작 이틀, 수학여행 동안 못 볼 줄 알았던 엄마를 평생 못 보게 되었다. 문정의 친모와 함께 일하던 금남은 하루아침에 고아가 되어 갈 곳이 없던 문정을 입양했다. 그때 만나고 있던 사람과도 헤어졌다. 그는 온도계 공장에서 일하느라 불임이 된 금남의 상황까진 받아들일 수 있지만, 다 큰 아이를 양딸로 삼는 건 할 수 없다고 했다. 하지만 금남은 문정을 받아들일 수 없다면 헤어지자고 했다. 그날 휴무를 바꾸자고 한 것이 죄책감으로 남아 심장을 시시때때로 쿡쿡 찔렀다. 몇십 년이 지난 지금도 가끔씩 욱신거렸다. 원래 그날 그곳엔 금남이 있어야 했다. 그래서 더 열심히 지금껏 문정을 친딸처럼, 아니 친딸보다 더 정성껏 뒷바라지하며 살아왔다.

배도 안 아프고 예쁜 딸이 생겼다며, 문정에겐 밝은 모습만 보인 금남이었다. 하지만 문정이 그 속을 모를 리 없다. 그래서 무너지지 않는 건축물을 짓겠다던 건축가의 꿈을 접고, 금남이 그토록 바라던 붓을 대신 쥐고 살고 있다. 그게 보답하는 길 같았다. 갈 곳 없는 자신의 손을 잡아 김밥을 싸주던 금남에게 할 수 있는 최선의 보답.

그래서 그림을 그렸다. 금남이 동경하는 미국에서 전시를 열고, 거기서 평범한 집안의 남자를 만나 결혼도 했다. 훗날 미국에서 노년을 마무리하고 싶다는 금남의 꿈을 자기 삶에 투영했다. 그게 보답이니까. 그런데 언젠가부터 그 꿈에 탈이 났다. 목구멍에 큰 바위라도 걸린 것처럼 가슴이 답답하고 위가 비틀리고 속이 불편하고 잠이 오지 않았다. 처음에는 독한 술을 마시면 잠이 왔다. 하지만 이내 또 잠이 오지 않았다. 전시 때마다 매번 새로운 그림들을 그려낼 생각을 하면 심장이 떨렸다. 그래서 기존에 마셨던 것보다 한 잔씩 더 마시기 시작했다. 그럼 기절하듯 조금이라도 잘 수 있었다. 그 과정이 몇 번 반복되니, 결국에는 하루에 양주 한 병을 다 마셔야 잠이 왔다. 의사가 신장과 간이 녹았다고 말했다.

다행히 그때부턴 문정도 스스로 절제했다. 대신 잠을 거의 못 잤다. 자연스레 몸은 비쩍 말라갔다. 전시를 앞두고 마른 몸으로 텅 빈 흰 캔버스 앞에 앉아 붓만 휘둘렀다. 캔버스가 아까웠다. 아무 생각 없이 붓에 물감을 묻혀 선을 획획 그었다. 사람들이 알아서 해석하겠지. 원래 그림이 그런 거 아닌가. 입 밖으로는 내지 않던, 입 밖으로 말해버리면 그림에 대한 얄팍한 마음이 드러날 것 같아서 숨겼던 말들이 캔버스에 쏟아졌다. 그런 마음으로 붓을 휘두르니 당연히 색감도 엉망이고 균형과 통일성, 조화도 모두 무너졌다. 이전에 문정이 그리던 그림과는 완전히 다른 스타일이 됐다. 결국 전시를 코앞에 두고 그림을 맞추지 못해 취소했다. 위약금도 물었다. 곁에서 가장 큰 힘이 되어주던 남편 또한 점점 몸도 영혼도 메말라가는 문정에게 지쳐갔다. 문정은 그렇게 모든 것에서 도망치듯 한국으로 온 것이었다. 만신창이 섭식장애 환자가 되어서.

금남이 울었다. 문정을 끌어안고 통곡했다. 잘게 진 주름 사이로 투명한 눈물이 스몄다.

"말을 하지. 말을…. 누가 너더러 나 대신 그렇게 살아달라고 했어?"

30년 가까이 딸로 품어온 문정이 속에 이런 멍을 안고 살았다는 게 너무 미안했다. 문정도 속에 있는 것을 쏟아내며 울었다.

"이제 캔버스 앞에 안 앉을래. 아무것도 안 할래. 붓도 잡기 싫어."

"그래. 아무것도 하지 마. 아무것도."

악을 쓰고 고개를 젓는 문정을 금남이 힘을 주어 안았다.

"엄마 보러 가자. 엄마 보러 같이 가자…."

문정의 등을 가만히 토닥였다. 그러자 조금은 진정이 되는 것 같았다.

"미안해."

정신이 든 문정이 금남에게 말했다. 평생을 숨겨온 마음을 지금 와서 이렇게 털어놓는 게 얼마나 큰 상처가 될지. 그 순간에도 금남이 걱정됐다. 버릇처럼.

"네가 미안하긴 뭘 미안혀. 다 내 잘못이야. 미국도 돌아가지 마. 그냥 여기 살어. 내 옆에서."

"엄마 꿈…. 그거 내가 이루면서 살아야 되는데. 못 버티겠어서. 더 이상은 도저히 못 견디겠어서 미안해. 정말 미안해 엄마. 지금까지 나 때문에 혼자 산 건데…."

문정이 삼켜내지 못한 큰 바위가 금남의 머리 위로 떨어진 것 같았다. 차갑고 무겁고 무게를 가늠할 수 없는 그런 거대한 바위가. 바닥까지 짓눌려 머리고, 심장이고, 척추고, 발끝까지 힘을 줄 수 없었다. 내가 지금껏 문정에게 무슨 짐을 지우며 산 건가. 뉴욕이고 자유의 여신상이고 모두 꼴 보기 싫어졌다. 머릿속이 새까매졌다가 새하얘졌다가 했다. 뇌의 어느 곳이 고장이라도 난 것처럼.

빨간 자동차가 춘천 고속도로 위를 달렸다. 맛나 도시락에 '임시 휴무. 곧 씨 유 어게인이여! 이거나 하나씩 가져가서 드슈!'라는 표지판을 붙여놓고, 곧바로 강원도로 향했다. 문 아래 아이스박스에는 호박고지를 넣어 만든 설기떡을 곱게 포장해놓고.

눈이 퉁퉁 부은 모녀는 까만 선글라스를 쓰고 운전석과 조수석에 앉았다.

"이렇게 갑자기 도시락집 문 닫아도 괜찮아? 사람들 굶으면…."

"그럼 어떻게. 내 새끼가 밥 못 먹는 병에 걸렸다는데. 그것부터 고쳐야지."

금남이 가평 휴게소를 지나쳐 액셀을 밟았다. 열세 살 문정과 함께 부모를 보내주었던 바닷가로.

춘천 고속도로를 지나 양양 고속도로를 타고 여러 개의 터널을 지났다. 드문드문 터널을 지나다가 나오는 바깥 풍경은 아직 쌀쌀한 겨울이다. 경칩이 지났지만 산 정상에는 녹지 않은 눈이 그대로 쌓여 있었다. 혜화동에서부터 세 시간 가까이 쉬지 않고 달렸다. 금남도 허리가 뻐근했지만 멈추지 않았다. 문정에게 얼른 부모님이 잠들어 있는 바다를 보여주고 싶었다. 거침없이 치는 파도를 보여주고 싶었다.

동해 고속도로 위를 달릴 때 자동으로 설정해놓은 와이퍼가 움직였다. 토독토독 옅게 떨어지는 빗방울을 닦았다. 하늘은 맑았는데 아주 미미하게 비가 내렸다. 와이퍼가 양쪽으로 슥슥 움직이며 제 할 일을 했다. 설악로로 빠져나가기 전 저 멀리까지 보이는 해안선에 뜬 무지개가 보였다.

금남이 입을 열었다.

"문정아, 무지개!"

창문에 머리를 기대고 있던 문정이 밖을 보았다. 길게 뜬 무지개를 보고 미소를 지었다.

"무지개 속으로 달려가보자고. 렛츠 고!"

마치 어젯밤 아무 일도 없었던 것처럼 자신을 대하는 금남이 고마웠다. 아니 분명 금남은 무슨 일이 있어도 자신을 평생 이렇게 사랑해줄 것이다. 무슨 말을 내뱉어도 다음날엔 따뜻한 밥을 지어주고 숟가락 위에 손으로 찢은 반찬을 올려줄 것이다. 핏줄처럼. 문정의 눈시울이 붉어졌다. 미안했다. 그렇게 속내를 토해내지 말 걸 하는 후회가 들었다.

"이제 30분 정도 남았으니까 조금만 기다려. 배고프…, 아니여. 먹을 건 차차 생각하자."

베이지색 코트에 실크 스카프를 두른 금남이 두 손으로 핸들을 잡았다. 허리가 아픈지 등을 더 꼿꼿이 세웠다. 조금 더 가자 화진포 해변 표지판이 보였다. 비수기에 평일이라 그런지 주차장도 한산했다. 금남의 빨간 자동차 말고는 주차된 캠핑카는 몇 대뿐이었다. 문정과 금남이 차에서 내렸다.

소나무가 울창하게 우거진 솔밭을 지났다. 솔방울이 곳곳에 떨어져 있는 흙길을 밟고 몇 발자국 갔을 때 화진포 바다가 펼쳐졌다. 동해안 최북단, 아주 깊숙한 곳에 위치한 해변이었다. 오랜 세월, 조개껍데기와 바위가 부서져 만든 백사장의 고운 모래가 바람에 흩날릴 만큼 입자가 곱고 부드러웠다. 바다 냄새가 물씬 느껴졌다. 몇 걸음 더 걷자 부서지는 파도 소리가 들려왔다. 금남이 문정에게 말했다.

"얼른 가서 불러봐. 너 왔다고 크게 불러봐."

베이지색 패딩 부츠를 신은 문정이 바다로 뛰어갔다. 파도가 지나가는 모래사장 코앞까지 간 문정이 두 손을 입에 올렸다. 그리고 소리쳤다.

"엄마!"

"……"

"엄마!"

참 야속하게도 아무 대답도 없었다. 철썩철썩 부서지는 파도 소리만 들릴 뿐. 그래도 후련했다. 하늘과 해안선의 경계가 희미한, 넓고 푸른 바다에 대고 큰소리로 마음껏 엄마를 부르니 속이 개운해졌다. 마치 하늘에 있는 엄마 순영과 옆에 있는 엄마 금남을 함께 부르듯이.

문정은 바다를 향해 아무 말이나 쏟아냈다. 30년 전 이곳에 한줌 흙으로 뿌려진 엄마와 아빠를 부르며 목 놓아 울었다. 꾸역꾸역 참아내던 것들이, 몸속에 들어 있던 거대한 돌덩이가 이제야 좀 치워진 것 같았다.

친엄마 순영과 별이 쏟아지는 이곳 백사장에 누워 보았던 그

밤하늘. 장작을 태우는 건지 쓰레기를 소각하는 건지 모를 탄 냄새가 섞여 있던 엄마의 고향 바다 냄새. 부서지고 흩어져 있던 기억들이 선명해졌다. 이곳에 뿌려지고 싶어 했던 순영의 생전 유언까지. 왜 가장 좋은 기억이 있는 곳에 잠들고 싶어한 건지. 문정은 가끔 그 마저도 원망스러웠다. 하지만 이제 알았다. 이렇게 찾아오라고. 그리고 마음껏 울라고. 좋았던 기억을 떠올리면서 씻어내라고. 엄마는 이곳을 휴식처로 만들어주고 간 것이다. 따뜻한 추억이 있는 곳을….

금남은 조용히 뒤에서 손을 모았다. 그리고 눈을 꼭 감고 기도했다. 문정이 행복하기를…. 지난날의 미안함이 떠올랐다. 중학생 때 사생대회에서 상을 받아온 문정을 칭찬했던 일이, 제일 비싼 붓이라고 사다준 일이, 물감 떨어지면 언제든 말하라고 했던 일이, 2년 전 LA에 갔을 때 문정의 그림을 보고 눈물 흘렸던 순간이. 그런 나를 위해 저 속에 켜켜이 쌓아둔 한을 생각하니 너무 미안했다. 코끝이 뜨거워졌다. 눈물을 꾹 삼켰다.

"미안해. 언니…. 순영 언니 미안해."

금남이 나지막히 미안하다는 말만 내뱉었다.

한참이 지나 문정이 다가왔다. 한결 편안해진 얼굴로 금남의 팔짱을 꼈다. 모녀는 선글라스를 머리 위에 걸치고 백사장을 걸었다. 금남이 신발을 벗어 들었다. 맨발로 부서지는 파도가 들이치는 해변을 걸었다. 목에 두른 실크 스카프가 휘날렸다. 오렌지색에 골드 문양이 섞인 실크 스카프였다. 발가락 사이로 바닷물에 젖은 축축한 모래가 스며들었다. 새끼발가락에는 여전히 하얀 달걀꽃이 피어 있었다.

"곱다. 곱게 피었네. 엄마 발가락에. 내내 마음에 걸렸는데. 그 발톱."

문정이 금남의 새끼발가락을 보고 말했다.

"참 곱지?"

금남이 바람에 헝클어진 문정의 머리를 넘겨주었다.

하룻밤 묵고 가기 위해 급하게 예약한 펜션이 있는 속초로 향했다. 해변 가까이 들어섰을 때, 앞 유리창 너머로 관람차가 보였다. 원형을 그리며 파도치는 바닷가 밑에서 하늘 높이까지 천천히 돌고 있었다. 문정이 관람차를 가리켰다.

"우리 저거 타보자."

운전대를 잡고 있던 문정이 관람차 매표소 옆에 있는 주차장으로 들어섰다.

매표소 직원이 노약자인데 탑승이 괜찮겠냐고 물었지만 겁이 나지 않았다. 큰마음 먹을 것도 없었다. 금남은 높이 올라갔다 내려오는 게 무섭지 않았다. 이 정도 나이가 되자 무서운 게 딱히 없었다. 금남이 문정의 부축을 받아 열린 관람차 안으로 쏙 들어갔다. 문정도 금남의 옆에 앉았다. 관람차가 밖에서 보는 것보다는 더 빠른 속도로 파란 바다를 밑에 두고 점점 위로 올라갔다.

안에 있는 스피커에서 클래식 음악이 흘렀다. 금남이 작은 허밍으로 따라 불렀다.

"캐논. 파헬벨."

문정이 말했다.

"혹시 음악이 하고 싶었어? 미술 말고…."

금남이 조심스럽게 묻자 문정이 고개를 저었다.

"건축가. 안 무너지는 튼튼한 건축물을 짓고 싶었어. 엄마 아빠가 깔렸던 그런 쓰레기 같은 건물 말고."

"지금이라도…."

"근데…."

"말해봐."

조심스럽게 입을 다무는 문정의 손을 금남이 잡았다.

"그냥 다 핑계였나봐. 지금은 오늘 본 이 바다를 그리고 싶네."

문정이 관람차 밖을 바라보았다. 넓게 펼쳐진 파란 바다가 발아래에 있었다. 수평선 너머에 보이는 하늘과의 경계도 느껴지지 않았다. 금남은 입을 다문 채, 문정의 손을 더욱 꼭 잡았다.

"애쓰지 않아도 돼. 그리 살 필요 없어. 사랑만 해도 모자란 시간이야. 좋은 것만 하고 먹고 싶은 것만 먹고 살아도 짧다고."

"애쓰는 거 아냐. 엄마 딸, 진짜 변덕스럽지?"

픽 웃으며 금남을 보는 문정이 눈물을 톡 떨어트렸다. 눈물 한 방울이 뺨을 타고 흘러 금남의 손 위에 떨어졌다.

"엄마. 나 배고파."

문정이 금남의 어깨에 기댔다. 금남이 그제야 작은 한숨을 터 트렸다.

중앙 시장에서 이것저것 찬거리를 사서 펜션으로 돌아왔다. 전면이 통유리로 되어 있어 파도소리가 잘 들렸다. 다행히 펜션 이라 조리 도구도 제법 잘 갖춰져 있었다. 금남이 비빔밥을 먹고 싶다는 딸내미를 위해 다진 소고기를 볶고 시금치와 고사리를 데치고 숙주나물도 살짝 아삭하게 데쳤다. 직접 만든 소고기볶 음 고추장과 단골 방앗간에서 짠 참기름이 없는 게 조금 아쉬웠 지만, 충분히 매콤 달콤 고소한 향이 났다. 갓 지은 따끈한 흰 밥 위에 시금치, 고사리, 숙주를 넣고 기름에 볶은 표고버섯과 애호 박을 채 썰어 올렸다. 볶은 고기를 송송 올리고 반숙으로 익힌 달걀 프라이를 올렸다.

새끼발가락에 피어 있는 달걀꽃이 생각난 금남이 피식 웃었 다. 고추장을 한 숟갈 넣고 그 위에 참기름을 휘익 둘렀다. 마지 막으로 깨소금을 톡톡 뿌려주었다. 식탁에 앉아 숟가락을 들고 있던 문정이 옅은 미소를 지었다. 혹여나 문정이 또 억지로 먹 는 걸까 눈치를 살피던 금남이 다행이라는 듯 또 작은 한숨을 쉬었다.

문정이 숟가락으로 설익은 달걀 프라이의 노른자를 톡 터트 려 슥슥 비벼 작게 한술을 떴다. 입 안에 넣고 혀를 살금살금 굴

279

려가며 천천히 씹었다. 그리고 꿀꺽 삼켰다.

"…맛있다."

"그럼! 이 정금남이가 만든 건데. 뭔들 안 맛있게?"

그제야 금남의 표정이 좀 풀렸다. 달걀꽃이 핀 양푼 비빔밥을 사이에 두고 두 사람이 환하게 웃었다. 아니 울었다.

⬦

저녁 초승달이 뜬 시각, 맛나 도시락에 손님들이 찾아왔다. 사람들은 임시 휴무 표지판을 보고 의아해하며 발길을 돌렸다. 물론 설기떡 하나씩 품에 안고서. 비록 허탕을 쳤지만, 사람들은 '역시 맛나 도시락이야'라고 생각했다. 자신을 찾아준 사람들이 배고플까 봐 굶을까 봐 작은 떡이라도 놓아준 금남의 마음이 정말 따뜻했다.

떡이 몇 개 남지 않았을 무렵, 이제 제법 배가 나온 해영도 맛나 도시락에 찾아왔다. 뒤에 올 사람들을 위해 떡은 가져가지 않았다. 신풍도 뒷사람을 생각해 발걸음을 돌렸다가, 어느덧 어깨가 자신만큼 넓어진 홍민을 마주쳤다.

"홍민아, 넌 떡 가져가. 집에 가서 먹지 그래."

대충 상황을 파악한 홍민이 고개를 저었다.

"형이 가져가요."

"나는 극단에서 컵라면 먹음 돼."

선심 쓰듯 말하는 신풍을 보고 홍민이 말했다.

"저도 이따 민수랑. 아, 친구 만나서 같이 뭐 사먹으면 돼요."

"민수?"

"친구예요."

놀란 눈으로 홍민을 쳐다본 신풍이 반갑다는 듯 어깨를 쳤다.

"너 혹시 혜화중학교 다니냐?"

"그런데요?"

"짜식. 그 민수가 내 동생이다, 짜식아. 전교 1등 민수 맞지?"

"그럼 형이 로스쿨 다니다가 연극한다고 쫓겨난 형?"

"야, 쫓겨난 게 아니라 제 발로 나온 거. 독립! 자립! 어?"

홍민이 민수와 닮은 신풍의 허세를 보며 역시 형제라 닮았다고 생각했다.

"짜식들. 나 몰래 뜨거운 우정을 나누고 있었구나. 자, 가서 뭐라도 사 먹어라. 용돈이다."

갑자기 청춘만화 주인공 말투를 장착한 신풍이 주머니에서 돈을 꺼내 쥐어주었다. 그리고 홍민의 어깨를 툭툭 치고 나갔다. 신풍이 간 뒤, 홍민은 손을 펴보았다. 천 원짜리 지폐 두 장이었다. 황당한 표정의 홍민 앞에 해영이 나타났다. 두 손에 귤 상자를 들고.

"무거운데 제가 들게요. 집으로 가요?"

"홍민 학생. 들지 말고 내려놔요. 여기에 둘 거예요."

금남이 설기떡을 놓고 간 것을 보고 같이 먹으면 좋겠다 싶어, 귤 한 상자를 사온 해영이었다. 도시락 문 앞이 더욱 풍족해졌다.

"떡만 먹으면 목마르잖아요. 귤도 같이 먹으면 좋을 것 같죠? 비타민 씨도 많고."

편안한 웃음을 짓는 해영이 동그랗고 작은 귤 두 알을 홍민에게 건넸다. 홍민이 양쪽 주머니에 넣었다. 민수를 만나면 하나 줄 셈이었다. 물론 과자도 사서 나눠 먹을 것이다.

해영과 홍민마저 떠나자, 이번엔 들이를 안고 있는 정이가 은석의 트럭에서 내렸다.

"오늘 휴무네요. 할머니 어디 아프신가…."

"하미. 하미."

들이가 옹알이 하듯 소리를 냈다.

"그래. 할머니."

정이가 말 연습을 하는 들이를 보고 빙긋 웃었다. 그 모습을 보고 있는 은석도 미소를 지었다. 문 앞에 둔 떡과 귤 상자를 보고 정이도 가만히 있을 수 없다는 듯 편의점에 가서 줄줄이 엮여 있는 요구르트를 사왔다. 노랗고 짧은 빨대도 잊지 않고 챙겨와 함께 두었다. 그사이 은석은 양계장에 다녀와 삶은 달걀을 가져와 한 판을 두었다.

금남의 손에서 시작된 설기떡 한 상자가 귤 3킬로그램과 요구르트 네 줄, 그리고 삶은 달걀 한 판으로 불어났다. 이런 단골 손님들이 있어서, 맛나 도시락은 더욱 따뜻했다.

바스락 거리는 하얀 이불을 나란히 덮은 금남과 문정이 천장을 보았다.

"다들 밥은 먹었을까? 갑자기 문을 닫아서…. 헝그리한 밤이진 않겠지."

금남이 작은 한숨을 쉬었다.

"나 정말 궁금한 게 있는데."

"응. 말혀봐."

"왜 맛나 도시락이야? 생각해보니까 가게 이름을 왜 그렇게 지었는지 한 번도 물어본 적이 없어."

"맛나. 만나. 혀 봐."

문정이 노란 스탠드 불빛에 그림자가 진 펜션 천장에 대고 따라 말했다.

"맛나. 만나."

"어때? 발음이 똑같지? 맛나라고 말하든 만나라고 말하든 어차피 만나로 들리거든. 여기서 만난다는 뜻이지. 맛나게 먹으면서 만난다!"

"만난다…. 만난다…. 이름 좋다."

금남이 문정 쪽으로 몸을 돌리며 누웠다.

"다들 끼니 거르진 않겠지?"

"엄마, 세상에 도시락집이 맛나만 있는 거 아니거든요? 편의점에만 가도 얼마나 맛있는 게 많은데. 맛만 있어? 가격도 좋고 포인트 적립도 되고 할인도 돼요. 지난번에 간 보라고 했을 때 슬쩍 먹어보니까 좀 짜더라. 그러다 손님 다 뺏기겠어. 이번 기회에 분발하세요, 정금남 사장님! 맞아, 혜자 도시락인가? 그게 그렇게 푸짐하고 맛있다던데."

문정이 씩 웃었다.

"혜자 도시락 얘기는 왜 꺼내? 안 그래도 요즘 내 라이벌이여. 그래도, 그래봤자! 아무리 맛 좋고 적립되고 할인돼도 이 정금남이 손맛 반도 못 따라오지! 그나저나 우리 집 오는 사람들 굶으면 안 되는데. 혹시 배곯고 있으면 어떡하지…. 떡을 한 말을 더 해서 둘 걸 그랬나."

금남이 이불을 덮으며 걱정했다.

"새말 아저씨 말이야."

"응. 아휴. 추운데 또 어디 가서 5백 원 떨어진 거 없나 찾고 있는 건 아니겠지."

겨우 하루 맞나 도시락을 비운 금남이지만, 누워서 몸을 돌릴 때마다 온통 사람들 걱정뿐이다.

"꼭 도전했으면 좋겠어. 판매원 말이야."

문정이 말을 차분히 이었다. 그러자 금남이 몸을 돌려 문정을 끌어안으며 말했다.

"나는 이제 우리 딸이 정말 하고 싶은걸 했으면 좋겠어."

금남의 품에서 바람이 느껴졌다. 다가오는 봄바람이 아니라 울컥하는 찬바람이. 시리고 시린 바람이 불었다. 문정이 금남의 품을 파고들었다. 그 안에서 눈을 감아도 자꾸만 관람차에서 보았던 파란 하늘과 파란 바다의 경계가 떠올랐다. 그 풍경이 선명했다. 그동안 순영과 금남 사이에서 자신이 새말처럼 떠돌고 있던 것 같았다. 마치 집 없는 홈리스처럼. 지금 당장이라도 붓을 잡고 싶어졌다. 딱딱한 하드 팔레트에 코발트블루 물감을. 그리고 물을 한 방울 떨어트린 하늘색과 흰색을 섞고 싶었다. 그렇게 나온 색을 캔버스 위에 멋지게 칠하고 싶었다. 세상에 없던 새로운 색깔을.

5장

씨 유 어게인

딸랑.

새벽녘, 맛나 도시락 정문에 매달린 물고기 풍경이 소리를 냈다. 고작 어제랑 그제 안 나온 것뿐인데 한참 휴가라도 다녀온 것처럼 낯설게 느껴졌다. 이틀이 왜 이리 길게 느껴지는지, 참. 날씨도 오락가락했다. 지난 주엔 곧 봄이 찾아올 것처럼 따뜻했는데, 오늘은 아주 쌀쌀했다. 밤에는 기온이 영하로 내려가며 결빙주의 예보도 내려졌다.

금남이 문 옆에 있는 거울 앞에 섰다. 손으로 하얗게 센 머리를 쓰다듬으며 귀 뒤로 넘겼다. 오늘따라 입가에 패인 주름이 선명하게 보였다. 고개를 돌려 반대쪽 뺨도 들여다보았다. 신기하게도 양쪽이 같이 선명히 패여 있었다. 그걸 보니 웃음이 나왔지만, 한편으론 서글퍼졌다. 언제 이렇게 조용히 늙었나. 세월이 훔쳐갔나. 내 젊음도 청춘도. 내 안에는 아직 소녀가 살고 있는 것 같은데…. 주름진 눈가가 파르르 떨렸다. 투명하게 빛나는 금남의 눈동자에 눈물이 맺혔다. 하지만 곧 다시 씩씩하게 미소 지어 보였다.

"오늘도 해브 어 나이스 데이여. 금남!"

스스로에게 보내는, 하루를 시작하는 응원을 마친 뒤 주방으로 들어갔다.

오늘도 어김없이 〈문 리버〉를 들으면서 쌀을 씻었다. 손바닥의 넓은 바닥면으로 차박차박 쌀을 문질렀다. 샐러드에 넣을 양배추와 양상추, 당근, 어린잎 채소들을 손질했다. 잎이 아주 갓난아기 손톱만 한 채소가 앙증맞고 귀여웠다. 그걸 보고 있자니 들이가 떠올랐다. 우리 들이 손도 요만했는데. 돌잡이는 어떤 걸 고르려나. 금남이 옅은 미소를 짓고 나무 도마를 꺼냈다. 위에 당근을 올렸다. 칼로 반을 썰고 얇게 저민 다음 채 썰었다. 당근은 싫다고 투덜거릴 홍민의 모습이 머릿속을 스쳤다.

"에구머니. 너무 크게 썰렸나? 홍민이는 당근 싫어하는데…. 아녀, 싫어해도 워쩔 겨. 눈에 좋은데 안 먹고 배길 겨!"

픽 웃음이 났다. 어린잎 채소를 보면 들이가 생각나고 당근을 보면 홍민이가 생각나고 입덧 때문에 다른 건 못 먹어도 금남의 김치전은 넘어간다는 해영이 생각났다.

"이건 요놈이고. 고건 또 고놈이고…. 오늘 따라 보고 싶네. 이

따 저녁 때 다들 오려나."

금남의 진한 눈동자가 까맣게 빛났다.

〰

맛나 도시락 앞에 선 새말이 주머니를 만지작거렸다. 철이 지나고 해진 녹색 패딩이지만, 노숙 생활 내내 함께한 터라 꽤 정이들었다. 문을 열까 말까 망설이던 새말은 주머니 속에서 계속 만지작거리던 종이를 꺼냈다. 저번에 5백 원을 주고 산 도시락에 들어 있던 쪽지였다.

내가 살아보니 세상엔 문이 있어. 인생은 그냥 그 문을 열고 안 열고의 차이야. 뭐 별 거 없어. 그냥 그거 하나 차이더라고. 근데 그거 알아? 세상에 자동문은 없어. 자기 문은 스스로 열어야 해. 그러니 이제 그만 문을 열어 보슈. 파이팅! 그럼 또 씨 유 어게인이여.

금남의 음성이 들리는 것 같은 쪽지를 읽고 마음을 가다듬었다. 혜화역에서 노숙을 한지도 1년. 즉, 이곳을 알게 된지도 1년이었다. 이틀에 한 번은 들렀던 이곳 문을 여는데 왜 이렇게 심장이 두근거리는지. 새로운 결심이 들어서 그런지도 모르겠다고 생각했다.

새말이 힘차게 문을 열었다. 그 소리를 듣고 주방에서 데이지꽃이 그려진 흰 두건을 쓴 금남이 나왔다. 오늘 따라 유난히 얇은 면 원피스를 입고 있었다. 역시 꽃무늬가 새겨져 있었다. 더듬거리며 말을 꺼내는 새말의 손이 떨렸다.

"사장님, 저 문 열어보려고요. 도, 도전해보기로 했어요. 판매원."

질끈 감았던 눈을 뜨고 금남의 반응을 살폈다. 우레와 같은 칭찬을 해주겠지 싶었던 새말의 기대는 빗나갔다. 금시초문이라는 듯 새말을 빤히 쳐다보는 금남과 눈이 마주쳤을 때, 어딘가 쎄한 느낌까지 들었다.

"…누구슈?"

처음 본 사람 대하듯 하는 금남을 보고 새말이 말을 잇지 못했다.

"아직 오픈 전인데. 지금 막 쌀 씻고 있어서 팔 도시락이 없슈."

"…"

"아직 오픈 안했는데. 설마 꽁밥 달라고 왔슈?"

도통 모를 이야기만 늘어놓고 있는 금남을 보는 새말의 눈동자가 흔들렸다.

"사장님…!"

금남이 허름한 노숙자 차림의 새말을 위아래로 훑었다.

"내가 오너는 맞는데. 꽁밥은 못 주지. 5백 원! 자네한테는 딱 5백 원만 받을게. 그러니까 빌어먹지 말고 꼭 벌어 드슈. 그럼 해브 어 나이스 데이 혀고!"

금남은 여느 때처럼 손 인사를 건네고 주방으로 들어갔다. 언젠가 새말을 처음 만났을 때 했던 말을 똑같이 늘어놓고.

"사… 사장님!"

새말의 손이 떨렸다. 쥐고 있던 쪽지를 놓쳤다. 흰 종이가 나부끼다가 바닥에 떨어졌다. 무릎을 꿇고 쪽지를 주워 주머니에 단단히 넣고서 맛나 도시락을 나왔다.

이 사실을 누구한테 말해야 하나. 엊그제 만난 자신을 못 알아본다고. 금남 사장님이 이상해졌다고. 옛날, 사업이 부도나 집에 온통 빨간 딱지가 붙었을 때 충격으로 쓰러진, 치매에 걸린 어머니와 같은 증상이라고. 누구한테 알려야 할지, 당황한 새말은 아무 생각이 나지 않았다. 이런 차림으로는 사람들에게 말을 걸려고 다가가기만 해도, 지저분한 비둘기라도 날아온 것처럼 다들 피하기 바빴다. 그래, 문정…! 할머니 딸에게 알리자. 그런데 어디서 만나지? 새말이 맛나 도시락 앞에서 몇 번을 왔다 갔다 하며 유리창으로 안을 확인했다. 금남은 주방에서 나오지 않고 있었다. 다행이었다.

"그럼 그런다는 따님을 만나면 꼭 말해줘야지. 꼭."

새말이 불안한 기운을 털어내며 혜화동 골목 사이로 걸어갔다.

오전 아홉 시가 되기도 전에 진열장이 휑해졌다. 훈제 오리에 갖가지 채소와 허니머스타드 소스를 올린 아침 도시락이 모두

팔렸다. 금남이 후, 한숨을 쉬며 홀에 앉았다. 점심 도시락을 만들기 전에 잠깐 숨을 돌릴 참이었다. 그런데 잠이 쏟아졌다. 오늘따라 또 왜 이렇게 졸린지. 크게 하품을 한 뒤 고개를 위아래 가로세로 돌리며 눈에 힘을 주었다. 그때 문정이 들어왔다.

"엄마! 나 왔어. 도시락이 벌써 없네?"

"그럼. 벌써 다 나갔지! 여기 맛나 도시락이여! 미팅은 잘했고?"

"응. 그 바다 그림으로 하기로 했어. 혹시 새말 아저씨 왔다 갔어?"

금남의 분홍 캐시미어 머플러를 두르며 밝은 표정으로 들어오는 문정을 보자 순영이 생각났다. 나이 들수록 언니 모습이 나오네. 요즘 조금 먹기 시작하고 조금 웃기 시작한 문정을 보고 금남의 마음도 조금 놓였다.

"아니. 그림자도 못 봤지. 오늘 오기로 했어?"

"그래? 꼭 했으면 좋겠는데. 판매원…."

문정이 새말을 생각하며 말을 흐렸다.

"우리 커피 마실까?"

또 하품이 나오자 금남이 말했다.

"아메리카노 사다드려요?"

"아니. 오늘은 믹스 커피에다가 에이스 찍어 먹고 싶네."

"웬일이야. 아메리카노만 마시는 예비 뉴요커 우리 엄마가?"

"그냥 예전에…. 아니야."

순영과 백화점 식품 코너에서 일할 때 잠깐씩 짬을 내서 먹던 믹스 커피 맛이 생각난 금남이 말을 꺼내려다 말았다.

"뭔데, 뭔데? 나 그런 거 되게 싫어하는 거 알지?"

"유가 싫어하면 어쩔 거야. 집세 한 푼 안내는 세입자가!"

문정이 눈을 동그랗게 뜨고 대답했다.

"딱 한 달만 있다가 간다니까. 엄마랑 이번에 같이 뉴욕 가서 내가 가이드 제대로 해드릴게요. 그걸로 퉁 치자. 어때?"

"그래. 그걸로 퉁이다. 퉁! 근데 그럼 진짜 가게는 워쩨. 진짜 한 달이나 닫을 수 있을까. 굶고 다니면 워쩨."

"엄마! 내가 말했지. 밥집 여기만 있는 거 아니거든요?"

"치. 나도 말했지. 이 정금남이 손맛은 따라올 사람 없다고! 여기 좀 있어봐. 믹스 커피랑 과자 좀 사올게. 갑자기 그게 너무 먹고 싶네."

금남이 앞치마와 두건을 테이블 위에 올렸다. 그리고 카운터에 가서 5천 원짜리 두 장만 달랑 챙겼다. 코트도 입지 않고 문을 나서려고 하자 문정이 금남을 잡았다.

"엄마! 추워. 감기 걸려요. 코트 입고 가요."

"바로 여기 앞이여. 코앞인데 감기는 무슨. 노 프라블럼!"

그러나 씩씩하게 '노 프라블럼'을 외치고 나간 금남은 한 시간이 지나도, 두 시간이 지나도 돌아오지 않았다.

문정이 맛나 도시락 문을 열어두고 마트에 갔다 왔지만, 여전히 금남은 오지 않았다. 혹시 몰라 근방에 있는 편의점과 작은 슈퍼까지 뒤졌지만, 아무도 금남은 보지 못했다고 했다. 그렇다면 대체 어디로 간 것일까. 불안했다. 카운터 위에 두고 간 휴대전화가 야속했다. 평소에는 셀카 찍는다, 브이로그 찍는다, 그렇게 잘만 들고 다니더니, 하필이면 오늘 두고 나가다니.

두 시간이 훌쩍 지나자, 결국 문정은 경찰에 신고하기로 마음먹었다.

그때 가게에 새말이 들어왔다. 문정을 기다린 얼굴이었다.

"계셔서 다행이에요."

문정이 입을 열기도 전에 새말이 말했다.

"네? 저를 찾으셨어요…?"

"사장님은 안에 계세요?"

주먹을 꼭 쥐면서 초조해 보이는 문정에게 새말이 물었다.

"아니요. 지금 믹스 커피 산다고 나갔는데 아직도 안 왔어요. 휴대전화도 두고 갔는데, 미치겠네 진짜."

문정이 자꾸만 내려오는 앞머리를 쓸어 올렸다.

"얼른 신고부터 하세요!"

"신고요?"

"사장님 아무래도 치매 같아요. 저희 어머니랑 증상이 같아요. 저희 어머니도….”

“치매라뇨? 기억 잃는 병이요? 우리 엄마가요?”

마치 총이라도 맞은 기분이었다. 금남에게 치매라니. 문정이 초점을 잃은 표정으로 새말을 쳐다봤다.

“아침에 제가 이 문을 열고 들어왔는데, 못 알아보시더라고요. 처음 본 사람처럼 저를 아예 못 알아보셨어요.”

털썩.

문정은 그만 자리에 주저앉았다. 머릿속이 엉킨 실타래처럼 복잡해졌다. 금남이 정말 치매일까? 언제부터, 어느 정도까지 진행된 걸까? 왜 그동안 나는 그걸 못 알아차렸지? 무엇보다 지금 대체 금남은 어디에 있는지 혼란스러웠다.

휴대전화를 꺼낸 문정이 112를 눌렀다. 통화 버튼을 누르려는데 맛나 도시락 문이 열렸다. 연한 갈색 패딩 점퍼를 감싸 들이를 품에 안은 정이와 은석이 들어왔다.

“안녕하세요? 할머니는….”

정이가 헝클어진 머리로 주저앉아 있는 문정에게 인사를 건넸다. 그리고 곧 무슨 일이 벌어진 것을 감지했다. 불안을 느낀 정이가 안고 있던 들이 머리에 고개를 묻었다. 무슨 일이 있냐고 묻기가 겁났다. 매일 속을 꽉 채운 도시락이 줄지어 선 진열장 앞에서 환히 웃고 있던 금남이 없다. 스피커에서 늘 들리던 오래된 팝송도 흐르지 않는다. 무엇보다 밥 짓는 냄새가 나지 않는다.

은석도 정이가 느낀 불안함을 느꼈다. 들이도 금남을 찾는 것처럼 울음소리를 내며 보챘다.

"할머니는요?"

떨리는 목소리로 정이가 물었다.

"…먼저 신고 좀 할게요."

문정이 통화 버튼을 눌렀다. 실종신고를 했다. 이름 정금남, 나이 73세. 인상착의 염색하지 않은 은발 머리를 집게로 잘 올렸음. 작은 진주 귀걸이를 하고 있음. 꽃무늬가 그려진 얇은 흰색 면 원피스를 입고 있음. 혜화동에서 실종 추정.

신고 내용을 들은 정이가 휘청거렸다. 은석도 다시 한번 문정에게 물었다.

"사장님이 혜화동에서 길을 잃었다고요?"

"아무래도 치매 같아요. 오늘 아침엔 1년 동안 봤던 저를 못 알아봤어요."

새말이 말을 이었다.

"그럴 리가요. 어제도 저랑 연락했어요. 새끼발톱에 그린 달걀꽃 떨어질 것 같다고. 오늘 쉬는 날이니까 와서 다시 칠해달라고요!"

"저도요. 저도 어제 오늘은 달걀 안 가져와도 된다고 연락받아서 새벽에 안 왔는데. 그때 그러셨다고요? 정말 못 알아봤어요?"

"원래 치매가 그래요. 시시때때로 달라요. 기억했다가 못했다가, 제 정신이었다가 아니었다가. 저를 못 알아볼 정도면 초기는 아닐 거예요. 꽤 됐을 거예요. 다른 행동은 안 보였어요? 건망증이라든지, 아니면 밤에 자다가 어딜 막 다닌다든지."

정이가 입을 다물지 못했다. 억장이 무너지는 게 이런 기분일까. 붉어진 눈으로 천장을 보면서 말했다.

"제가 할머니 집에 있을 때, 밤중에 종종 어딜 다녀오신 것 같아요. 전 새벽 기도에 가시는 줄 알았어요. 문소리가 여러 번 났는데, 한번은 정말 새벽 기도 다녀오시다 마주친 적이 있어서, 으레 그냥 또 기도하고 오는 길인 줄 알았는데…."

"나도. 나도 요 며칠, 밤에 문소리 들었어요."

문정이 휴대전화를 꼭 쥔 손을 부르르 떨었다.

"제가 나가서 찾아볼게요. 여기 있어요. 사장님 돌아오실 수도 있으니까!"

은석이 맛나 도시락 문을 열고 나갔다. 새말도 은석을 따라 나갔다.

"말도 안 돼. 치매? 진짜 말도 안 되지. 천하의 우리 엄마가 뭐? 그럼 뉴욕은! 우리 엄마가 매일 노래 부르는 자유의 여신상은!"

문정이 어이없다는 듯 실소를 지으며 눈물을 떨어트렸다.

"아닐 거예요. 당연히 아니죠. 할머니가 무슨 치매예요. 할머니처럼 멋진 할머니가 어디 있다고. 아무 일도 아닐 거예요. 잠깐 급한 일이 생겨서…. 그래서 아직 여기로 못 오고 계신 거예요. 분명해요."

정이가 당장이라도 울 것 같은 얼굴로 말을 이어갔다. 그리고 끝에 가서는 결국 눈물을 흘렸다.

"다 나 때문이야. 나 때문에. 내가…."

문정이 손으로 바닥을 치며 울었다. 안 그래도 야윈 몸이 더 얇아진 것 같았다. 들이를 안고 있는 정이가 문정의 등에 손을 올렸다. 가만히 토닥였다. 자신의 울음소리를 들키지 않기 위해 입을 꾹 다물었다.

한참을 기다렸지만 금남은 돌아오지 않았다. 경찰에서도 어떤 연락이 오지 않았다. 은석에게도 새말에게도 금남을 찾았다는 소식은 들을 수 없었다.

해가 저물 무렵, 맛나 도시락에 손님들이 찾아왔다. 웬일로 텅 비어 있는 진열장을 보고 사람들이 발걸음을 돌렸다. 보충수업을 마치고 온 홍민과 가방에 임산부 배지를 단 해영이 같이 들어왔다. 문정과 정이의 하얗게 질린 얼굴을 본 둘은 불행을 직감했다. 그리고 금남이 사라졌다는 이야기를 듣고 홍민은 문을 박차고 뛰쳐나갔다. 작디작기로 유명한 홍민의 목소리가 혜화동 구석구석을 울렸다. 쩌렁쩌렁하게.

"정금남 할머니! 할머니 어디 계세요!"

맛나 도시락 안에 있던 해영도 문을 나섰다. 부른 배를 한 손으로 받치고 걸음을 재촉했다. 서울대 병원 정문 앞에서 가래떡을 파는 할머니를 찾아갔다. 하지만 저녁 시간이 지나서인지 모습이 보이지 않았다. 금남을 알 만한 혜화동 사람들에게 전부 묻고 다녔지만, 아무도 금남을 봤다는 사람이 없었다. 타로카드와 달고나 가게 주인도 마찬가지였다.

맛나 도시락에 온 신풍도 이야기를 듣자마자 뛰쳐나갔다. 연극 티켓을 잠시 내려놓고 금남을 찾았다. 매번 오디션에 떨어져서 도시락집을 찾을 때면, 꿈꾸는 것만큼 대단한 게 어딨냐고 응원하며 시원한 식혜를 건네주던 모습이 눈에 선했다. 누구보다 빠르게 걸었다. 보이는 사람마다 세워놓고 물었다. 하지만 매번 돌아오는 대답은 모른다는 거였다.

더 이상 가만히 있을 수 없던 정이도 들이를 안고 차가운 바람을 맞으며 혜화동을 걸었다. 맛나 도시락이 있는 소나무 길을 걷다가 역 출구 쪽으로 걷다가, 마로니에 공원으로 향했다. 언젠가 아주 깜깜한 밤 속에서 만났던 금남을 떠올리면서.

"할머니, 금남 할머니…! 어디 있어요. 오늘 달걀꽃 다시 그려준다고 했잖아요. 어디 간 거예요."

눈물이 터져 나왔다. 목소리가 떨려 흐느끼는 소리만 나왔다. 붉은 벽돌 건물 사이에서 은석이 마로니에 공원 쪽으로 걸어왔다.

"정이 씨! 추워요. 들어가요. 내가 더 돌아볼게요."

"하나도 안 추워요. 이까짓 거. 할머니는 코트도 안 입고 나갔대요. 그냥 몸만 나갔대요. 오늘따라 옷도 얇게 입었대요. 나 그 옷 뭔지 알아요. 데이지꽃 자수가 새겨진 건데. 내가 꼭 달걀꽃 핀 것 같다고…. 할머니랑 잘 어울린다고 했던 옷이에요. 그 옷 진짜 얇아요. 추울 거예요."

정이의 음성이 떨렸다. 그걸 보고 있는 은석의 눈에도 눈물이 고였다.

"하아, 사장님 진짜 어디 계세요."

그때 정이와 은석의 휴대전화 진동이 울렸다.

실종 안내 문자였다.

[중구 경찰청] 혜화동에서 실종된 정금남 씨(여, 73세)를 찾습니다. 키 163센티미터, 체중 45킬로그램. 하얀색 면 원피스, 베이지색 신발, 염색하지 않은 흰 머리를 묶고 있음.

실종 시간이 길어지자 안내 문자가 발송됐다. 은석이 다시 희망을 찾은 듯 정이를 보았다. 정이도 마로니에 공원에 있는 사람들을 둘러보았다. 하지만 누구 하나 휴대전화를 보고 주위를 둘러보는 사람이 없었다.

정이가 귀에 이어폰을 꽂고 "아씨, 또 왔네. 귀찮아"라고 중얼거리며 짜증스럽게 휴대전화를 주머니에 넣는 젊은 남자를 향해 달려갔다.

"귀찮아? 네 할머니가 없어져도 그럴래? 소중한 사람이 얼음도 어는 이 영하 날씨에 실종돼도 귀찮다고 할래?"

아기를 안고 달려드는 정이를 보고 놀란 남자가 손으로 밀쳤다. 은석이 매서운 표정으로 남자를 쏘아보며, 얼른 넘어진 정이를 부축했다.

안전 문자는 외면하던 사람들이 싸움 구경에는 관심을 보이며 몰려들었다. 정이가 수근거리는 사람들을 향해 외쳤다.

"좀 제대로 보라고요. 하얀 원피스를 입은 할머니가 어디 없나! 염색하지 않은 흰 머리를 곱게 올린 할머니가 어디 없나! 한 번이라도 좀 둘러봐주세요! 제발!"

품에 있던 들이가 울기 시작했다. 무섭게 두근거리는 정이의 심장소리를 들으면서.

$$\diamondsuit$$

새벽 한 시가 되었다. 경찰에서는 치매 진단을 받은 건 아니므로, 단순 가출일 수 있다고 말하며 기다려보라고 했다. 그건 사실이었기 때문에 말을 따를 수밖에 없었다.

맛나 도시락을 지키고 있는 문정은 스스로를 원망했다. 다 자기 때문인 것 같았다. 새말이 말해준 것처럼 갑작스러운 충격에 금남의 치매증상이 악화된 것 같았다. 돌아오기만을 바랐다.

딸랑.

문이 열렸다. 종일 금남을 찾으러 다녔던 새말과 신풍이 질린 얼굴로 들어왔다. 그리고 아무 말 없이 고개를 저었다. 곧이어 해영과 흥민이 들어왔고 들이를 안고 있는 정이와 은석이 들어왔다. 모두 같은 표정이었다. 하얗게 질린 얼굴.

"금남 사장님이 따로 갈만한 곳 없어요? 아주 멀더라도. 아니면 평소에 이야기하거나. 가보고 싶어 한 곳이라든지…"

모두 은석의 얼굴을 보았다. 그리고 다들 생각에 잠겼다.

"충남은 멀잖아요. 새벽마다 다녀왔을 리는 없고요. 엄마 고향이거든요."

한 가닥의 희망이라도 잡아 보려는 문정이 대답했지만 터무니없었다. 혜화동과 충청도는 차로 이동해도 세 시간은 걸리는 거리였다.

"우리 어머니도 고향에 찾아간 적 있어요. 그러다 버스 터미널에서 찾았고요."

새말이 그때의 기억을 떠올렸다.

"사장님이 버스 터미널에서 무임승차라도 했으면 벌써 연락이 왔을 텐데!"

해영이 말했다.

"걸어서 갈 만한 곳. 새벽마다 걸어서 다녀올 수 있는 곳. 사장님이 또 거기로 갔을 수 있겠어요. 근데 그게 어디인지…"

은석이 머리를 잡았다.

정이의 불안감을 눈치채고 자꾸만 칭얼거리는 들이를 어르며 정이가 말했다.

"걸어갈 만한 곳…. 지금 날이 너무 추워서. 새벽에는 더 추워질 텐데. 병원에선 전화 안 왔어요?"

문정이 고개를 저었다.

완전히 이상한 날씨. 완전히 이상한 날이었다. 엊그제는 봄날처럼 따뜻하고 20도 가까이 올라가더니 오늘은 영하 10도에 가까운 강추위가 찾아왔다. 다들 밥 냄새가 나지 않는 맛나 도시락에서 그 추위를 온몸으로 체감하고 있었다.

고양이 트리가 입원했을 때만큼 슬픈 눈을 한 홍민이 입을 열었다.

"성북동…. 트리 입원했을 때요. 병원비 때문에 신문 배달 알바를 했는데. 그때 성북동 어떤 집 앞에서 본 것 같아요. 그 시간에 할머니가 있을 리 없다고 생각했는데. 지금 생각해보면 할머니가 맞는 거 같아요."

모두 간절한 눈빛으로 홍민을 쳐다보았다.

"근데 성북동에 왜…."

문정이 이해할 수 없다는 듯 고개를 저었다.

"일단 어디든 가보죠. 차 가지고 올게요."

은석이 아이보리색 후드티 소매를 걷으며 말했다.

확성기가 달린 은석의 파란 트럭이 맛나 도시락 앞에 섰다. 사람들이 모두 나왔다. 매섭도록 추운 날씨였다. 밖에 나오자 입김이 절로 나왔다. 다들 눈물이 고여 있어서인지 속눈썹도 금세

305

언 것처럼 차갑게 축축해졌다. 들이를 안고 있는 정이와 문정, 새말, 신풍, 홍민이 트럭 뒤에 올랐다. 문정이 차에 타려는 해영에게 말했다.

"해영 씨는 집으로 가세요. 너무 무리했어요. 저희가 잘 찾아볼게요. 지금까지 도와준 것만으로도 충분해요."

해영이 씩씩한 표정을 지으며 손을 잡아달라고 내밀었다.

"금남 사장님이요. 제 마음에 약 발라주신 분이에요. 사장님 아니었으면 저 지금도…. 제 마음 살펴볼 줄 모르는 바보였을 거예요. 그랬으면 우리 아기도 안 찾아왔을 거고요. 저도 탈래요. 꼭 같이 찾고 싶어요."

문정이 해영의 눈빛을 읽었다.

"그럼 조수석에 타세요. 밖이 너무 추우니까."

"아니요. 우리 다 같이 둘러앉을 거잖아요. 사람 옆에 사람이 있으면 안 추워요. 봐요."

해영이 트럭에 올랐다. 문정과 정이 사이에 앉았다. 신풍이 플리스 짚업 위에 입고 있던 패딩 점퍼를 벗어 해영에게 덮어주었다. 정이는 은석이 건넨 담요로 아기띠 안에서 잠든 들이에게 바람이 들지 않게 잘 감쌌다.

은석이 차에 시동을 걸었다. 속으로 기도했다. 눈을 다쳤을 때 힘이 되어준 금남이 떠올랐다. 이 길을 지날 때면 늘 다정하게 말 걸어주고, 종종 핀잔 섞인 잔소리도 건네던 그 모습이 자꾸만 잔상처럼 스쳤다. 은석이 조심스럽게 액셀을 밟으며 핸들을 움직였다. 성북동으로 바퀴를 굴렸다.

"제발…"

문정이 혼잣말을 했다.

"할머니…"

정이도, 해영도, 새말도, 신풍도, 홍민이도 혼잣말로 중얼거리 듯 기도를 했다.

삐이이이.

확성기 작동 소리가 한 번 들리고 은석의 목소리가 들렸다.

"정금남 여사님을 찾습니다. 맛나 도시락 정금남 여사님을 찾 습니다. 나이는 73세입니다. 163센티미터, 45킬로그램. 하얀색 면 원피스, 베이지색 신발을 신고 있습니다. 염색하지 않은 흰 머 리를 곱게 올리고 있습니다. 영어를 섞어 쓰는 말버릇이 있습니 다. 입가엔 다정한 주름이 패어 있습니다. 언제나 꿈을 꾸듯 빛나 는 눈동자를 가졌습니다. 맛나 도시락 정금남 여사님을 찾습니 다…"

목이 메어 더 이상 말을 잇지 못하는 은석의 음성이 모두를 울렸다. 뒤쪽에 앉아 있는 사람들이 모두 훌쩍거렸다. 언제나 꿈 을 꾸듯 까맣게 빛나는 눈동자를 가진 금남이 보고 싶어서.

"할머니요. 진짜 치매면요. 진짜 우리 기억 못하는 거면. 이제 할머니한테는 어떤 마법도 일어나지 않는 거예요? 할머니가 그랬 어요. 가장 힘겹고 간절한 순간에 우릴 일으키게 하는 힘은 기억, 추억에 있다고요! 그게 바로 마법이라고요! 그럼 이제 할머니한테는 어떤 마법도 안 일어나요?"

홍민이 고개를 떨어트렸다. 진득한 콧물도 흘렀다. 모든 걸 터 트리듯 울었다. 당근이 너무 크다고, 김치가 너무 맵다고 투덜거 리며 도시락을 받아가던 순간들이 떠올랐다. 금남 할머니가 보 고 싶었다.

도로 옆 상가 간판도 모두 불이 꺼져 있었다. 성균관 대학교 입구에서 창경궁을 따라 우회전을 하면서 트럭이 덜컹거렸다. 정 이가 해영의 손을 잡았다. 차가웠지만 금방 온기가 느껴졌다. 해 영이 너무 울어서 잔뜩 부은 정이의 눈을 보고 안타까운 미소를 지었다. 정이가 품에서 자고 있는 들이의 머리에 뜨거운 눈물을 떨어트렸다.

"들이야, 할머니 어디 계실까. 할머니는 우리를 구해준 분이 야…."

혜화동 로터리를 지나 성북초교 앞을 지나 우회전을 할 때 쯤 옆 자동차에서 창문을 열어 뒤에 탄 사람들을 보았다. 그리고 곧 다른 차들도 창문을 열어 확성기에서 나오는 음성을 듣고 주 위를 살폈다.

신풍이 더 큰 목소리로 외쳤다.

"정금남 여사님을 찾습니다. 73세 하얀 꽃무늬 원피스를 입 고 있습니다!"

은석의 파란 트럭이 낮은 건물들이 이어져 있는 성북동 초입 에 들어왔다. 추운 새벽 텅 빈 초등학교 운동장에는 가로등 불빛

마저 꺼져 있었다. 멀리 북악산이 한눈에 보이는 성북동 중턱에 위치한 길상사를 지날 때쯤, 갑자기 흰 눈이 나부끼기 시작했다. 트럭 뒤쪽에 앉아 있는 사람들 머리 위로 조용히 눈송이가 내려앉았다.

"눈 오니까 기온이 더 떨어지겠어요. 사장님이 저체온증이라도 걸리면 큰일인데…."

해영이 걱정스러운 목소리로 말했다.

길상사를 지나 고급 단독주택들이 있는 언덕길을 올랐다. 기어가 바뀌는 소리가 내며 트럭이 부르르 떨렸다. 집도 아니고 고향도 아니라면 금남의 무의식이 찾아갈 곳은 어디일까. 금남의 기억에 가장 간절하게 박혀 있는 곳은 어디일까. 대체 금남은 어디에 있을까.

"정금남 여사님을 찾습니다. 맛나 도시락 정금남 여사님을 찾습니다."

모두의 목소리가 어우러져 합창하는 것처럼 들렸다. 하지만 아무 대답도 없었다. 오렌지색 가로등 불빛만 듬성듬성 켜져 있는 언덕길만 오를 뿐이었다.

운전석에 있는 은석이 마이크 버튼을 눌렀다. 목을 가다듬었다. 목소리도 슬픔에 잠긴 것처럼 나오지 않았지만 침을 삼키고 목을 가다듬었다. 곧 휘파람을 불었다. 평소 금남이 가장 좋아하는 〈문 리버〉를 불렀다. 호흡이 부족해 머리가 울리고 어지러웠지만 멈추지 않았다.

휘 휘휘. 휘휘 휘휘휘.

차 뒤쪽에 앉은 사람들도 허밍으로 그 음을 따라 불렀다. 어디선가 금남이 이 노래를 듣길 바라면서. 그래서 잠시라도 제 정신을 찾길 바라면서. 두 손을 모으고 떨리는 목소리로 소리를 냈다. 깜깜했던 성북동이 조금씩 밝아졌다. 으리으리한 집들이 하나 둘씩 불을 켰다. 그리고 창문을 열었다. 그리고 그때 홍민이 운전석과 뒤쪽으로 나뉘는 문 옆 틈새를 쾅쾅 쳤다.

"여기 근처였던 것 같아요!"

은석이 손으로 알았다는 사인을 보냈다.

산 중턱보다 조금 더 올라온 터라 체감 온도가 더 떨어졌다. 이가 달달 떨렸다. 그래도 모두들 잎이 다 떨어진 숲길까지 눈을 떼지 않고 보았다. 그리고 그때 정이가 외쳤다.

"할머니!"

정이가 트럭 문을 때렸다. 차가 멈추었다.

숲에서 누군가 가시 많은 나무를 팔로 쳐내며 나왔다. 뒤이어 삼색 고양이 한 마리도 그 뒤를 따라나섰다.

"트리?"

홍민이 부은 눈을 크게 뜨며 말했다.

숲에서 나온 검은 형체가 신문 배달을 할 때 보았던 으리으리한 전원주택 대문 앞으로 걸어갔다. 곧 얇고 말라비틀어진 한 사람이 보였다. 구불거리는 은발 머리는 아무렇게나 헝클어져 흘러내려 있었고, 뺨에는 나무에 베인 상처도 보였다. 하얗고 마른 발

은 신 한쪽이 벗겨져 돌부리에 걸리고 치이고 긁히고… 피멍이
든 것처럼 보기만 해도 아린 멍이 들어 있었다. 새끼발톱 위에 하
얗게 피어 있던 달걀꽃도 뜯겨나간 채로. 바로 금남이었다.

머리 어느 부분이 망가진 사람처럼 흐리멍덩한 눈으로 검정
대문 앞에 섰다. 두 손을 모아 빌었다. 그리고 말했다.

"사모님…. 저 애기씨 붓 훔친 거 아니에요. 저 정말 도둑질
안 했어요. 한 번 만져만 봤어요. 너무 보드라워서. 딱 한 번 만져
만 본 거예요. 저 일하게 해주세요. 제가 일 못 하면 고향에 있는
동생들 다 굶어요. 한 번만 봐주세요. 정말 잘못했어요. 동생들
다 굶어요. 봐주셔요. 지발 한 번만요. 잘못했어요."

금남의 까만 눈망울이 60년도 더 지난 옛 시간을 바라보고
있었다. 망아지처럼 슬픈 눈으로 두 손을 모아 빌었다. 누군가를
굶지 않게 하기 위해. 작고 여린 몸을 웅크려 빌었다.

아무도 몸을 움직이지 못했다. 숨소리도 내지 않았다. 그저
숨을 참고 눈물만 떨어트렸다. 금남의 옆에서 지쳐 몸을 축 늘어
트렸던 트리가 안간힘을 쓰며 일어났다. 그리고 금남의 상처가 난
발을 핥아주었다. 문정이 머리를 흔들었다. 정신을 부여잡고 트럭
에서 내려 달려갔다. 금남에게 입고 있던 진한 남색 캐시미어 코
트를 덮어주었다. 그래도 금남은 계속 두 손을 비볐다. 일하게 해
달라고. 동생들 굶는다고.

병원 앞에서 떡을 굽는 미세스 가래떡 여사와 이야기만 나누어봤지 서울대 병원 안에 들어온 건 처음이었다. 길고 딱딱한 대기 의자에 문정의 손을 잡고 앉았다. 문정은 그날 이후 한시도 금남의 손을 놓지 않았다. 집 안에서 화장실을 갈 때도 문 앞에서 조용히 기다리고 있었다.

금남은 주변을 둘러보았다. 대학병원 신경외과 외래진료는 어떤 사람들이 보나. 슥 훑어봤다. 젊은 청년도 있었고 금남 또래의 여자도 있었다. 중학생 정도 돼 보이는 여학생도 부모와 함께 기다리고 있었다. 간호사가 차트를 들고 진료실 문을 열었다가 닫았다가 하며 이름을 불렀다. 호명된 사람들은 한 명씩 들어가서 5분 정도 있다가 나오기를 반복했다.

연한 하늘색 셔츠에 베이지색 코트를 입고 있는 금남은 자꾸 움츠러드는 어깨를 폈다. 무서웠다. 또 모르는 사이 얼굴에, 몸에, 손과 발에 상처를 입을까 봐. 아니 사실은 진짜 치매일까 봐 무서웠다. 좋았던 모든 것을 영영 기억하지 못하게 될까 봐.

금남이 마른침을 삼킬 때 복도 끝에서 해영이 걸어왔다. 배가 많이 불러 녹색 카디건이 잠기지 않았다. 문정과 해영이 가볍게 눈인사를 나눴다.

"사장님, 아직 순서 안 됐죠?"

"멀 텐데 여기까지 왜 왔슈. 난 괜찮어. 노 프라블럼이야."

해영이 금남의 다른 한 손을 잡았다. 잔뜩 긴장돼 차갑게 굳은 손을.

"제 손 따뜻하죠? 심장이 두 개가 뛰고 있어서 그런지 매일 이렇게 따뜻해요. 이제 제 손 따뜻해요. 사장님 덕분에요."

금남이 가만히 해영의 눈을 보았다. 지난 날 자신이 손잡아 주었던 순간이 떠올랐다.

"그래. 얼른 가봐. 걱정 말고…!"

해영이 금남의 손을 꼭 잡았다 놓았다. 그리고 금남의 이름이 호명됐다.

50대 초반 정도로 보이는 남자 의사가 안경을 쓰고 책상 앞에 앉아 있었다. 모니터를 보면서 심각한 표정으로 인상을 구겼다. 오늘은 최종 진단을 받는 날이다. 꼭 판사가 내려주는 선고를 듣는 것처럼 금남은 긴장했다. 인지 기능 저하 여부를 파악하는 선별 검사와 기억력, 언어 능력, 시간 지각 능력 등을 수행할수 있는지에 대한 진단 검사를 마친 뒤였다. 마지막으로 CT와 MRI, 혈액 검사 결과를 듣는 날. 오늘이 바로 그날이었다.

문만 열었는데도 심장이 벌렁거렸다. 의사는 안타까운 얼굴로 금남이 의자에 앉기도 전에 알츠하이머 판정을 내렸다. 묵직한 무언가가 속에서 뚝 떨어져 내려앉는 것 같았다. 70년 넘게 속에 쌓여 있던 모든 기억과 추억, 열정과 사랑 같은 것들이 깊은 바닥으로 가라앉는 기분이었다.

의사는 손을 꼭 잡고 있는 금남과 문정에 얼굴에 대고 계속해서 말했다. 뒤에 줄줄이 밀린 환자들 때문에 슬픔을 충분히 삼킬 시간도 없었다. 알츠하이머, 그러니까 치매는 인지 기능을 담당하는 부분에 문제가 생겨 발생하는 질병이고, 검사 결과로 볼 때 아주 심각하지는 않다고. 일찍 와서 그나마 다행이라고 했다. 최근에 길을 헤매고 정신을 잃는 지경까지 갔던 건 큰 충격에 의한 섬망 증세가 동반되어 잠시 악화된 것이라, 치료를 하면 나아질 거라고 했다. 마지막에는 적절한 약물 치료를 병행하면 증세가 천천히 진행될 수 있다고 했다.

금남이 후들거리는 다리를 문정에게 숨기며 문을 열려고 할 때, 의사는 또 한마디를 덧붙였다. 혹시라도 증세가 심해지면 요양 병원에서 집중 치료를 받는 편이 여러모로 모두를 위한 거라고. 순간 금남의 머릿속에 멋없는 환자복을 입고 창밖을 바라보고 있는 자기 모습이 스쳤다.

문을 열고 나와 다시 긴 의자에 앉았다. 여전히 사람들이 붐볐다. 간호사에게 절차에 대한 설명을 듣기 위해 문정이 창구로 갔다. 금남에게 의자에 꼭 앉아 있으라는 신신당부를 남겨놓고. 문정이 걸음을 재촉하자 입고 있는 남색 코트가 펄럭거렸다. 금남은 그 뒷모습을 가만히 쳐다봤다. 그리고 곧 파란 물결이 치는 뉴욕 허드슨강의 바람이 불어왔다.

금남의 은빛 머리카락이 바람에 날렸다. 손으로 진주 귀걸이가 걸려 있는 귀 뒤로 살짝 넘겼다. 종이배처럼 하얀 페리가 허드슨강의 물살을 가로지른다. 미드타운에서 브루클린 다리 풍경과 자유의 여신상을 볼 수 있는 페리호였다. 물과 가까운 가장자리에 앉아 있던 금남이 입을 크게 벌리며 웃었다. 만세하듯 두 팔을 벌려 온몸으로 바람을 만끽했다. 쏟아지는 햇살과 자유의 바람이 금남을 감쌌다. 브루클린과 맨해튼을 연결하는 뉴욕의 브루클린 다리는 정말 웅장했다. 뉴욕하면 떠올렸던 풍경 그 자체였다. 배가 조금 더 속도를 내자 푸른 자유의 여신상이 보였다. 멀리서 봐도 거대하고 굉장했다. 배가 더 가까이 갈수록 금남의 심장이 뛰었다. 눈시울이 붉어질 정도로 벅차올랐다. 아메리칸드림을 상징하는 동상. 꿈과 자유를 온몸으로 말하고 있는 여신상. 그녀는 머리에는 일곱 개의 가시와 오른손에는 꺼지지 않는 노란 횃불을 들고 있었다.

"원더풀! 원더풀!"

금남이 탄식을 터트렸다. 눈을 감고 숨을 크게 들이마셨다. 몸이 크게 부풀었다 힘이 쭉 빠져나갔다. 버킷 리스트를 이루는 순간이었다. 눈물이 흘렀다.

눈앞에 펼쳐진 뉴욕의 야경은 아름다웠다. 맨하탄의 밤을 볼 수 있는 높은 층에 있는 레스토랑을 찾았다. 무릎 밑까지 내려오는 블랙 드레스에 검정 하이힐을 신고 목에는 굵은 진주가 알알이 박힌 목걸이를 했다. 레스토랑에 들어서는 순간부터 그간 익힌 영어를 마음껏 써먹었다. 뷰가 좋은 창가자리를 원한다고 말했고, 의자에 앉은 다음에는 스테이크는 미디움으로 익혀달라고

말했다. 곁들일 술은 나파밸리에서 생산한 진판델 와인으로 부탁
했다. 침착하게 한 글자씩 또박또박 영어로 말한 스스로가 대견
했다. 일렁이는 촛불이 켜진 하얀 테이블보 위에 두 손을 내려놨
다. 언젠가 오드리 헵번이 나온 영화에서 보았던 손 모양처럼 가
지런하게.

곧 테이블 위에 등심 스테이크가 담긴 흰 접시가 올려졌다.
아스파라거스와 꽃 모양을 낸 당근 가니쉬가 곁들여져 있었다.
베스트를 잘 차려입은 웨이터가 투명하게 잘 닦인 와인 잔에 미
국산 레드와인을 따랐다. 금남이 천진난만하게 조크를 건넸다.

"치얼스 투 유얼 아이즈여!"

싱긋 미소를 보이는 금남에게 웨이터가 가지런한 이를 보이
며 화답했다. 금남이 와인잔을 들고 손목을 살살 돌렸다. 향긋하
면서도 진한 오크향이 코끝을 스쳤다. 허드슨강을 앞에 두고 뾰
족한 엠파이어스테이트 빌딩과 저 멀리 자유의 여신상이 보였다.
그 자체로 황홀했다. 눈이 카메라 렌즈라도 된 것처럼 순간을 모
두 담았다.

"치얼스 투 마이 아이즈!"

금남이 만족스러운 미소를 지으며 와인을 한 모금 마셨다. 그
런데 테이블 위에서 타고 있던 하얀 초가 빠르게 타들어가기 시
작했다. 심지에 고여 있던 투명한 촛농이 옆으로 흘러 굳어버렸
다. 그리고 훅 불이 꺼져버렸다. 고개를 돌렸다. 창밖에 펼쳐진 맨
하탄의 야경도 하나둘 꺼져갔다. 브루클린 브리지의 조명도 뾰족

한 엠파이어스테이트 빌딩도 자유의 여신상이 들고 있는 횃불도 모두 불이 꺼져버렸다. 눈앞이 아주 깜깜해졌다.

힘을 주어 눈을 떴을 땐, 코끝에 에탄올 냄새가 진동했다. 누군가의 손에 묻은 손 소독제 냄새였다. 병원 대기 의자에 앉아 있던 금남이 쓴 미소를 지었다.

"음. 잇츠 베리 딜리셔스…"

금남은 나지막히 말했다. 그리고 풀이 죽어 있던 금남은 자리를 박차고 일어섰다. 다시 두 눈이 반짝였다. 처방전을 받아 오던 문정의 손을 잡았다. 빠른 걸음으로 병원을 빠져나왔다.

"엄마! 어디 가. 약국 가야지."

문정이 금남에게 물었다. 금남은 대답하지 않았다. 도로가에 나와 택시를 잡으며 손을 흔들었다.

"어디 가는데. 지금 약국보다 급한 게 있어?"

택시 한 대가 금남의 앞에 섰다. 차에 몸을 실은 금남이 기사에게 말했다.

"압구정 백화점으로 가주슈!"

"백화점? 거긴 왜?"

문정이 물었지만 금남은 입을 다물고 아무 말도 하지 않았다. 억울했다. 이대로 굴복할 수 없었다. 요양원? 흥! 콧방귀를 뀌었다. 이게 바로 금남식 치매 투병이라는 듯. 보란 듯이 눈에 더 힘을 주고 동그랗게 떴다! 씩씩거리며 창문 밖으로 멀어지는 병원을 쳐다보았다. 아니 째려보았다.

택시가 백화점 앞에 도착했다. 곧장 에스컬레이터에 올랐다. 움직이는 에스컬레이터 위에 가만히 서 있지 않고 발걸음 소리를 내며 올라갔다. 곧 여행 캐리어를 판매하는 매장 앞으로 갔다.

"여기서 제일로 큰 캐리어 하나 주슈!"

뒤따라온 문정이 금남의 뒷모습을 보고 미소를 지었다. 본인도 무서우면서 두려우면서 그래서 후들거리는 다리를 붙잡고 서 있으면서, 씩씩한 척 말하는 엄마를 보고 코끝이 찡해졌다. 그 모습이 멋있고 가여워서….

"나는 이제 여행을 떠날 거야. 환자복은 영 나한테 어울리질 않어!"

"맞아. 엄마. 같이 가자."

"너한테 짐도 안 될 거야. 내가 정신 똑바로 붙잡고 살 거야. 그러니까 걱정하지 말어!"

"치. 이번엔 내가 엄마 할 차례지. 엄마가 내 딸하고. 엄마도 그래줬잖아."

"무슨 돌려받으려고 키운 줄 알어? 치사하게. 난 너한테 짐 안 될 겨. 그렇게는 못 해."

"이제 엄마가 내 딸 해. 엄마가 한글을 까먹으면 내가 기역 니은 디귿 음부터 가르쳐줄 거고. 밥 짓는 것도 까먹으면 내가 쌀 씻는 것부터 차근차근 가르쳐줄 거야. 엄마가 그랬던 것처럼. 나랑 같이 가, 뉴욕. 토 달지 말고!"

"…근데 여기 백화점이잖아. 이제 괜찮은 겨?"

문정이 주위를 둘러보았다. 그리고 어깨를 으쓱했다.

"웅! 원래 엄마는 무서운 게 없잖아?"

금남과 문정이 손을 꼭 잡았다. 어떤 손금이 닿아서 만난 듯 서로의 손금이 길게 이어졌다.

아직 해가 뜨지 않은 새벽. 활짝 열려 있는 맛나 도시락 문 너머로 밥 짓는 냄새와 달콤한 식혜 냄새가 풍긴다. 오늘도 크림색 마샬 스피커에선 변함없이 〈문 리버〉가 흐른다. 베이지색 프릴 앞치마 두른 금남이 애써 밝은 미소를 보이며 주방에서 나온다. 그리고 종이에 손 글씨로 정성껏 쓴 팻말을 문에 붙인다.

내일부터 맛나 도시락 휴무. 오늘은 모두 프리(공짜)!

뉴욕으로 떠나기 전 마지막이 될 맛나 도시락 오픈이었다. 사실 큰소리치며 웬만한 세간 살림은 다 옮길 수 있을 것 같은 큰 캐리어를 사놓았지만 며칠은 뒤숭숭했다. 하지만 금남은 문정과의 상의 끝에, 여러 자료를 검색한 끝에, 신중한 고민 끝에 결정했다. 입원실에 있다가 창문 밖으로 도망치느니, 미리 도망이다! 아니 도망이 아니라 정면승부다! 이게 바로 금남이 택한 자신만

의 싸움 방식이었다. 문정과 함께 뉴욕에서 치료도 받고 여행도
하고, 스스로를 치유하는 시간을 갖기로 했다. 더 이상 울며불며
분노하고 원망할 시간도 아까웠다. 이제는 모든 걸 받아들이고
앞으로 나아가기로 했다. 씩씩하게. 금남답게! 거울 앞에 서서 두
손을 모아 박수를 짝 쳤다.

"해브 어 나이스 데이여 금남!"

오랜만에 거울 앞에 선 금남의 얼굴이 환했다. 유리창 너머로
보이는 새벽달이 환했다. 금남이 눈을 감고 이 기분을 만끽했다.
어쩌면 다시 만나기엔 아주 오래 걸릴지도 모르는 이 순간들을.

금남을 기다리는 음식 재료들이 잔뜩 쌓인 주방으로 들어갔
다. 운동선수가 링 위에 올라 가기 전에 몸을 풀 듯 금남도 양손
을 주물렀다.

"식혜는 계속 끓이면 되고…. 김밥은 참치, 김치, 치즈 종류별
로 말아놓고 떡볶이는 미세스 가래떡 여사가 떡을 넉넉하게 가져
다 줬으니까 됐고. 불고기에 들어갈 버섯이랑 양념하고. 잡채에
들어갈 당면은 물에 불려놓고…. 달걀말이까지 하면, 오케이!"

그때 전화가 울렸다. 문정이었다.

"나도 갈게. 무리하다가 탈나요."

"아이고. 넌 가만히 있는 게 도와주는 거야. 오늘은 내가 다
할겨. 하나부터 열 가지 다! 식구들 밥상 차리는 마지막 날이니
까."

"식구?"

"같은 밥 먹으면 식구지 뭐."

"식구들 보고 싶어서 뉴욕은 갈 수 있겠어? 그것도 편도로? 진짜 오는 티켓 끊지 마요?"

"응. 원 웨이여. 원 웨이 티켓. 오케이? 이제 끊어. 나 베리 비지해."

"알겠어요. 힘들면 바로 나한테 콜하고."

"오케이여."

금남의 주름진 손이 분주했다. 오늘은 오롯이 혼자 요리를 하고 싶어 아무도 오지 말라고 했다. 내가 떠난 뒤 아무 말 없이 도시락만 가져가라고. 그렇게 쿨하게 인사하자고. 이게 바로 금남식 작별 인사였다. 어쩌면 쿨하다는 단어 뒤에는 아쉽다, 그립다, 미련이 남는다와 같은 많은 말이 숨어 있을지도 모른다.

김밥을 꾹꾹 눌러 만다. 손이 큰 금남이 참치며, 김치며, 치즈를 넉넉하게 욱여넣은 탓에 몇 개는 옆구리가 살짝 터진 것도 있었다. 고소한 참기름을 김밥 위에 미끄럽게 바르고 미리 갈아둔 칼로 쓱쓱 썰었다. 그리고 깨소금을 솔솔 뿌렸다.

큰 사각 스테인리스 팬에서 끓고 있는 빨간 떡볶이 양념에 떡을 넣었다. 두툼하고 말랑한 가래떡을 가위로 자르면서 넣자 달짝지근한 양념 사이로 풍덩 빠졌다. 불고기와 잡채, 달걀말이까지 모두 해놓고 밥솥을 열었다. 뜨거운 김이 올라왔다. 찰진 흰쌀밥에서 윤기가 흘렀다. 밥 냄새도 좋았다. 금남이 주걱에 물을 묻혀 밥을 저었다. 누른 곳 없게 둥글게 잘 저었다.

음식은 다 끝났는데 홀가분한 마음이 들지 않았다. 오히려 무거웠다. 감자볶음도 할 걸 그랬나. 괜히 식자재들을 뒤적였다. 그리고 감자를 채썰고 올리브유를 두른 프라이팬 위에서 볶아 또 한 가지 반찬을 뚝딱 만들었다. 음식을 도시락 용기에 담기 전에 그렇게 몇 번을 왔다갔다 하면서 어묵볶음과 고추장 진미채도 만들었다. 또 괜히 식혜가 잘 끓고 있는 냄비 뚜껑을 열었다 닫았다 하며 아쉬운 마음을 삭혔다.

홀에 나왔다. 전날 집에서 문정과 잘 오려둔 하얀 종이와 은박 호일을 꺼냈다. 밥 밑에 잘 숨겨둘 쪽지를 써야했다. 무슨 말을 남길지. 엊그제부터 머리를 싸매고 고민했지만 아무 생각도 들지 않았다. 사실 모든 게 실감 나지 않았다. 오랫동안 이 일을 할 수 없다는 것이. 매일 이곳을 올 수 없다는 것이.

작은 원형 테이블에 앉은 금남이 바깥을 보았다. 하늘이 점점 밝아지고 있었다. 보랏빛이고 분홍빛이고 남색이 도는 그런 하늘을. 금남이 펜을 들었다. 흰 종이에 정성껏 글씨를 써내려갔다.

투 맛나 도시락 식구들.
아니, 투라고 하면 너무 정 없어 보이잖여? 디어로 바꾸겠음.
디어 맛나 도시락 식구들.
이건 어쩌면 정금남이 보내는 마지막 쪽지여, 잘 읽으슈.
내가 왜 하고 많은 장사 중에 밥장사를 했을까 돌이켜보면 내 지난날, 아주 많은 날 배고팠던 것 같아. 매일 굶고 허기지고….

그래서 내 주방에 있는 주걱은 유난히 크고 내 도시락은 늘 넘치지.

나는 엄마 손은 약손이고 밥은 보약이라는 말을 믿거든.

내 손을 거친 음식이 그대들을 웃게 하고 울게 하고 다시 일으킬 수

있다고 믿거든. 나는 그게 사랑이라고 믿거든.

요 며칠 또 그런 생각을 해봤잖여? 인생은 피었다 지는 거구나. 근

데 지는 건 알겠는데, 도통 언제 피었던 건지는 잘 모르겠어. 사

실 어쩌면 내내 피어 있던 거 아니겠어? 찬란하게 말여.

잊지 마. 그대는 항상 피어 있다는 걸.

글이 너무 길어지니 손이 떨리네. 이제 그만 줄이겠슈.

나는 그냥 그대의 삶이 온통 사랑으로 물들었으면 좋겠어. 그것뿐

이야.

나는 이제 긴 여행을 떠날 참이야. 내 삶도 온통 사랑으로 물들여

보려고. 그래서 가장 큰 캐리어도 샀어. 환자복은 영 내 스타일이

아니여서 말여.

그럼 해브 어 나이스 데이 혀고! 우리 꼭 반드시 씨 유 어게인이여!

금남이 마지막 느낌표를 찍으며 혼잣말을 했다. 그때 왼쪽 손
목에 차고 있는 애플워치가 진동을 보냈다. 문정이 실종을 방지
하기 위해, 위치 공유 어플을 설치해 손목에 채워준 시계였다. 약
을 먹으라는 알림이 울렸다. 쓸쓸한 미소를 짓는 금남이 시계에
대고 말했다.

"알겠슈. 시리야, 먹을게."

　은박지에 감싼 종이를 쪽지 모양으로 잘 접어 밥 밑에 숨겼
다. 이걸 보고 또 얼마나 나를 보고 싶어 하겠어? 괜히 더 말괄
량이처럼 웃었다. 씩씩하게. 금남답게. 다 담은 도시락을 진열장
으로 옮겼다. 도시락을 하나하나 쓰다듬었다. 마치 단골들의 등
을 토닥여주듯이, 머리를 쓰다듬듯이.

　가장 먼저 흥민이가 생각났다. 김치가 너무 맵다고 하려나. 입
덧 때문에 빨간 것만 먹는다는 해영은 꼭 김치 김밥이 든 걸 골
랐으면 좋겠는데. 신풍이는 많이 돌아다니니까 양이 많은 걸로.
빅이슈 판매원이 된 새말은 잡채에 밥 비벼 먹는 걸 좋아하는데.
우리 미스터 달걀 은석이는 차에서 끼니를 때울 때도 있어서 잘
먹어야 하지. 정이는, 또 우리 들이는 환장하는 불고기를 잘 먹겠
다. 사람들의 모습이 눈에 선했다. 아니 일렁거렸다는 표현이 더
맞을지도 모르겠다. 어느새 잔뜩 눈물이 고인 금남의 까만 눈동
자에 한 사람 한 사람이 스쳐 지나갔다. 그들과 함께했던 혜화동
맛나 도시락에서의 소중한 시간들이 떠올랐다.

　금남이 맛나 도시락 문 앞에서 발걸음을 멈췄다. 그리고 몸을
돌려 도시락이 꽉 차 있는 진열장과 혼자 앉아 음악을 듣던 원형
테이블, 주방까지 구석구석 눈에 담았다. 스피커에서 나오는 오
드리 헵번의 목소리가 오늘따라 슬프게 들렸다. 나지막한 음계가
금남의 몸을 통과해 지나는 것 같았다. 모든 풍경이 일렁였다.

마지막으로 맛나 도시락을 떠나기 전, 금남은 거울 앞에 섰다. 머리가 하얗게 센 할머니가 보였다. 눈가에는 주름이 자글자글하고 코도 작아지고 얇아진 입술 위에도 세로로 줄줄이 만들어진 주름이 보였다. 하지만 눈동자만은 빛났다. 귀에 사뿐히 걸려 있는 진주 귀걸이처럼 반짝였다.

　꿈을 꾸는 눈. 그 눈을 가진 금남이 편안하게 미소를 지었다. 입꼬리가 올라가자 입가에 주름이 선명했다. 눈물이 차올랐다. 눈물을 머금고 웃었다. 그러자 이내 까만 눈망울을 한 소녀 시절의 금남이 보였다. 눈동자는 그대로다. 오동통한 이마가 볼록 나와 어여쁜 모습이었다. 불어오는 바람도 재미있고 나부끼는 눈만 봐도 행복했던 그 시절의 금남. 미소 지은 얼굴에 눈물이 톡 떨어지자, 다시 하얗게 머리가 센 할머니가 보였다. 금남이 더욱 환하게 웃어보였다. 그리고 입을 움직였다. 나의 젊음에, 청춘에, 보석처럼 단단하고 찬란했던 기억들에….

　"씨 유 어게인."

맛나 도시락이 있는 혜화동 소나무 길에 전등이 켜졌다. 길 가의 전봇대 사이마다 노란 알전구들이 길게 줄에 매달려 빛나니 겨울 분위기가 더 물씬 났다. 멀리서 보이는 맛나 도시락은 마치 동화 속에 나오는 곳 같기도 하고, 태엽을 감으면 맑은 오르골 음악이 나오는 스노우볼 속에 들어 있는 집 같기도 하다. 매일매일 굴뚝에서 하얀 연기를 뿜는, 그리고 무엇보다 늘 맛있는 냄새가 풍기는 따스한 곳.

금남이 자리를 비운 맛나 도시락 앞에는 빨간색 우체통이 하나 생겼다. 마치 작은 맛나 도시락처럼, 지붕이 있는 집 모양을 하고 서 있다.

그때 맛나 도시락 문이 열린다. 진한 밤색 털신을 신은 누군가 나온다. 온 세상에 흩날리는 하얀 눈 사이를 걸어와 우체통 앞에 선다. 그리고 눈이 소복하게 내려앉은 우체통 위를 손으로 털어내고 동그란 손잡이를 연다. 안에는 빨간색, 파란색 테두리가 있는 편지 봉투가 들어 있다. 봉투에는 미국 항공우편 소인이 찍혀 있고, 흰 수염이 풍성한 산타클로스가 웃고 있는 빈티지 우표도 붙어 있다.

시린 손을 후 불고 난 뒤 조심스럽게 봉투를 열자, 그 안에 들어 있는 사진 몇 장이 보인다. 얼핏 보이는 금남의 사진을 보고 자신도 모르게 슥 미소를 짓는다. 진한 밤색 털신이 다시 움직인다. 그는 새하얀 흰 눈 위에 발자국을 찍으며 다시 맛나 도시락 안으로 들어갔다. 그리고 벽에 이어놓은 갈색 끈 위에 매달린 나무집게에 사진을 한 장씩 꽂기 시작했다.

영화 〈티파니에서 아침을〉의 한 장면처럼, 오드리 헵번이 일했던 보석 가게 앞에 서 있는 금남.

제과 제빵 책을 보고 있는 금남과 옆에서 그 모습을 스케치하고 있는 문정.

진한 갈색 빵모자를 쓰고 캔버스 앞에서 붓을 들고 화가처럼 포즈를 취하고 있는 금남.

자유의 여신상 앞에서 포즈를 취한 채 아이처럼 천진난만하게 웃고 있는 금남.

마지막으로 봉투 깊숙이 쪽지 모양으로 접혀 있는 은박지를 꺼낸다. 금남이 보내온 마음이 흩어지지 않도록, 두 손을 꼭 모은다. 유리창으로 들어오는 새벽 달빛을 받아 금남의 글자들이 반짝인다.

분명히 봄인데 갑자기 겨울이 된 듯한 날이었습니다. 그날은
유난히 도서관에서 작업을 하고 싶어 밤늦게까지 글을 쓰고 있
었습니다. 시간이 지나자 발 밑으로 점점 아주 차가운 공기가 느
껴졌습니다. 그럴 때마다, 긴급하고 불편하고 추울 때마다 제일
먼저 떠오르는 사람에게 메시지를 보냈습니다.

소등 시간이 가까워질 즈음, 몇 개의 형광등만 남겨두고 온통
깜깜해진 도서관 앞에 그 분이 서 계셨습니다. 매서운 꽃샘 추위
속에서도 나를 보면서 환하게 웃는 사람…, 엄마. 엄마가 서 계셨
습니다. 한 겨울에도 끄떡없을 파란색 외투를 들고.

엄마에게 너무 고맙다고 하자, 아무렇지도 않게 대답하셨습
니다.

"이게 뭐 별 거라고."

그 말이 몸 어디에 콕 박혔습니다.

이게 뭐 별 거라고…. 어쩌면 사랑은, 다정함은, 애틋함은, 눈에 보이지 않는 그 대단한 것들은 모두 따뜻함을 내어주고도 별 거 아니라고 생각하는 마음인가 봅니다. 저는 그런 사람이 되려면 한참은 멀었으니 제 글 어느 한 부분이라도 그렇기를 바라봅니다.

늘 곁에서 힘이 되어주는 분들과 좋은 책들의 '집'이 되어주는 출판사 클레이하우스 관계자 여러분께도 감사의 마음을 전합니다.

그럼, 우리 꼭 씨 유 어게인!

2024년 늦봄
김지윤 드림

씨 유 어게인

초판 1쇄 발행 2024년 6월 5일
초판 2쇄 발행 2024년 7월 9일

지은이 김지윤

편집 김대한
디자인 studio forb
일러스트 박혜
마케팅 (주)에쿼티
제작 (주)공간코퍼레이션

펴낸이 윤성훈 **펴낸곳** 클레이하우스(주)
출판등록 2021년 2월 2일 제2021-000015호
주소 경기도 파주시 회동길 530-20, 402호
전화 070-4285-4925 **팩스** 070-7966-4925 **이메일** clayhouse@clayhouse.kr

ISBN 979-11-93235-19-5 (03810)

클레이하우스(주)가 더 나은 책을 펴낼 수 있도록 의견을 남겨주시거나 오타를 신고해주세요.
QR코드에 접속해 독자 설문에 참여해주신 분께 추첨을 통해 선물을 드리겠습니다.